출몰했다!
너구리가
마을에
이벤트 발생!

켐 선택

집망 ➡ 어둠의 사역마

고기 ➡ 신기한 돋보기

여성향 게임의
파멸 플래그밖에 없는
악역 영애로 환생해버렸다…
6

STORY

야마구치 사토루

일러스트레이션

히다카 나미

contents

여성향 게임의 악역 영애로

디올드 스티아트

왕국의 제3왕자. 카타리나의 약혼자.
금발에 푸른 눈을 지닌 정통파 왕자님이지만,
음험하고 성격이 조금 뒤틀려 있다.
그 어떤 것에도 흥미를 느끼지 못하고 지루한 나날을
보내던 참에 카타리나와 만난다. 마력은 불.

★ 라나 스미스
마법성에서 근무하는 유능한 여성.
상급 직책이어서 발언력이 있다.

★ 소라
어둠의 마력을 지닌 청년으로 마법성에서 근무한다.
카타리나를 마음에 들어 한다.

★ 라파엘 월트
마법성에서 일하는 청년.
성격이 온화하고 유능하다.

★ 알렉산더
라나가 만든 마법 도구.
곰 인형의 모습을 하고 있다.

★ 듀이 퍼시
원반해서 일반 학교를 졸업하고 마법성에 들어온
천재 소년.

★ 네이선 하트
마법성 직원. 존재감이 없어서 잘 인식되지 않는 데다
자주 길을 잃는다.

카타리나 클라에스

클라에스 공작의 외동딸.
독해 보이는 외모를 지녔다(본인의 말로는 '악역 얼굴').
전생의 기억을 되찾은 뒤, 제멋대로인 영애에서 야성미가
넘치는 문제아(?)로 방향을 바꿨다.
단순하고 잘 잊어버리며 분위기에 곧잘 휩쓸리는
성격이지만, 올곧고 솔직한 기질을 지녔다.
학력과 마력은 평균 혹은 그 이하 정도 되는 실력. 마력은 흙.

★ 포치
어둠의 사역마.
평소에는 카타리나의 그림자 속에 있다.

★ 가이 앤더슨
마법성 직원. 근육질의 마초지만 마음은 소녀다.
자칭 로라.

★ 사이러스 란체스터
마법성 직원.
성실하고 고지식하다.

파멸 플래그밖에 없는 환생해버렸다···

인물 소개

니콜 아스카르트

국가 재상인 아스카르트 백작의 아들. 인형처럼 반듯한 외모를 지녔다. 동생인 소피아를 끔찍이 아낀다. 마력은 바람.

키스 클라에스

카타리나의 의붓동생. 마력이 높다는 이유로 클라에스 가문의 분가에서 데려와 집에 들이게 되었다. 색기가 넘치는 미남. 마력은 흙.

앨런 스티아트

디오르드의 쌍둥이 동생이자 제4왕자. 야성적인 풍채의 미남으로, 유아독존 스타일의 왕자님. 악기 연주를 잘한다. 마력은 물.

소피아 아스카르트

백작가의 영애이자 니콜의 여동생. 하얀 머리카락에 붉은 눈동자를 지닌 탓에 주변 사람들에게 매정한 말을 들으며 자랐다. 조용하고 온화한 성품을 지녔다.

마리아 캠벨

'평민'이지만 '빛의 마력을 지닌' 특별한 소녀. 여성향 게임의 원래 주인공이며 노력가이다. 특기는 과자 만들기.

페리 헌트

후작가의 넷째 딸이자 앨런의 약혼자. 귀여운 미소녀. 사교계에서는 '영애 중의 영애'로 알려져 있다.

★ 앤 셰리

카타리나의 시중을 드는 메이드. 카타리나가 여덟 살이었던 때부터 모시고 있다.

★ 제프리 스티아트

왕국의 제1왕자. 항상 웃음을 띠고 있는 온화한 인상의 인물.

여성향 게임의 파멸 플래그밖에 없는 악역 영애로 환생해버렸다 …6

I was reborn as a villain daughter

제1장

마법 학교 졸업

학생회장이었던 디올드가 졸업생 대표로 단상에 서서 인사했다.

작년 송별사 때와 마찬가지로 금발에 푸른 눈을 지닌 아름다운 왕자님을 본 많은 여자들이 얼굴을 붉히며 한숨을 내쉬었다. 게다가 올해는 눈물까지 글썽였다.

오늘은 마법 학교 졸업식이다. 나, 카타리나 클라에스도 마침내 학교를 졸업한다.

재학 기간은 2년이라 그리 길지 않았지만, 그래도 이런저런 일이 있어서 상당히 충실한 학교생활을 보냈다.

나는 단상 위에서 왕자님 미소를 흩뿌리는 약혼자를 멍하니 바라보며 여태까지의 학교생활과 학교에 들어오기 전까지 노력했던 나날을 떠올렸다.

입학식 때는 긴장했었지—.

여덟 살 때 머리를 부딪친 나는 그 때문에 전생의 기억을 떠올렸다. 평범한 샐러리맨 가정의 장녀로 무럭무럭 자라 이윽고 훌륭한 오타쿠 여고생으로 성장했지만……, 불운한 사고로 생애를 끝냈던 전생.

그리고 나는 공작가의 영애인 카타리나 클라에스로 무사히 환생했다.

부드러운 갈색 머리, 물색 눈동자를 지닌 눈은 위로 치켜 올라간 편이라 날카롭게 보이지만 그래도 평범한 너구리 얼굴이었던 전생보다는 미인이라고 생각했는데……, 맙소사, 이 영애는 전생에서 내가 죽기 전날까지 한 여성향 게임 『FORTUNE LOVER』에 등장하는 악역 영애였던 것이다!

공략 대상 중 하나인 디올드의 약혼자이자 주인공의 라이벌로 그들의 사랑을 방해하는 악역 카타리나. 그녀가 맞이할 운명은 주인공이 해피엔딩을 맞이하면 국외 추방이고 배드 엔딩을 맞이하면 사망이다. 즉, 파멸밖에 없는 최악의 인물인 것이다.

여덟 살 때 그 사실을 깨달은 나는 마법 학교에 입학해 게임이 시작되는 그날까지 노력을 거듭하며 파멸 대책을 세웠고, 두근거리는 마음으로 상당히 의욕 있게 마법 학교에 입학했다.

그리고 게임의 주인공인 마리아와 만나 친구가 되고 조금 다양한 사건을 겪었지만……, 게임은 설마 했던 우정 엔딩으로 끝났다.

결국 내가 생각해낸 파멸 대책은 딱히 사용해보지도 못했다.

디올드에게 던지기 위해 톰 할아버지와 함께 만든 뱀 장난감, 검술 훈련, 농민이 되기 위한 밭일까지 하나도 활용할 수 없었다……. 아니, 파멸을 맞이하지 않아서 정말 다행이긴 하지만.

그리하여 무사히 파멸 엔딩에서 벗어나 2학년으로 진급해 학교 축제를 맞이했다. 노점이 많이 와서 즐거웠지. 잠시 유괴를 당하긴 했지만, 그것도 지금 생각해보면 좋은 추억이다.

하지만 요전에 의붓동생 키스가 행방불명이 되었을 때는 정말 당황했다. 나에게 완전히 질려서 집을 나가버린 거라고 생각했는데, 무사히 돌아와서 정말 다행이다.

쭉 되돌아보니 충실한 2년이었다. 이렇게 꽉 찬 학교생활을 보낸 학생은 좀처럼 없지 않을까.

그런 학교생활도 마침내 오늘로 끝난다. 감개무량하다.

오늘 졸업식이 끝나면 작년과 마찬가지로 안뜰에서 졸업 파티가 열린다.

그리고 올해는 쌍둥이 왕자님의 졸업을 기념하는 파티가 성에서 열리니 그쪽에도 참가해야 하는 등―, 예정이 잔뜩 있다.

학교 졸업 파티는 아마 작년과 거의 다르지 않겠지만……, 성의 파티는 어떤 느낌일까? 또 호화로운 음식이 준비되어 있겠지―. 기대가 된다.

그래! 성에서 맛있는 걸 먹으려면 졸업 파티 식사는 절제하는 편이 좋겠어!

하지만 졸업 파티에도 상당히 호화롭고 맛있는 음식이 나오는데, 그걸 전혀 먹지 않는 것도 아깝다.

으음―. 엄선해서 먹어볼까. 고기는 꽤 좋은 게 나올 테니 스테이크와 로스트비프는 뺄 수 없지. 아니, 생선도 무척 좋은 게 나올 테니 카르파초도 먹어야겠어. 하지만 디저트를 안 먹을 수는 없는데. 케이크와 젤리도…….

"……나……, 누나."

"헉! 왜, 왜 그래? 키스."

옆에서 동생이 어처구니없다는 얼굴로 나를 보고 있었다.

"소리 내서 말하고 있거든."

"어머, 학교생활의 추억을 입 밖으로 내고 있었어?"

"아니, 음식 이름뿐이었는데."

"……."

확실히 중간까지는 추억에 잠겨 있었는데……, 왜일까.

"졸업식은 이제 곧 끝날 테니까 조금만 더 참아."

그렇게 말하며 키스가 몰래 사탕을 건네주었다. 완전히 배가 고픈 것이라고 오해한 모양이다.

하지만 모처럼 받았으니 감사히 입에 넣기로 했다.

그런데 왜 내 동생은 사탕을 상비해서 다니는 걸까. 아니, 항상 배가 고플 때 뭔가 먹을 것을 주는 걸 보면 분명 이것저것 가지고 있는 것이리라.

황갈색 머리에 색기가 가득한 푸른 눈동자를 지닌 미청년이지만, 아무리 외모가 그렇다고 해도 동생 키스의 내용물은 전생에서 본 듯한 아주머니 같았다. 어쩐지 조금 애달픈 느낌이 들었다.

입속에서 사탕을 굴리며 그런 생각을 하다가 다시 단상 위로 의식을 돌렸는데 디올드의 인사는 이미 끝난 뒤였다. 재학생 대표가 졸업생에게 축하의 말을 늘어놓고 있었다.

확실히 잠시 후에 졸업식이 끝날 것 같았다.

긴 것 같으면서도 짧았던 학교생활이 마침내 끝났다. 전생에서도 몇 번 겪었던, 뭐라 형언할 수 없는 숙연한 느낌이 가슴속에서 샘솟는 듯했다.

그건 그렇고……. 이 사탕, 의외로 맛있네. 나중에 키스에게 더 없냐고 물어봐야지.

졸업식은 의외로 담백하게 끝났다. 전생과 달리 졸업생 입장이나 퇴장도 없고, 내빈 분들의 긴 이야기와 졸업생 합창도 없었다. 선발된 몇 명이 인사하고 끝이었다.

그 대신, 식이 끝난 후 학교 관계자가 함께하는 졸업 파티는 상당히 열기가 뜨거웠다. 전생에서도 졸업식이 끝나면 인기 있는 사람은 몇몇 사람들에게 둘러싸여 있었지만 그런 건 비교도 되지 않았다.

학생회 멤버들은 특히 엄청났는데, 디올드와 친구들은 이미 너무 많은 사람들에게 둘러싸여 있어서 본인이 어디에 있는지도 보이지 않을 정도였다.

학생회 인기의 덕을 본 건지 이따금 학생회에 들락거렸던 나도 상당한 수의 사람들에게 둘러싸였다.

"줄곧 팬이었습니다."

"동경했어요."

"앞으로도 응원할게요."

그들은 그렇게 말하며 꽃다발을 건네주었다. 누군가 다른 사람과 착각한 건지, 아니면 '학생회 여러분'의가 생략된 건지 판단하기 어려웠다.

그런데 마리아나 메리, 소피아의 주변에는 남자도 있었는데, 어쩌지 내 주위에는 여자뿐인 게 조금 의아했다. 나도 조금쯤은 남자들에게 둘러싸여 보고 싶은데.

그래도 뺨을 붉히며 꽃을 내미는 소녀들을 함부로 대할 수는 없으니 웃는 얼굴로 인사하며 꽃을 받았다.

꽃을 많이 받고 웃는 얼굴을 만드는 것에도 지쳤을 무렵, 마침내 나를 둘러싼 사람들도 줄어들었다. 그러자 학생회 후배 두 명이 다가왔다.

"카타리나 님, 수고하셨어요. 인기가 엄청나시네요."

차기 학생회장에 취임한 프레이 랜들이 그렇게 말하며 웃었다. 찰랑거리는 흑발에 푸른 눈동자를 지닌 미소녀인데, 항상 생글생글 웃고 붙임성이 좋으며 무엇이든 어렵지 않게 해내는 능력치가 높은 여자애다.

"다른 학생회 분들과 비교하면 그렇게 대단하지는 않았던 것 같지만요."

무표정하게 말한 사람은 차기 학생회 부회장으로 취임한 진저 태커였다. 머리카락과 눈동자 색이 갈색이라서 언뜻 보면 어디에나 있을 법한 외모처럼 보이지만, 머리는 엄청나게 우수하다. 진지하고 무뚝뚝한 성격인데, 사실은 엄청 착하고 조금 새침데기 기질이 있는 여자애다.

진저의 말을 들은 프레이가 말했다.

"너도 참, 말을 또 그렇게 하니? 죄송해요, 카타리나 님."

프레이가 고개를 숙였다.

진저의 말은 사실이었기 때문에 실례라는 느낌은 전혀 들지 않았지만, 뭐, 신경을 쓰는 사람이 있을지도 모른다.

진저는 뭐든지 확실하게 말하는 편이라 적을 만들기 쉽다. 그때마다 프레이가 이렇게 수습해준다.

두 사람은 입학할 때부터 함께해서 그런지 사이가 무척 좋은 듯했다.

"그리고 카타리나 님, 이건 제가 드리는 거예요. 벌써 많이 받으신 것 같지만요."

프레이가 꽃다발을 내밀며 말했다. 과연 능력치가 뛰어난 아가씨가 골라서 그런지, 무척 센스 있고 아름다우며 호화로운 꽃다발이었다.

"고마워."

프레이에게 꽃다발을 받자 이번에는 진저가 가방에서 부스럭부스럭 무언가를 꺼내 내 앞에 슥 내밀었다. 아무래도 판에 박힌 꽃다발은 아닌 것 같았다.

"이, 이거, 분명 꽃보다는 이쪽이 더 좋을 것 같아서요."

자세히 보니 예쁘게 포장된 과자였다. 그것도 내가 좋아하는 과자만 골라 담은 듯했다.

"와—, 무척 기뻐. 고마워."

확실히 꽃보다 과자가 맛있고 배도 부르니 단연 기쁘다.

내 표정이 헤벌쭉 벌어지자 진저도 입가에 미소를 띠었다. 그러자 옆에 있던 프레이가 히죽 웃었다.

"진저도 참. 모처럼 드리는 거니까 카타리나 님께서 조금이라도 기뻐하실 만한 걸 드리겠다며 꽤 고민했어요. 그래서 과자도 여기저기 가게를 찾아……."

"쓰, 쓸데없는 말씀은 하지 마세요!"

진저는 새빨개진 얼굴로 프레이에게 화를 냈다. 오늘도 안정적인 새침데기 모습이라 무척 귀여웠다.

두 사람의 이런 대화도 이제 볼 수 없을 거라 생각하니 쓸쓸했다. 이번이 마지막일까. 아니, 분명 두 사람도 성의 파티에 초대받았던 것 같은데.

"그러고 보니, 두 사람은 오늘 밤에 성에서 열리는 파티에 참석해?"

학생회 멤버는 다들 초대했다고 했으니, 성에서 열린 파티에서도 두 사람과 만날 수 있을 거라 생각해서 물어보았다.

"네. 저는 참석하는데 진저는 결석이에요."

프레이가 대답했다.

"앗! 진저는 참석하지 않는다고?"

놀라서 진저를 쳐다보았다.

"네. 죄송하게 생각하긴 하지만, 저는 성에 입고 갈 만한 드레스나 액세서리가 없어서요."

담담하게 대답이 돌아왔다.

그 대답을 듣자 예전에 진저 본인이 '본가는 상당히 시골에 있는 남작가라서 평민의 집과 그리 다르지 않습니다'라고 말했던 게 떠올랐다.

그렇구나. 그렇다면 성에 입고 갈 만한 값비싼 드레스나 액세서리를 준비하기 어려울 것이다.

나 자신이 공작가의 영애가 되어 그런 고민과는 연이 없어진 탓에 미처 생각하지 못했다.

초대받는다 해서 누구나 간단히 파티에 갈 수 있는 건 아니다. 나는 새삼스럽게 깨달은 사실을 곱씹었다. 내 앞에서 프레이가 볼을 부풀렸다.

"내 드레스를 빌려준다고 하는데도 거절하더라고요."

"저는 프레이의 드레스를 못 입으니까요."

프레이를 보며 대답하는 진저의 시선에 이끌린 나는 다시 프레이를 보았다. 나올 곳은 나오고 들어갈 곳은 들어간, 굉장히 글래머러스한 몸매다. 확실히 이런 체형에 맞춰 제작된 드레스는 다른 사람의 사이즈에는 맞지 않을 것이다.

"고쳐서 입으면 되잖아."

"아녜요. 이 정도로 사이즈 차이가 나면 다시 만들어야 입을 수 있을 거예요."

말다툼을 벌이는 두 사람을 바라보다가 문득 아이디어가 떠올랐다.

"그럼 내 드레스를 빌려줄게."

"앗! 카타리나 님의 드레스를요?!"

내 제안을 들은 진저가 눈을 동그랗게 떴다.

"응. 내 사이즈라면 진저도 무리 없이 입을 수 있을 것 같으니까."

나는 좋은 아이디어가 떠올랐다는 듯이 말했다.

보아하니 진저의 체형은 나와 그리 다르지 않았다. 사실 벗으면 엄청나거든요, 같은 게 아니라면 내 드레스가 그대로 맞을 것이다.

"아, 아니에요……. 하지만……, 그게."

사양하는 진저의 옆에서 프레이가 말했다.

"모처럼 제안해주신 거니까 빌리면 되잖아. 동경하는 카타리나 님의 드레스를 빌릴 수 있다니, 이런 기회는 또 없을 거야."

"……무, 무슨 말씀이세요!"

진저가 새빨개졌다.

"그럼 이 파티가 끝나고 나면 집에 가서 드레스를 맞춰 보자."

더욱 권유하자 진저는 꽤 망설이다가 이윽고 "……네" 하고 새빨개진 얼굴로 고개를 끄덕였다.

음, 그럼 학생회 멤버들이 모두 다 같이 성에서 여는 파티에 갈 수 있다. 역시 친구가 많이 있는 편이 즐겁지. 내가 그렇게 만족하고 있을 때였다.

"카타리나 님, 지금 드레스를 빌려주시겠다는 말이 들렸는데요!"

갑자기 어디선가 친구인 메리가 나타났다.

아까까지 나보다 더 많은 사람에게 둘러싸여 있는 것 같았는데, 도대체 어느새…….

그리고 어쩐지 숨을 헉헉 몰아쉬고 있다. 사교계의 꽃이라 일컫는 적갈색 머리와 눈동자를 지닌 예쁜 얼굴이 아무 소용 없어졌다.

"……아, 맞아. 진저가 성에서 열리는 파티에 입고 갈 드레스가 없다고 해서 내 걸 빌려준다는 이야기를……."

나는 조금 압도당한 채 대답했다.

"저도요! 저에게도 카타리나 님의 드레스를 빌려주세요!"

메리는 내 말을 가로막으며 무슨 뜻인지 모를 발언을 되풀이했다.

"아니, 메리는 이미 드레스를 준비해뒀잖아."

남작가라 돈이 없어서 드레스를 준비할 수 없다고 한 진저라면 몰라도, 후작가 영애인 데다 제4왕자의 약혼자인 메리가 드레스를 준비하지 못할 리가 없다. 심지어 최근에 '성의 파티에 입고 갈 드레스는 겨울 신작으로 준비했어요'라는 대화를 나눈 것 같은데…….

"그건 그거고 이건 이거예요!"

"아니, 영문을 모르겠는데……."

어떡하지. 항상 똑 부러지는 친구가 어쩐지 이상해진 것 같은데.

"어찌 됐든 저도 카타리나 님의 드레스를 빌려 입고 싶어요! 진저만 입다니, 치사해요!"

역시 상태가 이상하다. 졸업을 맞이한 메리에게 무슨 일이 있었던 걸까…….

"……아니, 메리와는 체형이 달라서 사이즈가 안 맞……."

어떻게든 무리라는 것을 메리에게 납득시키기 위해 입을 열었다.

"메리 님만 입다니 치사해요! 그럼 저에게도 주세요!"

메리에 이어 이번에는 소피아가 나타나더니 그런 말을 했다.

붉은 눈동자는 필사적인 느낌이었고, 부드러운 하얀 머리카락은 살짝 흐트러졌다. 이쪽도 환상적으로 예쁜 얼굴이 아무런 소용이 없어졌다.

아무래도 다들 졸업식 때문에 기분이 고조되어 어딘가 이상해진 모양이었다.

메리와 소피아의 목소리가 생각보다 큰 탓에 나에게 꽃을 주고 나서 아직까지 주변에 남아 있던 하급생들도 어쩐지 "그럼 저에게도, 저도요"라며 손을 들었다.

영문을 알 수 없는 카오스 상태가 되어 나는 여학생들에게 이리저리 치이며 시달렸다.

그 후, 소동을 전해들은 동생과 친구들의 중재로 어찌어찌 소란이 가라앉았고, 성에서 열리는 밤 파티를 위해 일단 집으로 귀가하기로 했다.

메리와 소피아에게는 겨우 드레스 대여를 포기시킨 뒤 후배인 진저만 데리고 집에 돌아왔다.

사실은 진저의 드레스를 함께 고르고 싶었지만, 밤에 있을 파티가 시작되기 전까지 나 또한 준비해야 하므로 저택 메이드에게 진저를 맡겼다.

내 준비라고 해봤자 저택 하인이 머리를 빗겨주거나 화장을 해주고 옷을 입혀주는 등 전부 다 해주는 거지만……, 우리 집 하인은 약간 나에게 엄격하므로…….

"카타리나 님. 조금 지나치게 드신 것 같습니다. 배가 나와요. 어떻게든 드레스 허리를 조일 테니 배를 넣어 보세요."

"……아니, 이제 무리야. 그렇게 조이지 마."

"카타리나 님, 머리를 꽉 올려 묶을 테니 가만히 계세요."

"……아니, 무리야. 그렇게 잡아당기지 마."

나는 도마 위의 생선처럼 가차 없이 처리되었다. 게다가 내 반론은 아무도 들어주지 않는다……. 이래 봬도 나는 일단 이 저택의 아가씨인데……. 평소처럼 '봐주지 말고 엄격하게 해줘'라는 어머니의 명령이 수행되고 있었다.

그리하여 클라에스가 하인들의 훌륭한 작업 덕분에 무사히 제대로 된 영애로 다시 태어난 나는 성에 가기 위해 준비된 마차로 향했다.

먼저 준비를 끝낸 진저와 키스가 나를 기다리고 있었다.

나와 마찬가지로 하인들이 진저를 단장시켜 주었다. 생각했던 대로 내 드레스가 딱 맞았고 잘 어울렸다.

"다행이야. 역시 사이즈가 딱 맞네. 게다가 잘 어울리고."

그렇게 말하자 진저의 얼굴이 새빨개졌다.

"이번에는 정말 감사합니다. 무척 영광이에요……. 아무리 질투를 받는다 해도 상관없어요."

그녀는 드레스를 살며시 쓰다듬었다.

"아니, 뭘. ……응? 질투라니, 무슨 소리야?"

"시간이 많지 않으니 빨리 마차에 타자."

내가 진저에게 되묻자마자 착실한 동생이 그렇게 말해서 우리는 황급히 마차에 올라탔다.

"어쩐지 짐이 많네요. 도중에 옷을 갈아입으시는 건가요?"

마차가 막 달리기 시작했을 때 진저가 물었다.

확실히 마차에는 파티에 가는 것 치고 짐이 조금 많이 실려 있었다.

진저의 말대로 고위 귀족 중에는 파티 중간에 의상을 바꾸는 사람도 있는 모양인데……. 나는 그런 짓은 하지 않는다.

그런 짓을 할 시간에 맛있는 음식을 얼마나 많이 먹을 수 있는데. 나는 옷을 갈아입는 것보다 음식을 먹고 싶다. 그러므로 쌓여 있는 짐은 의상이 아니라…….

"파티에서 갈아입을 옷이 아니야. 저건 밤에 입을 잠옷과 숙박용 세트, 그리고 내일 갈아입을 옷이야."

"앗! 성에서 묵으시는 건가요?"

"그래, 맞아. 이제 학교도 졸업했으니 그 기념으로."

그렇게 말하자 무슨 일인지 진저의 얼굴이 굉장히 빨개졌다.

"……그렇군요. 카타리나 님이 드디어 디올드 님과…….”

"?"

진저가 어쩐지 새빨개진 얼굴로 무언가를 중얼거렸다. 나는 무슨 뜻인지 알 수가 없어서 눈을 동그랗게 떴다.

"아니, 그런 게 아니야! 학생회 멤버가 다 같이 묵는 것뿐이라고!"

왠지 모르겠지만 키스가 필사적인 얼굴로 외쳤다.

"아⋯⋯, 그렇군요. 저는 또⋯⋯."

진저가 빨개진 얼굴을 숙였다.

"그럴 일은 전혀 없으니까⋯⋯. 누나는 메리를 포함한 친구들과 함께 심야 다과회를 하는 거지?"

"그래, 맞아. 여자들끼리만 다 함께 보여서 아침까지 놀자고 약속했거든. 기대돼."

오늘 파티가 끝난 후에는 성에 있는 손님방을 빌려 졸업을 기념해 숙박하기로 했다. 졸업하면 좀처럼 만나기 힘든 친구들과의 기념을 위해 얼마 전부터 계획을 세워놓았다.

여자들끼리 파자마를 입고 아침까지 노는 모임. 음, 정말 기대된다.

"재밌겠네요."

"응. 오늘을 위해 잠옷도 새로 조달해 왔어. 그리고 추천할 만한 과자와 홍차도 이것저것 가져왔지!"

나는 자랑스럽게 말했다.

"⋯⋯짐이 꽤 늘었다고 생각했더니 그런 것까지⋯⋯. 누나, 밤에 너무 많이 먹으면 안 돼."

키스가 잔소리하기 시작했다.

"⋯⋯괜찮아."

"그리고 밤에는 메리나 다른 친구들과 꼭 함께 있어야 해. 위험하니까 절대 밤중에 혼자 나다니지 말고."

"알고 있어. 길을 잃으면 큰일이잖아."

"……아니, 길을 잃는다거나 그런 게 아니라……. 전혀 모르고 있잖아."

"두 분이서 한창 이야기를 나누시는 도중에 죄송하지만……, 거의 도착한 것 같아요."

진저의 말을 듣고 창밖을 보니 벌써 성문으로 들어서고 있었다.

나는 "어쨌든 절대 혼자서 행동하지 마"라고 거듭 당부하는 키스의 말을 들으며 성의 파티장으로 향했다.

내가 도착했다는 연락이 간 건지, 디올드가 벌써부터 연회장 입구에 서서 나를 기다리고 있었다.

"자, 기다리고 있었습니다. 나의 공주님."

그는 평범한 사람이라면 거북해할 것 같은 대사로 나를 맞이해주었다.

디올드가 내민 손 위에 숙녀답게 손을 겹치자, 그는 손을 꽉 쥐며 생긋 미소 지었다.

몇 달 전에 디올드가 나에게 마음을 품고 있다는 것을 안 이후에는 그때까지 전혀 신경 쓰이지 않았던 그의 태도에 허둥거렸지만……, 어느 정도 시간이 지나자 그래도 조금은 익숙해졌다.

완전히 평정심을 되찾은 건 아니었으나 숙녀처럼 웃으며 아무렇지 않게 대꾸할 수 있게 되었다.

응, 나도 하려면 할 수 있다.

디올드는 생글생글 웃으며 평소처럼 부드럽게 에스코트를 해주었다. 그러나 이제 막 도착한 나와 달리 디올드는 오늘 밤의 주역이므로 분명 여태까지 많은 내빈에게 인사했을 것이다. 평소와 똑같이 왕자님 미소를 띠고 있지만, 어쩐지 조금 피곤한 것처럼 보였다.

"저, 디올드 님. 괜찮으세요?"

"뭐가요?"

"그게, 피곤하신 것 같아서요."

내 대답에 디올드는 순간적으로 놀란 표정을 짓더니, 이윽고 표정을 사르르 풀며 거짓이 아닌 미소를 보였다.

"카타리나는 정말 대단해요. 뭐든지 다 꿰뚫어 보는군요."

디올드는 그렇게 말하더니 붙잡고 있던 손을 당겨 나를 가까이 끌어당겼다.

"걱정해줘서 고마워요. 하지만 괜찮습니다. 내가 사랑하는 사람이 와줬으니 얼마든지 힘을 낼 수 있어요."

그가 귓가에 대고 속삭였다.

"?!"

갑작스러운 공격에 나는 얼굴을 붉히며 몸을 굳혔다. 아무리 그래도 귓가에서 이렇게 무척 달콤한 목소리를 들으니 견디기 힘들었다.

입을 뻐끔거리며 굳어 있을 때, 또 다른 내빈이 디올드에게 인사를 하러 온 건지 말을 걸었다.

"댄스를 청하러 올 테니, 나 이외에는 춤을 추지 말고 착하게 기다려주세요."

디올드는 다시 평소와 같은 미소를 지으며 떠나갔다.

처음 들어올 때는 디올드의 에스코트를 받았지만, 오늘의 주역인 그는 아무래도 바쁘기 때문에 따로 행동한다. 댄스가 시작되면 약혼자인 내가 첫 번째 상대이므로 일단 한번 돌아오겠지만, 그 후에는 반드시 여러 영애들과 춤을 춰야 한다. 왕자님으로 사는 것도 참 힘들 것이다.

디올드와 헤어지고 나서 가장 먼저 나에게 다가온 사람은 나와 마찬가지로 오늘의 또 다른 주역의 약혼자 메리다.

메리의 약혼자인 앨런 또한 디올드와 함께 내빈 인사 등으로 많이 바쁜 모양이다. 에스코트 상대가 없어서 심심했던 건지, 우아함을 유지하고는 있지만 상당한 기세로 다가왔다.

"후후후, 카타리나 님. 오늘 밤에도 멋있으시네요."

그렇게 말하며 미소 짓는 메리는 처음 예정했던 대로 이번 파티를 위해 준비했다고 하는 드레스를 우아하게 입고 있었다.

"그런데 오늘 밤 모임의 준비는 해오셨나요?"

메리가 눈을 반짝이며 물었다.

"물론이지. 잠옷도 새로 조달해 왔고 좋아하는 과자와 홍차도 가져왔어."

"어머, 저도 새로운 것으로 가져왔어요. 똑같네요."

"저는 좋아하는 로맨스 소설을 지참했어요."

"앗, 소피아!"

깜짝 놀라서 목소리가 들려온 쪽을 보자, 사랑스러운 드레스를 입은 소피아가 보였다.

"안녕하세요. 카타리나 님, 메리 님."

숙녀답게 인사하는 소피아의 옆에는 그녀의 에스코트를 맡은 오빠 니콜이 오늘도 여전히 요염한 매력을 내뿜으며 서 있었다. 머리카락도 눈도 까만색인데 굉장히 아름다워서 어쩐지 반짝반짝 빛나는 것처럼 느껴지는 건 내 착각일까.

"저는 오늘 성에서 자고 가는 모임을 며칠 전부터 무척 기대하고 있었어요."

　소피아의 하얀 뺨이 핑크빛으로 물들었다.

"성의 손님방에서 묵는 거니까 너무 시끄럽게 굴면 안 돼."

　그런 소피아를 보며 니콜이 오빠답게 타일렀다.

"그러고 보니 니콜 님도 오늘 밤에는 성에 묵으시지요?"

　확실히 여자들끼리 모이자고 정했을 때 그런 식으로 말했던 것 같아서 본인에게 확인해보았다.

"응. 소피아만 외박하게 하는 건 이래저래 걱정이 되니까."

　과연 오빠다운 발언이 돌아왔다.

"동생을 정말 잘 챙기신다니까. 아, 우리 키스도 묵기로 했어요."

　키스는 동생이지만 니콜과 마찬가지로 '나 혼자 묵게 하는 건 걱정이다'라는 어머니의 강력한 바람에 따라 함께 성에 묵기로 했다. 우리 집은 남매의 위치가 바뀌어 있으니까.

"그럼 예정했던 대로 다 함께 묵는 거군요. 오늘 밤에는 작년도 학생회 멤버가 다 모이겠네요."

　소피아가 생글거리며 말했다.

　확실히 니콜과 키스는 이곳에서 하룻밤 묵고, 디올드와 앨런은 원래 성에서 살고 있다. 그렇게 생각하면 오늘은 작년도 학생회 멤버가 성에 모두 모이게 된다.

"여자들은 다 함께 모이기로 했는데, 남자는 개별적으로 묵게 되겠네요……."

모처럼 다 함께 모이는 건데 어쩐지 쓸쓸한 느낌이 들었다.

"아, 그렇지! 남자는 남자들끼리 남자 모임을 여는 게 좋지 않을까요?"

미남만 모인 남자 모임. 어쩐지 무척 그림이 될 것 같아서 멋지다. 좋은 아이디어인 듯해서 그렇게 말했지만.

"누나, 그게 무슨 소리야……. 그런 모임은 절대로 안 할 거야."

눈앞에 있는 니콜이 아니라 등 뒤에서 대답이 돌아왔다. 뒤를 돌아보니 키스가 엄청나게 싫다는 표정을 지으며 서 있었다.

아무래도 우리가 다 함께 모여 있는 걸 발견하고는 자신에게 몰려든 영애들 틈에서 어찌어찌 빠져나와 이쪽으로 다가온 모양이다.

"어라, 키스. 왜? 남자들 모임이라니, 훌륭하지 않아? 남자들끼리 아침까지 밤새 대화를 나누면 되잖아."

"아니, 전혀 훌륭하지 않거든……. 디올드 님이나 다른 사람들과 아침까지 밤새도록 무슨 이야기를 나눠야 좋을지도 모르겠고……. 니콜 님도 그렇게 생각하시죠?"

키스가 동의를 구했다. 하지만,

"남자들끼리 밤새도록 이야기라……."

그렇게 중얼거리는 니콜은 어쩐지 들떠 있는 것처럼 보였다.

키스는 그런 니콜의 모습을 보고 "니콜 님, 말도 안 돼!"라며 아연실색한 표정을 지었고, 니콜의 동생은 "남자들끼리 아침까지 밤새 이야기한다니……, 새로운 로맨스의 문이 열릴 것 같네요"라며 얼굴을 붉혔다.

니콜이 두근거려하는 건 아마 남자들끼리 나누는 토크에 대한 동경이겠지만……, 소피아는 오빠와 달리 순수하지 않은 것 같았다.

최근에는 더 다양한 분야의 소설에 손대고 있다고 했으니까……, 깊이 생각하지 말자.

왠지 수습할 수 없는 분위기가 감돌기 시작했을 때, 후배인 프레이와 진저 콤비가 어딘가 피곤해 보이는 마리아를 데리고 왔다.

"남자들에게 둘러싸여서 난감해하던 마리아 님을 모시고 왔어요."

진저의 담담한 보고에 따르면, 파티에 오자마자 에스코트 상대가 없는 마리아에게 자신이 에스코트 상대를 해주겠다고 하는 남자 무리가 몰려와서 엄청난 사태가 벌어졌다고 한다.

금발에 맑은 푸른 눈동자를 지닌 슈퍼 미소녀. 과연 최강으로 귀여운 히로인 마리아다웠다. 하지만 그건 그것대로 큰일이다.

"확실히 그런 사태는 충분히 예측할 수 있었을 텐데. 이쪽에서 좋은 에스코트 역할을 골라놓았어야 했어. 미안해, 마리아."

진저의 보고에 니콜이 눈살을 찌푸리며 말하자, 마리아가 고개를 휙휙 저었다.

"아니에요. 제가 오늘은 꼭 에스코트가 필요한 모임이 아니라는 이야기를 들어서, 친절하게 에스코트를 해주시겠다고 한 분들을 거절하지 못한 게 잘못이에요. 누군가에게 제대로 부탁해야 했어요."

마리아의 이야기를 듣고 보니 아무래도 꽤 많은 남성이 에스코트를 권한 모양이다. 하지만 다들 그렇게 친하게 지내는 상대는 아니어서 거절했다고 한다.

어라, 내가 눈치채지 못했을 뿐 마리아는 평소에도 인기가 많았던 걸까?

참고로 드레스 선물도 많이 들어왔지만 잘 모르는 상대에게 온 선물이었기 때문에, 드레스는 마리아가 직접 마법성 분에게 부탁해서 준비했다고 한다.

"선물로 받은 드레스는 사이즈도 딱 맞았는데, 그게 어쩐지……."

왠지 그렇게 말하며 말꼬리를 흐리는 마리아의 마음을 이해할 수 있을 것 같았다.

잘 모르는 상대에게 받은 드레스의 사이즈가 몸에 딱 맞다니, 솔직히 조금 무섭다. 친하게 지내는 사람이라면 몰라도, 어떻게 사이즈를 안 건가 싶으니까.

헉! 그럼 이 연회장에 그 드레스를 보낸 사람들이 있는 건가?! 위험하잖아!

"그러고 보니, 아까 여기 오는 도중에 들은 이야기지만 지금 진저 님이 입고 있는 드레스는 카타리나 님께 빌린 거라면서요? 부러워요."

"마리아 님의 말씀에 동감해요. 저도 꼭 카타리나 님의 드레스를 빌리고 싶었거든요."

"메리 님은 이미 드레스를 준비해 두셨잖아요. 누나 것을 빌릴 필요는 없지 않나요?"

어쩌면 이번 파티에서 마리아에게 더 접근하려고 꾸미는 녀석이 있을지도 몰라. 잘 감시해야 해!

"그건 그거죠, 키스 님. 저는 카타리나 님의 드레스를 입어보고 싶은 거예요."

"그렇게 당당하게 선언하시다니……. 그보다 누나는 이미 우리

이야기를 안 듣고 있네."

아아, 저 남자가 슬쩍 쳐다보고 있어. 수상해. 앗, 저기 있는 남자도.

지금은 내가 방패가 되어 마리아를 단단히 지켜줘야 해!

"카타리나 님은 아까부터 주위를 위협하시느라 이쪽 이야기는 전혀 듣고 계시지 않은 것 같아요."

"누나……. 알기 쉽게 해설해줘서 고마워, 진저."

저 녀석도 수상해. 으—. 적이 가득하잖아!

드레스가 더러워졌다.

전생에서 본 막장 드라마처럼 누군가가 일부러 와인을 쏟아서 더러워진 게 아니다.

남자들의 마수에서 마리아를 지키기 위해 주위를 위협하며 경호하다가 내가 음식 테이블에 부딪혀 쏟은 요리가 드레스에 묻은 것이다.

개인적으로는 명예로운 부상이었지만, 키스는 엄청나게 큰 한숨을 내쉬었다.

아무리 그래도 더러워진 상태로 있는 건 곤란해서, 별실로 자리를 옮겨 성의 얼룩 전문 하인에게 깨끗하게 지워달라고 부탁하기로 했다.

어쩔 수 없이 마리아의 경호는 키스에게 부탁했다. "반드시 마리아를 제대로 경호하도록"이라며 키스에게 강조하자, 반대로 "절대 쓸데없는 짓은 하지 말고, 끝나면 바로 돌아오도록"이라며 훈계했다. 내가 누나인데……, 이제 완전히 어린애 취급이다.

그리하여 별실에서 얼룩을 지우기로 했다.

뭔가 물에 가루나 비누 같은 걸 섞어서 사용해 깨끗하게 지워준 데다 드라이어 같은 도구로 말려주었다.

끈적하게 묻어 있던 미트소스가 훌륭하게 지워졌다. 엄청난 기술이다. 꼭 가르쳐줬으면 좋겠다.

정말 대단하다며 절찬하는 나에게 성의 하인인 포동포동함 마담은 "당치도 않습니다"라며 포근한 미소를 지어 보였다.

그리고 마담의 인도를 받아 연회장으로 돌아가기 위해 복도를 걷고 있을 때, 드레스에 얼룩이 진 새로운 피해자가 나온 듯 다른 하인이 마담을 부르러 왔다.

곧바로 와달라는 하인의 말에 마담이 나를 신경 썼다. 그래서 "여기서부터 가는 길은 알고 있으니 괜찮아요"라며 가도 된다고 했다.

여기서부터 연회장까지는 일직선이라 아무리 나라도 헤매지는 않을 것이다.

그렇게 혼자 걷기 시작했을 때, 갑자기 등 뒤에서 "멍멍" 하고 짖는 소리가 들려왔다.

뒤를 돌아보니 평소에는 내 그림자 속에 들어가 있는 어둠의 사역마 포치가 밖으로 살짝 나와 있는 게 아닌가!

"이 녀석, 포치. 지금은 나오면 안 돼. 그림자로 돌아가!"

평소에는 내 말을 잘 듣고 돌아가는 포치도 처음 온 장소에 흥분한 건지 돌아올 기색을 보이지 않았다. 게다가 걸어온 길의 반대편 복도 쪽으로 꼬리를 흔들며 달려가는 게 아닌가.

위험하다. 아무리 포치가 사역마인 데다 밥도 먹지 않고 똥도 싸지 않아서 청결하다 해도 성에서 멋대로 개를 산책시킬 수는 없다. 나는 황급히 포치의 뒤를 쫓아갔다.

필사적으로 포치를 쫓아가 겨우 포획했더니 어쩐지 전혀 본 적이 없는 곳에 나와 있었다.

불빛도 그리 비치지 않는 어두운 복도였다. 이곳은 대체 어디일까.

어디로 가야 파티장으로 돌아갈 수 있을지 짐작도 되지 않았다. 일단 조금이라도 불빛이 새어 나오는 곳으로 가보고자 걸음을 옮겼다.

"멍멍."

품에 안고 있던 포치가 짖었다. 포치가 쳐다보는 쪽에 여자 한 명이 서 있었다.

"……헉."

어둠 속에 서 있는 여자를 보자 저도 모르게 신음이 나왔다. 호러 영화 같다. 무, 무섭다. 너무 무서워. 바싹 굳은 나를 보고 여성이 조용히 말했다.

"여기서부터는 출입 금지입니다."

목소리를 들어보니 아직 젊은 여성인 것 같았다. 일단 귀신은 아닌 모양이다.

"저, 그게, 길을 잃어서요……. 파티장으로 돌아가려면 어느 쪽으로 가야 하나요?"

내가 물었다.

"……그러시군요. 그럼 뒤를 돌아서─."

그러자 의외로 친절하게 길을 가르쳐주었다. 좋은 사람 같은데 무서워해서 미안해요.

"고맙습니다."

인사를 하고 여자가 가르쳐준 대로 뒤를 돌아 걷기 시작했다. 그러고 보니 왜 저 여자는 이런 곳에 혼자 서 있는 걸까 싶어서 뒤를 돌아보자 여자의 모습은 이미 보이지 않았다.

어쩐지 등줄기가 오싹해진 나는 도망치듯이 황급히 파티장으로 돌아갔다.

파티장으로 돌아오니 이제 막 댄스가 시작되려는 참이었는지, 나를 찾고 있었던 듯한 디올드에게 곧바로 붙잡혔다.

"아무리 찾아도 없어서 걱정했어요."

"……죄송해요. 연회장 밖에 잠깐 나가 있었거든요."

조금 혼이 났지만 자세히 추궁하지는 않아서 이야기는 거기서 끝났다.

길을 잃은 건 그렇다 쳐도, 그 후의 어두운 복도나 여자 이야기는 어쩐지 꺼림칙해서 말할 기분이 아니었기에 다행이었다.

게다가 디올드의 얼굴을 보니 살짝 안심이 되었다.

"그럼 돌아오자마자 미안하지만, 카타리나, 저와 춤을 춰주시겠어요?"

디올드가 그렇게 말하며 손을 내밀었다.

기본적으로 이런 자리의 퍼스트 댄스 상대는 약혼자로 정해져 있다. 나는 많은 영애들의 질투와 선망 어린 시선을 받으며 디올드의 손을 잡았다.

그리고 음악에 맞춰 댄스를 추기 시작했다.

댄스까지 잘하는 디올드의 리드에 맞춰 춤을 추다보면, 그리 능숙하지 못한 나도 상당히 우아하게 춤을 출 수 있다.

우아하게 춤을 추는 우리라기보다는 디올드를 보며 뺨을 붉히는 영애들의 모습이 곁눈으로 보였다.

무슨 일이든 우아하게 해내는 아름다운 왕자님. 그야말로 동경할 수밖에 없다.

나도 전생에서 게임 화면 너머로 몇 번이나 황홀하게 봐라봤었지…… . 그런 왕자님이 원래 악역 영애였던 나를 설마 진심으로 좋아할 거라고 누가 생각하겠는가.

솔직히 아직도 농담이 아닐까 싶을 때가 있다. 아무리 생각해도 나는 디올드에게 어울리지 않는다.

게다가 애초에 나는…… .

"카타리나, 괜찮아요? 조금 지쳤나요?"

디올드의 목소리를 듣자마자 나만의 생각에 빠져 있던 의식이 원래대로 돌아왔다. 디올드가 굉장히 리드를 잘해서 거의 무의식적으로 춤출 수 있었던 모양이다.

"죄, 죄송해요. 잠깐 이런저런 생각을 하느라."

내가 사과하자 디올드는 살짝 눈살을 찌푸렸다.

"나와 댄스를 추면서 다른 생각을 하다니 애달프네요. 적어도 댄스 중에는 나만 생각해주세요."

그가 엄청나게 달콤한 목소리로 속삭이는 바람에 몸에서 힘이 빠질 뻔했다. 갑자기 공격하는 건 정말 그만둬주길 바랐다.

이러쿵저러쿵하는 사이에 한 곡이 끝났다.

"한 곡 더 추시겠어요?"

디올드가 그렇게 권했으나 동생인 키스가 벌써 준비를 다 하고 기다리고 있다가 "저쪽에 내빈인 영애가 기다리고 있습니다"라며 디올드에게 미소를 지었다.

키스가 가리킨 쪽으로 시선을 돌리자 한 영애가 눈을 반짝이며 이쪽을 보고 있었다……. 과연 디올드도 기대가 가득한 얼굴로 기다리고 있는 영애의 표정을 흐리게 만드는 건 망설여지는 모양이었다.

그는 어두운 미소를 지으며 키스를 보더니 "금방 돌아오겠습니다"라는 말을 나에게 남기고 그쪽으로 향했다.

디올드의 뒷모습을 배웅하자 다음 음악이 흐르기 시작했다. 이번에는 키스가 댄스를 청해서 그의 손을 잡으려니 물 흐르듯 리드하기 시작했다.

"누나, 드레스 얼룩을 지우는 데 그렇게 시간이 걸린 거야? 계속 돌아오지 않아서 걱정했어."

키스가 우아하게 춤추면서 말을 꺼냈다.

디올드와 달리 오랫동안 돌아오지 않았다는 걸 아는 키스에게는 제대로 설명할 수밖에 없었다.

나는 돌아오는 도중에 하인과 떨어졌다는 이야기와 포치가 그림자에서 달아나 길을 잃었다는 걸 솔직하게 말했다.

"포치가 달아났다고? 보통은 누나의 말을 듣고 얌전히 있는데, 왜 그랬던 걸까?"

키스가 의아한 얼굴로 말했다.

"포치도 성대한 파티라서 들뜬 게 아닐까?"

내가 대꾸했다.

"그건 누나겠지."

그러자 단호한 대답이 돌아왔다. 아니, 확실히 들뜨긴 했지만.

"하지만 이렇게 넓은 성에서 길을 잃었는데 용케 돌아왔네."

키스의 말을 듣고 어둠 속에 있었던 여자에 대해 말해야 하나 생각했지만……, 역시 뭔가 꺼림칙해서 등줄기가 오싹했기 때문에 대충 대꾸했다.

"뭐, 야생의 감이지."

키스는 내 말을 듣더니 "아, 누나라면 가능할 것 같아"라며 납득했다.

나로서는 '야생의 감이라니, 여자의 감이지'라는 대답이 돌아올 거라 생각했는데……, 이렇게 대꾸할 줄은 생각도 못했다. 어쩐지 납득이 가지 않았다.

하지만 뭐, 추궁하지 않았으니 그냥 넘어가자.

그리하여 일단 길을 잃은 아이 이야기는 일단락된 참이었다.

"그런데 디올드 님이 뭔가 말하지 않았어?"

키스가 갑자기 그런 말을 했다.

"무슨 말?"

"아니, 그러니까……. 오늘 밤에 방으로 오라거나 데리러 가겠다거나."

"왜? 오늘 밤에는 여자들끼리 모이는 거라 디올드 님과 만날 예정은 없는데? 뭐야, 역시 키스도 남자들끼리 모이고 싶었던 거야?"

사실은 키스도 남자들 모임을 동경했던 걸까?

"아니거든. 남자들 모임 같은 건 관심 없어……. 그게 아니라……, 혹시 디올드 님이 오늘 밤에 누나를 노리지 않을까 걱정이 되어서."

디올드가 나를 노리고……. 그건 다시 말해…….

"아직도 내 목숨을 노리는 거야?! 이제 괜찮을 거라 생각했는데……."

설마 여전히 내 목숨을 노리고 있었을 줄이야. 게임 스토리는 이미 다 끝나서 괜찮을 거라고 생각했는데……, 설마!

어라? 하지만 디올드는 나를 좋아한다고 했잖아. 역시 그건 농담…….

"아니, 왜 노리는 게 꼭 목숨이어야 하는 건데! 게다가 '아직'이라니, 디올드 님은 누나의 목숨을 노린 적이 없잖아. 누나의 사고회로는 대체 어떻게 된 거야?"

키스가 화를 냈다. 하지만 원래 내 역할은 악역 영애이기 때문에 누군가가 목숨을 노릴 위험이 가득하므로 어쩔 수 없다.

내가 부루퉁하게 어깨를 움츠리자 키스가 한숨을 휴 내쉬었다.

"디올드 님이 누나를 노리고 있다는 말은……, 남녀의 그런 행위를 뜻하는 거잖아."

마지막 부분은 목소리를 작게 줄인 키스가 얼굴을 붉히며 말했다.

남녀의 그런 행위……. 그 말이 서서히 머릿속에 침투했다.

아무리 전생과 이번 생 모두 연애와는 인연 없이 살아온 나라고 해도……, 키스가 한 말이 전생의 초등학교에서 했던 포크 댄스가 아니라는 건 알 수 있었다.

남녀의 그런 행위……. 설마 그것은! 아버지와 어머니가 아이가 잠든 뒤에 하는 그것인가! 얼굴이 확 뜨거워졌다.

"……서, 설마 그럴 리가!"

허둥지둥 당황하는 나를 보고 키스가 말했다.

"아니, 그렇게나 노골적으로 접근하고 있는데? 그 사람이라면 오늘 밤 누나가 이곳에 묵는다고 했을 때 거기까지 생각했다고 해도 이상하지 않아."

아니, 확실히 엄청나게 다가오기는 하지만 그럴 리가. 말도 안 돼.

그건 미성년자 금지잖아. 게임은 전 연령 대상이었으니까 그런 건……. 전생에서도 열여덟 살까지 산 건 아니라서 미성년자 금지 콘텐츠는 해본 적이 없다. 아니, 관심이 없었다고 하면 거짓말이지만, 그런 건 아직 접해본 적도 없는 데다 애초에 현실에서 키스한 것만으로도 정말 한계였는데 거기서 더 나가면…….

"……어떡하지, 키스."

불안한 마음에 눈물을 글썽이며 동생을 바라보자, 어쩐지 키스는 몸을 딱 굳히 채 얼굴을 살짝 붉혔다.

"어, 어쨌거나 혼자 방 밖에 나와서 걸어 다니지 말고 디올드 님이 권하더라도 과자에 낚여서 졸래졸래 따라가면 안 돼! 오늘 밤에는 메리 님과 소피아 님, 마리아와 떨어지지 말 것. 알겠지?"

"……네."

오늘 밤에는 키스의 말대로 하자. 미성년자 금지는 아직 나에게 너무 이르다.

참고로 완전히 서서 이야기에 열중하고 있었던 건지 어느새 곡이 끝날 무렵이 되었다.

그리고 멈춰 있는 사이에 어느새 눈을 반짝반짝 빛내는 영애들에게 둘러싸여 있었다. 그녀들은 곡이 끝나는 것과 동시에 아직 약혼자가 없는 독신 미남인 공작가 아들 키스의 주위에 일제히 몰려들었다.

나는 방해물이라는 것처럼 원 밖으로 쫓겨났다.

"저와 춤을 춰주세요."

"아니 저와."

육식동물처럼 맹렬하게 다가온 영애들 사이에서 쩔쩔매는 동생이 시야 한구석에 보였지만, 저 무리 속으로 들어갈 용기는 나에게 없었다. 힘내라, 동생. 마음속으로 그를 응원하며 살며시 그 자리를 떴다.

일단 댄스홀에서 이동해 식사 코너로 가려고 걸음을 옮길 때, 주위에서 "하아ー."나 "후우" 같은 한숨 소리가 들려오기 시작했다. 무슨 일인가 싶어서 그쪽을 바라보니, 죄다 얼굴을 새빨갛게 붉힌 채 넋을 잃고 한 곳을 바라보고 있었다.

그들의 시선을 쫓아가자 역시나……. 예상했던 인물이 우아하게 걸어오고 있었다. 아무래도 나에게 다가오고 있는 모양이었다..

그 인물은 내 앞에 와서 말했다.

"상대가 없다면 나와도 춤추지 않겠어?"

그가 수줍게 미소 지으며 말했다. 그때 그 미소를 목격한 몇 명이 "하아야"라며 비틀거리는 모습이 시야 한쪽에서 보였다.

눈앞에서 그 미소를 목격한 나는 엄청난 충격을 받았다. 그러나

오래 알고 지낸 내성을 발휘해 가까스로 평소와 같은 상태를 유지했다. 나는 "기꺼이"라고 숙녀답게 말하며 마성의 백작 니콜이 내민 손을 잡고 다시 댄스 플로어로 돌아갔다.

플로어에서 우아하게 춤추는 니콜에게 시선이 모여들었다.

디올드나 키스와 춤을 춰도 시선이 모여들긴 하지만 대부분 여성들이다. 하지만 니콜은 남성들의 시선도 많이 받았다. 그것도 어쩐지 열량이 높은 것 같았다.

특히 아까부터 굉장히 반짝이는 눈으로 니콜만 쳐다보고 있는 장년 신사의 얼굴이 어찌나 진지한지⋯⋯. 어라, 당신, 니콜에게 무슨 짓을 할 생각인 건 아니지? 마리아뿐만 아니라 니콜에게도 경호가 필요한 게 아닐까 걱정하는 나와는 달리, 니콜 본인도 뜨거운 시선을 눈치채지 못한 게 아닐 텐데 아무렇지 않아 보였다. 앗, 설마 정말로 눈치채지 못한 건가?

"저기, 니콜 님. 아까부터 저 신사가 굉장히 뜨거운 눈빛을 보내는데요⋯⋯."

시험 삼아 말해보았다.

"아, 저분은 항상 저런 느낌이야. 직접 나에게 무슨 짓을 하지는 않으니까 문제없어. 내가 쓴 식기 같은 걸 몰래 가져가는 정도거든."

"?!"

아니, 그건 괜찮지 않잖아! 사용한 식기를 가져가다니, 너무 무서운데요! 이미 훌륭한 스토커잖아! 충격을 받은 나는 무심코 몸을 굳혔지만, 당사자인 니콜은 이렇게 말했다.

"그다지 해가 되지는 않아."

앗! 그럼 더 해를 끼치는 사람은 대체 무슨 짓을 하는 건데?

우리 사이에 뭐라 말할 수 없는 침묵이 흘렀다. 무서워서 더 묻지는 못했다.

"그러고 보니, 소피아가 자기 몰래 니콜 님이 맞선을 봤다고 하던데요."

나는 노골적으로 화제를 돌렸다.

내가 먼저 화제를 꺼내긴 했지만, 저 신사의 눈빛을 받으며 리얼 스토커 이야기를 듣는 건 아무리 나라도 굉장히 무섭다.

"아, 소피아에게 말하면 여러모로 시끄러울 것 같아서 잠자코 있었는데 들켰어."

내 의도를 파악한 듯, 니콜도 부드럽게 화제에 맞춰주었다. 다행이다. 하지만…….

"……시끄러울 것 같다니……."

뭐, 그의 심경을 모르는 것도 아니다. 누구보다도 오빠를 엄청나게 좋아하는 소피아가 니콜이 맞선을 본다고 하면 묵묵히 보내줄 리 없다. 뭣하면 맞선까지 동행할지도 모른다.

"하지만 들키고 나니 왜 숨겼냐며 더 시끄러운 데다 굉장히 기분이 상한 듯해서 큰일이었어."

"그렇게나 중요한 걸 가족에게 비밀로 하면 기분이 상할 만도 하죠."

나 또한 키스가 나 몰래 맞선을 본다고 하면 상당히 기분이 상할 것이다.

"확실히 그렇긴 해."

니콜은 그렇게 말하며 납득했다. 그는 착실해 보이지만 의외로 헐렁한 구석이 있는지도 모른다.

"그래서, 맞선은 어떻게 됐어요?"

내가 물었다.

굉장히 인기가 많으면서도 지금까지 상대를 정하려 하지 않았던 니콜이 마침내 움직였으니, 분명 곧바로 상대방을 정했을 것이다. 틀림없이 멋진 사람을 잡았으리라.

나는 두근거리는 마음으로 니콜을 쳐다보았다.

"아니, 맞선은 잘되지 않았어."

생각지도 못한 대답이 돌아왔다.

"네?!"

니콜만큼 인기가 많고 매력적인 인물도 맞선을 잘 보지 못하다니!

니콜은 미남이고(마성의 아우라가 나오긴 하지만) 백작가의 후계자인 데다 뛰어나고 다정하면서도 상식적(약간 허술한 구석이 있지만)이고 신사다. 딱히 큰 문제점은 찾아보기 힘들다. 결혼 상대를 찾는 영애에게는 초우량 상대일 것이다.

그런 니콜의 맞선이 잘되지 않았다니, 무슨 뜻일까.

'설마 맞선은 내가 생각하는 것보다 훨씬 어려운 일을 하는 걸까? 그야말로 정식 약혼을 건 결투라든지?'

"아니, 그렇게까지 어려운 건 아니고 그런 일도 하지 않아."

곧바로 니콜이 지적해서 깜짝 놀랐다..

"앗! 제가 말로 꺼냈나요?"

"응."

생각만 하려고 한 건데, 앞으로는 조심해야지. 하지만 그렇다면……, 왜 잘되지 않은 걸까?

"내가 아직 반려를 찾을 만한 상태가 아니었거든."

내 의문에 또다시 대답이 돌아왔다. 어쩌면 이건…….

"……제가 또 말로 꺼냈나요?"

"아니, 얼굴에 다 드러났어."

"……."

그렇군요. 으음—. 내가 그렇게나 알기 쉽나.

무심코 얼굴에 손을 대자, 니콜이 내 모습을 보고 쿡쿡 웃었다.

"언젠가는 결단을 내려야 하겠지만, 지금은 조금만 더."

그가 그렇게 속삭였다. 무슨 말인지 의미를 잘 알 수 없었지만, 그보다 엄청나게 농후한 마성의 아우라가 확 밀려와서……, 나의 내성도 훌륭하게 무너져 내렸다.

머리가 멍해졌고……, 정신을 차리고 보니 나는 식사 코너에서 샐러드에 열중하고 있었다.

어라? 나는 니콜과 춤을 췄고 스토커 아저씨가 니콜에게 뜨거운 눈빛을 보냈는데……, 그 뒤로는 기억이 애매하네. 어떻게 여기까지 와서 열심히 샐러드를 먹고 있는지 알 수 없었다.

마성의 백작님, 정말이지 대단하다. 나도 저 아저씨처럼 되지 않도록 의지를 굳게 다지고 조심해야지!

좋아, 일단 샐러드는 이제 됐으니까 고기를 먹자. 어쩐지 확 지친 것 같으니 영양을 섭취해야겠어! 나는 고기 요리 쪽으로 향했다.

오오, 맛있어 보이네. 음—, 이것도 버리기 아깝고.

역시 성의 파티는 굉장하다. 고기 요리 종류만 해도 몇 종류나 된다.

아무리 나라고 해도 전부 다 먹을 수 있을 것 같지는 않아서 엄선한 요리만 접시에 담았다. 하지만 다 맛있어 보여서 망설여졌다.

이것도 좋네. 흐음, 이것도 버리긴 힘들겠어. 어느새 거의 모든 종류를 접시에 담았다.

"어이, 양이 그게 뭐야. 아무리 그래도 너무 많이 담은 거 아냐?"

누군가가 고기 요리를 잔뜩 담은 내 접시를 보고 말을 걸었다.

"앗, 앨런 님! 왜 이런 곳에 계세요? 무슨 일로 오신 거예요."

오늘의 주역이자 엄청나게 바쁠 앨런이 왜 이런 구석에 있는 식사 스페이스로 온 걸까.

"피곤해서 몰래 빠져나와 구석까지 왔어. 여기서 잠깐 휴식을 취하고 있던 참이야."

그렇게 말하는 앨런은 상당히 핼쑥해 보였다. 왕자님으로 사는 것도 참 힘들 것이다.

"수고가 많으시네요. 괜찮으시다면 이것 좀 드실래요?"

나는 지친 왕자님이 조금이라도 힘을 낼 수 있게끔 접시에 잔뜩 담은 고기를 권했다.

"……아니, 아무리 그래도 그렇게 많은 양은 필요 없어."

그가 거절했다.

"밥을 먹으면 힘이 날 거예요."

내가 말했다.

"그건 어린애나 너 정도겠지."

무례한 대답이 돌아와서 내가 엄선한 요리는 나눠주지 않기로 했다.

좋아, 앨런 앞에서 다 먹어주겠어. 나중에 원한다고 해도 나눠주지 않을 거야.

나는 접시에 담은 고기 요리를 우물우물 먹기 시작했다.

응, 역시 맛있어. 최고야. 이 스테이크는 육즙이 뚝뚝 흘러서 참을 수가 없다니까. 이 고기는 마치 입속에서 녹아내리는 것 같네.

아아, 이렇게나 맛있는 걸 마음껏 먹을 수 있다니 행복해.

우물우물우물우물우물우물우물우물우물우물.

우물우물우물우물우물우물우물우물우물우물. 우물우물우물우물우물우물우물우물우물우물.

"푸핫……, 크하하하."

갑자기 앨런이 어깨를 떨며 웃기 시작했다.

앗! 뭐야, 갑자기 왜 그래?

"앨런 님, 왜, 왜 그러세요?"

"……아니, 왜 그러냐니. 너 말이야, 아무리 그래도 엄청 열심히 먹잖아……. 크하하하."

아무래도 내가 필사적으로 고기를 입에 넣는 게 이상했던 모양이다. 앨런의 웃음 포인트는 잘 모르겠다.

웃음을 터트린 앨런은 좀처럼 웃음을 그치지 않았다.

애초에 고기 요리가 굉장히 맛있으니 필사적일 법도 하잖아. 요리를 먹지 않은 앨런은 모르겠지만.

아, 그렇지! 나는 고기 요리를 포크로 하나 집어서 그대로 눈앞에서 폭소하는 앨런의 입에 집어넣었다.

"……으읍! 으헉……."

입에 고기가 들어온 앨런은 순간 굳어 버렸지만, 내가 얼굴을 들이밀며 "먹어 보세요"라고 하자, 멍하니 고개를 끄덕이며 포크에서 요리를 빼 먹었다.

　너무 웃은 탓인지 얼굴이 붉어진 앨런은 요리를 우물우물 먹었다.

　다 먹은 앨런에게 물었다.

　"봐요, 맛있잖아요."

　그러자 퉁명스럽게 "그래"라는 대답이 돌아왔다. 하지만 오래 알
고 지낸 나는 그가 기분 좋은 표정을 짓고 있다는 걸 알았다.

　그러니까 맛있다고 했잖아. 분명 앨런도 정신없이 먹어버릴 거야.

　"아, 이것도 맛있어요."

　좋아, 이제 앨런에게도 많이 먹여줘야지. 포크로 다른 요리를 찍
어 들어 올렸을 때였다.

　"카, 카타리나 님. 저, 저에게도 그거 해주세요……, 헉헉헉."

　어쩐지 메리가 엄청나게 숨을 헐떡이며 달려왔다.

　"메, 메리, 괜찮아?!"

　친구가 심하게 숨을 헐떡여서 무슨 일인지 걱정스러웠다.

　"괘, 괜찮아요. 배가 좀 고팠을 뿐이에요."

　"아아, 줄곧 춤을 추고 있었지. 그럼 내가 뭔가 가져올게."

　그렇게 말한 나는 댄스 때문에 지친 친구를 위해 새로 요리를 가
져오려고 했다.

　"앗! 아, 그게 아니에요, 카타리나 님. 포크로 음식을 먹여주는 걸
저에게도……."

　"치사해요, 메리 님. 그럼 저에게도 해주세요."

　무슨 일인지 소피아도 다시 다가왔다. 그러나 에스코트를 맡은
니콜의 모습은 보이지 않았다.

　"어라? 소피아, 니콜 님과 함께 있지 않았어?"

"오라버니는 아까 아버지뻘 되는 신사가 말을 걸어서 테라스 쪽으로 가셨어요."

소피아는 보기 좋은 미소를 지으며 대답했지만……, 그거, 꽤 위험하지 않나! 혹시 아까 뜨거운 눈빛을 보냈던 아저씨일까? 아니, 다른 사람일지도 모르지만 어찌 됐든 여러모로 위험한 듯하다.

입을 뻐끔거리는 내 의도를 눈치챘는지는 모르겠지만, 소피아는 여전히 사랑스러운 미소를 띤 채 말했다.

"아마 상담 같은 거겠지만, 오라버니는 이래저래 익숙하니까 문제없어요."

이래저래 익숙하다니, 어떻게 해석해야 좋을까. 스토커에게도 익숙하다는 뜻일까……. 신경이 쓰였지만 친동생이 문제없다고 했으니 아마 괜찮을 것이다. 괜찮을 거라 믿고 싶다.

내가 니콜을 걱정하며 끙끙거리고 있을 때, 메리가 앨런에게 말을 걸었다.

"앨런 님은 이런 곳에서 뭘 하셨던 건가요?"

메리의 목소리에 약간 가시가 돋은 것처럼 들렸는데, 착각일까?

"아, 그게, 조금 지쳐서 휴식하고 있었어."

왠지 앨런이 허둥지둥 당황하며 대답했다.

"그랬군요. 확실히 오늘은 힘드셨겠죠. 하지만 슬슬 돌아가는 편이 좋지 않을까요? 하인들이 찾고 있던데요."

말투도 온화하고 얼굴도 웃고 있었지만, 어쩐지 강압적인 박력을 지닌 메리의 말에 앨런은 "그래" 하고 얌전히 복종하며 터덜터덜 파티장 가운데로 돌아갔다.

"메리와 소피아는 이제 인사와 댄스를 하지 않아도 돼?"

남아 있는 두 여자아이에게 물어보았다.

"네. 이제 필요한 상대와는 끝났어요."

"저도요."

그런 대답이 돌아와서 나는 이렇게 제안했다.

"그럼 두 사람도 같이 식사하자. 가능하면 조금씩 나눠서."

그렇게 하면 더 많은 음식을 먹을 수 있으니까. 사실은 좀처럼 먹을 것을 좁힐 수가 없어서 난감해하던 참이었다.

"'좋아요.'"

내 제안에 흔쾌히 동의한 두 사람과, 잠시 후 수많은 남성들의 접근을 뿌리치고 이쪽으로 온 마리아와 함께 수다를 떨며 맛있게 음식을 먹었다.

참고로 마리아에게 집적거리려는 경박한 녀석들은 내가 위협했다.

'금방 돌아올게요'라고 했던 디올드는 굉장히 바쁜 건지 잠시 얼굴을 내밀고 나서 곧장 하인에게 불려갔다. 키스의 말처럼 밤에 놀러 오라고는 하지 않아서 안심했다.

걱정했던 니콜은 무사히 소피아에게 돌아왔지만, 얼굴이 조금 피곤해 보여서 신경이 쓰였다.

파티가 끝나갈 무렵, 다 쓴 유리잔을 몰래 가져가려는 아저씨와 눈이 마주쳤다. 니콜과 춤출 때 뜨겁게 그를 바라보았던 인물이었다……. 나는 슬며시 눈을 돌려 못 본 셈 치기로 했다.

이렇게 잠깐 길을 잃은 것 외에는 큰 문제없이 성에서 열린 파티가 끝났다.

파티가 끝난 후, 성에서 묵고 가기로 한 손님은 각각 성의 손님방으로 안내를 받았다. 과연 성의 손님방이라 그런지 상당히 훌륭했다.

이제부터는 드디어 기다리고 기다렸던 여자들만의 밤 모임이다.

자신의 방에서 준비를 마치고 메리의 방에 모여 아침까지 이야기를 나눌 예정이다.

메이드 앤의 도움을 받아 몸을 깨끗이 하고 짐을 정리한 뒤 새로 조달한 잠옷으로 갈아입었다. 준비는 다 끝났다.

하지만 조금 지나치게 의욕적으로 서두르는 바람에 약속 시간이 되려면 아직 멀었다.

으음, 그냥 방에서 기다리는 것도 심심하고ー. 그래, 잠깐 성을 탐색하……면 길을 잃을지도 몰라. 그리고 어쩌면 디올드가 어른들의 권유를 해올 가능성도 있으니, 혼자서 그리 나다니지 않는 편이 좋을 거라고 키스가 그랬었지. 그래, 맞아!

"잠깐 옆에 다녀올게."

"앗, 옆이라니, 카타리나 님……."

나는 앤에게 말하고 나서 방을 뛰쳐나왔다. 그리고 옆의 손님방을 노크했다.

"네, 누구세……."

"키스, 놀러 왔어."

대답이 들리자마자 나는 그의 방으로 들어갔다. 그리고 침대 옆에서 쉬고 있던 키스에게 다가갔다. 키스와 나는 가족이라 방이 붙어 있다.

"저기, 누나. 무슨 일이야?"

갑작스러운 내 방문에 키스는 놀란 얼굴을 했다.

"메리의 방에 가기 전까지 아직 시간이 남아서. 키스에게도 새 잠옷을 보여주려고."

나는 방을 이동할 때 입으라고 앤이 입혀준 가운을 벗고 새로 산 잠옷을 보여주었다.

봄 느낌이 나는 옅은 색깔의 잠옷인데, 하늘하늘하고 귀여워서 첫눈에 반해버렸다.

"자, 봐봐, 귀엽지?"

잠옷이 잘 보이도록 빙그르르 돌자 어쩐지 키스가 눈살을 찌푸리며 굳은 표정을 지었다.

"이 잠옷, 이상해?"

앤도 귀엽다고 했는데 뭔가 이상한 걸까. 무척 귀여워서 악역 얼굴에는 어울리지 않는다거나……

"아니, 잠옷은 귀엽지만."

"그래, 다행이다."

내가 안심한 듯이 말하자,

"으으―, 그게 아니라."

키스는 깊은 한숨을 내쉬었다.

"저기, 누나. 나는 벌써 메이드를 방으로 돌려보냈어."

"아아, 그런 것 같네."

확실히 방 안에는 키스를 모시는 메이드의 모습이 보이지 않았다.

"그래. 그러니까 이 방에는 이제 우리 둘밖에 없는 거지."

"응, 그렇지."

나도 앤을 방에 두고 왔으니까.

"하아ー, 전혀 모르잖아."

키스는 다시 한숨을 내쉬었다. 그러더니 내 팔을 휙 잡아당겨 그대로 옆에 있는 침대 위에 눕혔다.

다정하게 눕혀줘서 아프지는 않았지만 뭐가 뭔지 알 수 없어서 당황했다. 키스는 침대에 누운 내 위에 몸을 겹쳤다.

"누나는 이전에 내가 고백했다는 걸 잊어버린 것 같네."

"?!"

그래, 맞아! 나는 요전에 납치 사건을 해결하고 나서 키스에게 고백을 받았다! 아니, 하지만 그건 잊어버렸다기보다…….

"……그 후에 키스가 너무나도 평소랑 똑같아서 혹시 꿈인가 싶었거든…….

그렇게 말하니 키스는 복잡한 표정을 지었다.

"누나가 그런 것에 면역이 없다는 걸 잘 알고 있어서 곤란하게 하지 않으려고 일부러 평소처럼 대했을 뿐이야."

확실히 나는 그런 것에 면역이 없어서 디올드의 어프로치에도 쩔쩔매는 상태였다. 다정한 동생은 그런 나를 신경 써준 모양이다. 그래서.

"……고마워."

고맙다고 말했다.

"하지만 겨우 마음을 전했더니 꿈이라고 생각할 정도라면, 이제 그렇게까지 신경을 쓰지 않기로 했어."

"?!"

"그렇잖아. 조금은 나를 의식해주지 않으면⋯⋯. 누나는 너무 무방비하니까."

키스가 갑자기 얼굴을 확 가까이 댔다.

"내가 조심하라고 말했지? 밤에 잠옷 차림으로 남자의 방에 혼자 오다니, 무슨 짓을 당해도 불평할 수 없다고."

나는 그 말을 듣고 나서야 겨우 지금의 자세가 몹시 위험하다는 것을 깨달았다.

침대 위에 정자세로 쓰러진 내 위에 키스가⋯⋯. 이건 만화나 게임에서 자주 봤던 덮치는 상황이잖아! 위험해, 이건 위험하다고. 어, 어떻게 해야 하지!

너무 혼란스러워서 굳어버린 나에게 키스의 단정한 얼굴이 다가왔다.

열띤 눈이 마치 모르는 사람 같아서 어쩐지 무서운 생각이 들었다.

어떻게 하면 좋을지 알 수가 없어서 참지 못하고 눈을 꽉 감았다.

'쪽.'

귀여운 소리가 나더니 뺨에 부드러운 느낌이 닿았다. 그와 동시에 내 위에 올라타 있던 키스의 기척이 사라졌다.

"?"

살며시 눈을 떠 보니 키스는 나와 거리를 두고 애달픈 표정을 짓고 있었다.

"저, 저기, 키스?"

"나니까 이 정도에서 참은 거지, 디올드 님이었다면 돌이킬 수 없게 되었을 거야⋯⋯. 조금쯤은 자기가 여자라는 자각을 가지라고."

키스는 그렇게 말하더니 아까 벗었던 내 가운을 다시 걸쳐주고 나를 방 밖으로 내쫓았다.

방 밖으로 쫓겨난 나는 그 후 잠시 동안 멍하니 있다가 약속 시간에 늦고 말았다.

"……카타리나 님, 카타리나 님."

"어, 으응. 왜 그래, 메리?"

멍하니 있는데 메리가 말을 걸어와서 황급히 대답했다.

"어딘가 몸이 안 좋은 곳이라도 있나요?"

아무래도 걱정을 끼친 모양이다.

"아, 아니. 그냥 졸업식이랑 파티가 이어져서 조금 피곤한 것 같아."

나는 그렇게 대답했다. 실제로 아침 일찍부터 준비니 뭐니 엄청 바빠서 꽤 피곤한 것도 사실이다.

다만, 멍했던 건 방금 전에 있었던 키스와의 일이 큰 원인이지만……. 지금까지는 다소 꾸중을 들은 적은 있어도 그런 짓을 당하거나 그런 말을 들은 적은 없었다……. 게다가 그런 얼굴도 처음 봤다.

"괜찮으세요? 과자 좀 드실래요?"

"차와 주스도 많이 있어요."

나는 나를 배려해주는 모두에게 "고마워"라고 인사하고 나서 그들이 내민 과자와 차를 고맙게 받았다.

모처럼 잔뜩 기대했던 여자들만의 모임이다. 게다가 이제 취직하면 이렇게 다 같이 모일 수 없게 될지도 모른다. 지금은 있는 힘껏 즐겨야 한다!

"응, 맛있어! 힘이 막 생기네."

그렇게 말하자 다들 부드럽게 웃었다.

이곳은 성에서 메리에게 내어준 손님방이다. 나와 마리아와 소피아가 각자 과자와 차, 주스 등을 들고 모여서 아침까지 밤새 이야기를 나누자고 계획했다.

참고로 복장은 내 아이디어에 맞춰 잠옷을 입었다. 파자마 파티를 동경했기 때문이다.

다들 각자의 개성에 맞는 잠옷을 입어서 귀여웠다.

"확실히 오늘은 예정이 꽉 차 있어서 지쳤지요."

소피아가 아까 내가 한 말에 동의하며 차분하게 말했다.

"맞아요. 특히 저는 이런 파티 같은 곳에 출석한 적이 없어서 완전 지쳤어요."

"아, 그렇구나. 마리아는 학교 밖에서 하는 파티가 처음이었지."

평민인 마리아는 애초에 귀족 파티 같은 곳에 참석한 적이 없다.

그런데 처음 참석한 귀족 파티가 성의 대규모 파티라니, 힘들었을 법도 하다.

"네. 여러분께서 가르쳐주신 대로 조심스럽게 행동하려고 했는데, 실수한 게 많지 않을까 걱정이 되어서……."

마리아의 표정이 흐려졌다.

"아뇨, 무척 훌륭했어요. 정말로 파티가 처음이라고는 생각할 수 없을 만큼 완벽했어요."

메리가 추켜올렸다. 사교계의 꽃이라 불리는 메리가 그렇게 말했으니 정말로 완벽했을 것이다.

　내가 봐도 오늘의 마리아는 훌륭한 영애처럼 보였다.

　다만, 나는 항상 어머니나 키스에게 잔소리를 듣는 그저 그런 영애이기 때문에 다른 사람을 평가할 자신이 없었다.

　"그렇게 말씀해주시니 기뻐요. 생각보다 많은 분들이 말을 걸어주셔서 힘에 부쳤거든요."

　"……정말 많은 사람이 접근하더라고."

　왠지 모르겠지만 마리아는 중요한 공략 대상들과 친구 이상으로 발전하지 못했지만, 과연 히로인이라 그런지 남자들에게 무척 인기가 많았다. 오늘 파티에서는 상당한 수의 사람들이 접근했다.

　이렇게나 귀엽고 착한 데다 요리까지 잘하니, 여자로서 더할 나위가 없겠지. 나도 남자였다면 분명 그녀에게 접근했을 것이다.

　"하지만 어느 분의 청도 승낙하지 않으셨지요?"

　"뭐?! 마리아, 그랬어?"

　메리의 말을 듣고 나는 깜짝 놀라서 마리아를 쳐다보았다. 길을 잃는 바람에 상당히 자리를 비워서 몰랐지만, 아무래도 마리아는 그 누구와도 댄스를 추지 않은 모양이었다.

　"……네. 춤을 제대로 출 자신이 없어서요."

　마리아는 부끄럽다는 듯이 말했다. 우리는 어렸을 때부터 철저하게 댄스 레슨을 받지만, 평민 출신인 마리아는 그런 레슨을 받은 적이 없을 터였다.

　"나도 댄스는 엄청 서툴지만, 항상 나를 잘 리드해주기 때문에 나름대로 하기는 해."

　심지어 엉뚱한 생각을 하고 있는데도 리드를 잘 해줘서 덕분에 어떻게든 해내기도 했다.

"카타리나 님과 춤을 추는 분은 디올드 님이나 키스 님 등 솜씨가 각별한 분들이라 특히 더욱 그렇지만……, 확실히 남성 분의 리드에 몸을 맡기면 그럭저럭 출 수 있어요. 마리아도 학교에서 레슨에 참가하긴 했잖아요?"

메리의 말에 마리아는 고개를 끄덕였다.

"그건 그렇지만……, 역시 잘 모르는 분께 몸을 맡기는 건 조금 내키지 않아서요."

마리아가 눈썹을 내리며 말했다.

확실히 잘 모르는 사람에게 리드를 맡기는 건 어쩐지 싫을지도 모른다.

"뭐, 그건 그렇죠. 저도 그리 면식이 없는 분의 청은 거절하고 있어요."

사교계의 꽃인 메리도 동의했다.

"하지만 멋진 분이라면 한 번쯤 춤을 춰봐도 괜찮지 않았을까요? 그런 분은 없으셨나요?"

그때 소피아가 반짝이는 눈빛으로 마리아를 보며 물었다. 로맨스 소설을 너무 많이 읽어서 그런지 소피아의 머릿속은 망상으로 가득하다.

"멋진 분이라—."

마리아가 생각에 잠겼다.

그러고 보니 마리아가 어떤 타입을 좋아하는지 제대로 들은 적이 없는 것 같다. 마리아는 어떤 사람을 좋아할까?

"마리아는 어떤 사람이 좋아?"

"좋아하는 분이요?"

마리아는 잠시 생각했다.

"항상 웃는 얼굴이고 태양처럼 밝은 분이 좋아요. 그리고 제가 만든 과자를 맛있게 먹어주시는 분일까요."

의외로 구체적인 대답이 나와서 놀랐다. 어쩐지 마리아는 '그런 건 아직 생각해본 적이 없어요'라며 난감하다는 듯이 대답할 거라 생각했기 때문이다.

"그, 그렇구나."

예상과는 다른 대답에 나는 조금 당황했다.

"저도 그래요. 저도 밝고 활기찬 분이 좋아요! 참고로 머리는 갈색이고 눈동자는 물색인 사람을 좋아해요!"

무슨 일인지 메리까지 편승해서 좋아하는 타입을 늘어놓았다. 굉장히 구체적인데……. 메리, 너의 앨런은 어떻게 할 거야. 지금 한 말을 푸른 눈을 지닌 은발 왕자님이 들으면 울겠어.

"그럼 카타리나 님은 어떤 분이 좋으세요?"

메리가 나에게도 다그치듯이 물어봤지만…….

"나는……."

솔직히 불과 얼마 전까지 이번 생은커녕 전생에서도 연애와는 인연이 없었다. 2차원에 열을 올리기는 했지만 현실 로맨스 같은 건없었다.

"나는 아직 그렇게 구체적으로 생각해본 적이 없어서……. 소피아는 어때?"

어쩐지 나만 혼자 남겨진 것 같아 복잡한 기분이 들었다. 그래서 마지막 보루인 소피아에게 물었다.

"저요? 저는요—, 잃어버린 왕국의 왕자님이었던 분이나—."

로맨스 소설의 망상을 활짝 펼친 안정적인 코멘트가 돌아와서 어쩐지 안심했다.

그 후 얼마간 소피아의 망상 이야기가 이어졌으나, 내가 물어본 것이기 때문에 일단은 제대로 들었다.

소피아의 망상은 이윽고 최근에 빠진 로맨스 소설 이야기로 옮겨 갔다. 소피아는 지금이 기회라는 듯 지참한 신작 소설을 몇 권 빌려주었고, 스포일러가 되지 않을 정도로만 그 소설의 훌륭함을 역설했다.

이렇게 소설 이야기에 열을 올리다가 이어서 요즘 여자들 사이에서 유행하는 과자 가게 이야기나 잡화점 이야기 등 화제가 끊이지 않았다. 여자들만의 밤 모임은 크게 흥이 올랐다.

아아, 즐겁다. 오늘 밤은 최고야.

◆ ◆ ◆

저질러버렸다.

어두컴컴한 복도 한가운데서 나, 키스 클라에스는 깊은 한숨을 내쉬었다.

뒤늦게 아까 누나인 카타리나에게 저지른 일에 대해 깊은 후회가 밀려왔다.

하지만 카타리나가 나쁘다. 밤에 혼자서 남자의 방에 찾아와 가운을 벗고 잠옷 차림을 보이다니. 그야말로 유혹한다고밖에 생각할 수 없다.

오히려 그 정도에서 그친 나의 이성을 칭찬해주고 싶을 정도였다. 만약 상대가 디올드였다면 지금쯤 맛있게 먹혔을지도 모른다.

그러나 이 일 때문에 앞으로 카타리나가 나를 무서워하거나 피한다면……, 그건 그것대로 애달프다.

나를 전혀 의식하지 않는 건 괴롭다. 하지만 너무 의식해서 피하는 것도 괴롭다. 스스로 생각해도 제멋대로라는 건 자각하고 있다.

여덟 살 때 처음 싹튼 연심은 9년 동안 줄곧 가슴속에 숨겨둔 채 마음을 이어가는 동안 점점 커졌고, 어느새 상당히 복잡해졌다.

차라리 나를 피할 것을 각오하고 최대의 라이벌인 디올드처럼 적극적으로 접근하는 게 나으려나. 하지만 내가 그럴 수 있을까?

그런 짓을 할 수 있다면 9년이나 구질구질하게 첫사랑에 끙끙거리지 않았으리라.

휴우―. 나는 다시 크게 한숨을 내쉬었다. 그때.

"오, 키스도 왔구나."

뒤에서 귀에 익은 목소리가 들려와 돌아보자, 은발에 푸른 눈을 지닌 왕자 앨런이 걸어오고 있었다. 그의 뒤에는 마성의 백작 니콜이 있었다.

두 사람은 갑작스럽게 등장했지만, 어쩐지 그들도 이곳으로 올 것 같다고 예감했기에 그리 놀라지는 않았다.

"메리가 아무래도 걱정이 된다며 협력해달라고 부탁해서 말이야."

앨런은 내 눈빛을 보고 마치 변명하듯이 말했다.

"나도 소피아의 부탁으로 왔어. 일단 여기 있으면 괜찮겠지."

니콜도 말했다.

"그렇죠. 이곳을 지나지 않고서는 갈 수 없으니까요. 여기 있으면 문제없을 겁니다."

메리는 이걸 목적으로 일부러 이렇게 구석에 있는 방을 고른 모양이니까.

나는 앞쪽으로 쭉 뻗은 복도를 가만히 바라보았다. 그러자 복도 끝에서 누군가가 다가오는 기척이 느껴졌다.

왔나? 이런 시각에 일부러 이런 곳에 오는 걸 보면 아마 그럴 것 같지만.

가만히 응시하고 있으려니 어둠 속에서도 눈에 띄는 금발이 보였다. 역시나 왔다.

제3왕자인 디올드 스티아트가 이쪽으로 우아하게 걸어왔다.

"키스, 앨런, 니콜. 다 같이 이런 곳에서 뭘 하는 거죠?"

우리의 모습을 발견한 디올드는 그렇게 말하며 늘 그렇듯 수상쩍은 미소를 지었다. 입은 웃고 있지만 눈은 확실하게 '방해다'라고 말하고 있었다.

디올드에게 뭐라 대답할까 생각하고 있을 때, 니콜이 먼저 입을 열었다.

"잠깐 남자들끼리 모임이라도 가질까 싶어서 말이야. 디올드야말로 이런 곳에 무슨 볼일이야?"

정곡을 찌르는 니콜의 모습에 과연 대단하다고 생각하면서도, '남자들 모임'이라는 낮의 이야기를 아직도 생각하고 있었나 싶어서 놀랐다.

"남자들 모임이라, 그것 참 즐겁겠네요. 저는 요 앞에 있는 방에 볼일이 있거든요. 즐기는 와중에 죄송하지만, 조금 비켜주시겠어요?"

디올드가 아무렇지 않게 말했다.

"요 앞에는 메리 님이 빌린 손님방밖에 없습니다만."

내가 모르는 척 말했다.

"예, 거기에 볼일이 있습니다."

태연스러운 대답이 돌아왔다.

이 자식, 당당하게 카타리나에게 갈 생각인 건가! 과연 대단하군.

너무나도 당당한 디올드의 태도에 조금 당황하고 있을 때였다.

"메리의 방에서는 지금 여자들끼리 모여 있으니까, 오늘 밤에는 손님을 들여보내지 말라고 부탁하던데."

이번에는 앨런이 딱 잘라 말했다.

"……앨런. 정말 메리 양에게 좋을 대로 이용당하고 있군요. 모처럼이니 약혼자끼리 친교를 쌓으면 좋을 텐데."

디올드는 어이없다는 듯이 말했지만, 앨런은 "우리에게는 우리만의 관계가 있어"라며 아무렇지 않게 대답했다.

오기로라도 이곳에서 비키지 않겠다는 우리의 자세에 디올드는 한숨을 내쉬었다.

"뭐, 메리가 일부러 이 방을 원한 시점에서 이렇게 될 거라고 예상하긴 했습니다만. 그런데 제가 이 이후의 일을 위해 모처럼 만들어낸 시간도 소용이 없어졌네요."

디올드의 말에 어쩐지 니콜이 혹해서 달라붙었다.

"디올드는 이제부터 시간을 낼 수 있는 거야?"

"예. 약혼자와 친목을 쌓기 위해 시간을 확보하고 귀찮은 일도 대강 처리하고 왔거든요."

학생회장이었던 디올드는 졸업한 뒤에도 여전히 자료 정리 등의 일이 잔뜩 남은 모양이다(일부러 메리 양이 그쪽으로 돌려놓은 것 같기도 하지만).

이러쿵저러쿵해도 디올드는 꽤 힘들겠네. 멍하니 그런 생각을 하고 있던 나는 이어지는 니콜의 발언을 듣고 단번에 정신을 차렸다.

"그럼 모처럼 생긴 기회니까, 남자들의 모임을 갖자."

"?!"

앗, 잠깐만. 무슨 소리야, 니콜 님. 갑자기 왜 그래요? 얼굴은 평소처럼 무표정하지만 어쩐지 눈이 반짝거리는 것 같은 건 내 착각인가!

어떻게 하면 좋지. 참고로 권유를 받은 디올드를 보니 그도 의아한 표정을 지었다. 그도 그렇겠지.

하지만 또 한 사람의 은발 왕자님은.

"어? 남자들의 모임이 뭔데?"

왠지 모르겠지만 낚였다. 잠깐, 진심이야?

"남자들의 모임이라는 건 남자들끼리 아침까지 이런저런 일을 밤새 이야기하는 것 같더군."

니콜이 대답했다.

"그게 뭐야, 재밌겠네. 좋아, 하자."

앨런은 완전히 넘어갔다. 게다가 할 생각이 가득했다.

"좋아. 그럼 이곳에서는 조금 그러니까 다 같이 내 방으로 이동하자."

니콜이 의욕적으로 선언하면서 모임 개최가 결정되었다. 게다가 나도 빠지지 않고 멤버로 들어가 있는 듯했다.

아니, 거기 즐거워 보이는 두 사람(니콜은 무표정이지만). 디올드의 몹시도 귀찮고 싫어하는 듯한 표정을 잘 보라고…….

그러나 두 사람은 디올드의 상태는 전혀 신경도 쓰지 않고 그를 억지로 끌고 갔다.

이대로 몰래 내 방으로 돌아갈까 생각했지만, 끌려가는 디올드가 '너 혼자 달아나면 용서하지 않겠어'라며 쏘아 죽일 듯한 눈빛을 던지는 바람에 그럴 수도 없었다.

결국 왠지 모르게 남자들의 모임에 엄청난 매력을 느껴 평소의 냉정함이 결여된 니콜과 그에 편승해 몹시 즐거워 보이는 앨런이 개최한 남자들의 모임은 디올드가 내뿜는 불쾌함의 폭풍 속에서 진행되어 내 위를 콕콕 아프게 만들었다.

아아, 괴롭다. 오늘 밤은 최악이다.

◆ ◆ ◆

여자들의 모임은 굉장히 즐거웠지만, 아무리 그래도 오늘은 아침부터 줄곧 바빴기 때문에 졸음이 최고조에 달해서 다들 자연스럽게 졸기 시작했다.

그리고 나도 슬슬 한계에 도달했다. 머리가 멍해졌다. 아아, 더 이상 깨어 있을 수가 없어…….

예전에 자주 봤던 풍경이었다. 옅은 핑크색 벽지와 검은 테이블, 파이프 침대에 물색 커버, 침대 위에는 파란 쿠션.

전생에서 항상 놀러 갔던 단짝 친구 아츠코의 방이었다. 아아, 그

립다―.

「그 애가 마지막으로 했던 게임의 속편이니까, 클리어하면 보고 하러 가야지.」

앗, 아츠코의 목소리잖아! 그리워라―. 어디에 있을까? 모습이 보이지 않네.

음, 그러고 보니 지금 들은 목소리는 어디에서 난 거지? 그렇게 생각하고 있을 때 눈앞에 있는 거울에 아츠코의 모습이 비쳤다……. 어라? 이 시선의 위치는……, 내가 아츠코가 된 거야?! 어떻게 된 거지?

게다가 잘 생각해 보니 몸도 내 의지대로 움직일 수 없었다. 아츠코 속에 의식만 들어와 있는 느낌이다.

그래서 '아, 이건 분명 전생의 꿈일 거야'라고 결론을 내린 나는 그리운 전생을 탐닉하자고 생각했다.

아츠코는 아무래도 게임을 하려는 듯, 게임기에 디스크를 넣고 기동했다.

게임이구나―, 그립네. 무슨 게임을 하려는 걸까? 두근거리는 마음으로 바라보고 있자 게임이 시작되더니 오프닝 영상이 흘러나오기 시작했다. 그곳에는―.

어라, 마리아잖아? 잘 아는 인물의 모습이 영상으로 나오기 시작했다. 그렇다면 이건 즉 내가 전생에서 죽기 전날까지 플레이했던 『FORTUNE LOVER』인 걸까.

무슨 연유로 이렇게 환생한 세계의 게임을 화면으로 보게 된 걸까. 어쩐지 신기한 기분이 들었다.

그렇게 생각하며 보고 있었더니, 화면에 『FORTUNE LOVER Ⅱ』

라는 글자가 크게 나왔다.

앗, 지금 『FORTUNE LOVER Ⅱ』라고 나왔지?! 'Ⅱ'라니!

격렬하게 동요하는 나를 내버려두고 오프닝은 계속 이어졌다.

익숙한 디올드, 앨런, 키스, 니콜, 라파엘, 그리고 소라까지 나왔다. 그 외에도 본 적이 없는 남성 캐릭터가 둘이나 있었다.

이게 뭐야. 설마 내가 죽기 전에 했던 것과 다른 건가?! 아니, 어쩌면 인기가 있어서 Ⅱ가 나온 패턴일지도…….

내가 멍하니 있는 동안 오프닝이 끝나고 게임 스타트 화면이 나왔다. 다시 『FORTUNE LOVER Ⅱ』라는 글자가 나왔다. 서브 타이틀은 '마법성의 사랑'이다.

아츠코가 화면을 조작했다. 아무래도 어느 정도 게임을 진행한 듯 '이어서 하기'를 눌렀다.

게임이 시작되었다.

내가 모르는 남성 캐릭터가 화면에 비쳤다. Ⅱ부터 새로 나오는 캐릭터인가? 때때로 낯익은 캐릭터도 나왔다.

정말 Ⅱ가 만들어진 거야? 그렇다면 내가 죽은 이후에 발매된 걸까.

그런 생각을 하는 동안 아츠코는 선택지를 고르며 게임을 진행시켰다.

처음에는 몹시 동요했지만 잠시 바라보는 사이에 진정되었다.

왜냐하면 설령 Ⅱ가 나왔다고 해도 카타리나와는 상관이 없다는 걸 깨달았기 때문이다.

카타리나는 1편에서 이미 적어도 국외로 추방된 상태다. 다음 게임에는 더 이상 등장하지 않을 것이다. 그러므로 아무 상관도 없고 파멸하지도 않을 터였다. 두려워할 건 없다.

그렇게 생각하자 무척 평온한 마음으로 게임을 볼 수 있었다.

그래, 그래. 발매일 전부터 예약이 상당히 많았던 인기작이었으니 Ⅱ가 나와도 이상하지 않지—. 그런 경우가 꽤 있으니까—.

다음 편은 마법성의 사랑인가. 마리아가 취직한 곳에서 또 새로운 만남이 생기나 보네.

오오, Ⅱ에서는 상당히 어른스러운 남자도 나오는구나—. 이름은 사이러스. 어른스러운 색기가 괜찮아 보여. 게다가 쇼타 캐릭터도 등장하네—. 이름은 듀이구나. 귀여워. 학교에서는 동급생이나 한 학년 선배밖에 공략할 수 없었으니까, 이번에는 연령층도 넓힌 모양이야.

소라도 새로운 캐릭터로 등장하네? 무슨 계통일까?

나는 게임에서 새로운 공략 대상으로 나온 남성들을 확인했다. 마리아가 이 사람들과 사랑에 빠진다면 응원해줘야지.

그렇게 두근두근 즐겁게 바라보고 있는데, 화면에 후드를 뒤집어 쓴 음험한 여자가 등장했다. 이름은 '???'라고 되어 있다.

수상쩍은 모습인데, 이것도 새로운 캐릭터인가? 그렇게 생각했을 때였다.

「아—. 또 이 악역이 나왔어. 이름을 가렸지만 틀림없이 1편에 나왔던 디올드의 약혼자 카타리나겠지.」

아츠코가 말했다.

앗, 뭐, 뭐라고?!

「1편에서 완전히 패배했으면서 또다시 돌아와서 악한 짓을 하다니, 정말 끈질긴 여자야.」

잠깐, 어떻게 된 거야! 패배한 주제에 또 돌아와서 악역을 맡는다고?! 어떻게 돌아가는 거야!

「이번에는 국외 추방 같은 것보다 더 무거운 형벌을 받겠지.」

앗, 국외 추방보다 무거운 게 뭐지? 사형인가? 말도 안 돼! 좀 봐 달라고─. 카타리나를 너무 부려먹잖아. 카타리나는, 카타리나는 이제…….

"퇴장시켜도 되잖아──!!!!"

비명을 지르며 일어나 보니 우리 집이나 기숙사가 아니라 낯선 방이었다.

어라? 깜짝 놀라 주위를 둘러보자 눈을 동그랗게 뜬 친구들의 모습이 보였다…….

그제야 겨우 이곳은 성의 손님방이고 어젯밤부터 여자들만의 모임을 개최했다가 그대로 잠들었다는 사실을 떠올렸다.

그랬구나. 잠들었다가 그런 꿈을…….

"카, 카타리나 님, 괜찮으세요?"

옆에 있던 소피아가 어쩐지 조심스럽게 물어보았다. 아마 내 비명을 듣고 일어난 것이리라. 막 눈을 뜬 듯한 표정이었다.

"괘, 괜찮아. 조금 무서운 꿈을 꿨거든. 그보다 법석을 떨어서 깨워 버렸네. 미안해."

"아니에요, 이제 일어나야 할 시간이었으니 마침 잘됐어요."

내가 사과하자 소피아가 부드럽게 미소를 지었다.

"분명 피곤해서 무서운 꿈을 꾼 걸 거예요. 어제는 이래저래 바빴잖아요."

메리가 말했다.

"마법성에 들어가는 날까지 아직 며칠 남았으니 푹 쉬세요."

마리아도 그렇게 말하며 위로해 주었다.

그렇다. 며칠 뒤에는 마법성에 들어간다.

『FORTUNE LOVER Ⅱ』, 『마법성의 사랑』. 아까 꾼 꿈에서 봤던 화면이 다시 선명하게 머릿속에 떠올랐다.

아니, 그건 그냥 꿈이다. 메리의 말대로 피곤해서 그런 악몽을 꾼 게 분명하다.

나는 방금 전에 꿨던 악몽을 잊기 위해 고개를 저었다.

그 후 여자들끼리 함께 아침을 먹고 디올드와 앨런에게 "집으로 돌아갈게요. 묵게 해주셔서 감사합니다"라고 인사한 뒤 각자의 집으로 돌아갔다.

어젯밤 이후로 처음 보는 디올드는 어쩐지 상당히 언짢은 분위기를 풍겼고, 키스는 몹시 핼쑥해져 있었다.

푹 쉬지 못했나? 아니면 나와 마찬가지로 악몽이라도 꾼 걸까?

돌아가는 마차에서 키스가 "누나, 어제는 저기……, 미안해"라고 사과했다.

"응? 어제? 무슨 일이 있었더라? ……참, 그보다 어젯밤에 지독한 꿈을 꿨어. 비명을 지르면서 일어났지 뭐야."

내가 "틀림없이 피곤해서 그랬을 거야. 정말 지독한 꿈이었어"라고 말을 잇자, 아침부터 핼쑥했던 키스의 얼굴이 왠지 한층 더 핼

쏙해졌다.

그러고는 "하룻밤 만에 벌써 잊어버리다니 믿을 수 없어"라며 뭔가 중얼중얼 말했다.

그런 동생을 옆에 두고 나는 나대로 "어젯밤에 꾼 꿈은 그냥 꿈이야. 피곤해서 악몽을 꿨을 뿐이야"라고 중얼거리며 자기 암시를 걸었다.

그렇게 하지 않으면 도저히 냉정함을 유지하기 힘들었다.

그도 그럴 게, 너무나도 생생한 꿈이었으니까…….

『FORTUNE LOVER Ⅱ』가 발매되었고 그 다음 무대는 마법성—거기까지는 딱히 꿈이 아니라 해도 문제없다. 다만…….

다시 돌아온 악역 영애 카타리나.

그리고 이번에는 처형……. 시, 싫어. 너무 싫어——!!!!

모처럼 파멸 플래그를 무사히 뛰어넘어 평온한 생활을 손에 넣었다고 생각했는데, 또다시 악역이 되어 파멸 플래그를 맞이하다니. 이제 좀 봐줘.

아, 아니야. 그건 그냥 꿈이야. 꿈일 뿐이야. 엄청나게 생생했지만, 꿈은 꿈이지!

분명 이런저런 일로 피곤했던 데다 첫 취직에 대한 불안감 때문에 그런 꿈을 꾼 것이리라. 현실에서는 있을 수 없는 일이다.

그렇게 생각해도 불안감은 좀처럼 사라지지 않았다. 나는 "어젯밤에 꾼 꿈은 그냥 꿈이야. 피곤해서 악몽을 꿨을 뿐"이라고 계속 중얼거리며 거듭 자기 암시를 되풀이했다.

제2장

마법성으로

계속해서 자기 암시를 건 보람이 있는 건지 아니면 시간이 흘러간 덕분인지, 며칠이 지나자 '그런 꿈 하나 때문에 뭘 그렇게나 겁을 냈던 건지'라는 기분을 느꼈다.

그리고 오늘, 마침내 마법성에 들어가는 날이 찾아왔다.

전생의 만화나 영화 등에서 본 마법사의 로브 같은 망토를 걸쳐야 하는 마법성 제복을 입자 어쩐지 흥분되었다.

오늘은 입성식과 마법성 안내라는 이름의 오리엔테이션 같은 것이 열린다.

좋─아, 오늘부터는 사회인이다. 열심히 하자! 나는 기합을 넣고 마법성으로 출발했다.

마법성은 마법 학교와 같은 부지 안에 있다. 장소는 그리 새롭지 않았지만, 입성식에 참가하는 신입들이 강당 비슷한 곳에 모이는 오늘은 어쩐지 평소보다 긴장된 분위기가 감도는 것 같아서 나도 긴장했다.

신입만 50명 가까이 되는 것 같다고 느낄 만큼 인원이 상당히 많았다. 각지에 있는 마법성 지부에 들어갈 사람들도 오늘은 이곳에 다 모인다고 하니, 그 때문일지도 모른다.

많은 사람들 속에 있자 아무래도 마음이 진정되지 않아서 안절부절못하고 있는데 옆에서 누군가가 말을 걸었다.

"안녕하세요, 카타리나 님."

"안녕하세요, 클라에스 님."

마리아와 소라였다. 오는 도중에 우연히 만났다고 하는 두 사람은 나를 발견하고 이쪽으로 다가왔다.

두 사람은 얼마 전부터 마법성에 다니며 견습 일을 하고 있는데, 일단 입성일은 다른 신입들과 맞춰 오늘부터 셈하기로 했다고 한다. 그래서 신입으로서 함께 입성식에 참가했다.

낯익은 얼굴을 보자 조금 안심이 되었다.

참고로 마리아는 물론이고 소라도 얼마 전 키스 납치 사건 때 함께 여행했던 사이다. 나름대로 속마음까지 알고 있다.

아직 주변이 떠들썩해서 우리는 잠시 이야기를 나누었다.

"두 사람은 어디서부터 같이 온 거야?"

"으음, 이곳으로 오는 도중에 약간의 트러블이 있었는데, 소라 씨의 도움을 받았거든. 그때부터 함께 왔어요."

"아아, 성가신 남자가 마리아 씨에게 엮여서 쫓아내는 걸 잠깐 도와줬을 뿐이야."

다시 말하자면 마법성에 오기 전에 마을에서 어떤 남자가 마리아에게 달라붙었는데, 이를 발견한 소라가 선뜻 도와줘서 함께 왔다는 것 같다.

음, 어쩐지 여성향 게임의 만남 이벤트 같다는 느낌이 엄청 드네. 곤경에 처한 주인공을 구해준 남자가 사실은 같은 동기로 마법성에 들어오는 전개라니.

푸른 머리와 눈동자를 지닌 섹시 계열의 미청년 소라도 꿈에서는 새로운 공략 대상이었으니 있을 법한 일이다. 가능하다. 그런 스토리도 상당히 많았지……. 아니, 아니야. 아니야, 아니라고. 그럴 리 없지. 없어, 없다니까. 그건 그냥 꿈이고 현실이 아니야. 아무리 엄청 생생하고 선명했다고 해도 그냥 꿈일 거야.

나는 고개를 절레절레 흔들며 머릿속에 떠오른 생각을 지웠다.

"카타리나 님, 왜 그러세요?"

마리아가 수상쩍게 움직이는 나를 걱정스레 바라보았다.

"아, 아무것도 아니야. 조금 긴장해서 그래."

내가 얼버무렸다.

"저도 그래요. 드디어 오늘부터 마법성의 정식 직원이 되는 거잖아요."

마리아가 불안해하는 표정을 지었다. 굉장히 보호 본능을 자극하는 표정이어서 무심코 '내가 지켜줄게'라고 말하고 싶었지만……, 실제로 흙 소복밖에 쓰지 못하는 내가 할 수 있는 일은 얼마 없을 터였다.

게다가 나도 긴장하고 있다고 말했으니 그렇게 발언하는 것도 이상하게 보일 것이다. 그래서.

"함께 힘내자."

나는 마리아의 손을 잡았다. 마리아는 뺨을 붉히며 "네" 하고 사랑스럽게 고개를 끄덕였다.

과연 주인공이다. 소소한 표정도 너무 귀엽다. 옆에 있던 소라도 작은 목소리로 "사람을 홀리는군"이라며 불쑥 중얼거렸다.

소라의 그 마음, 나도 잘 알겠어! 마리아는 정말 귀여워서 여자인 나도 유혹당할 것 같을 정도로 '사람을 홀리'니까.

이야기를 나누는 동안 식에 출석할 신입들이 다 모인 모양이었다. 높으신 분들이 잇따라 도착했고, 떠들썩했던 식장도 조용해졌다.

내가 유괴당했을 때와 키스가 행방불명되었을 때 신세를 진 라파엘의 상사, 라나 스미스를 비롯해 각 부서의 대표로 보이는 상사들도 식장에 모였다.

나는 식장을 둘러보며 꿈에서 봤던 게임 캐릭터가 없나 확인했다.

아니, 단순한 꿈이겠지만 일단 만에 하나 모르니까.

그러나 유감스럽다고 해야 하나 기쁘다고 해야 하나, 그런 인물은 보이지 않았다. 역시 있을 수 없는 일이다. 나는 상당히 안심했다.

이윽고 전원 다 참석한 듯, 개회의 말과 함께 식이 시작되었다.

참고로 이 식에는 높으신 분이 앉을 의자는 있지만 신입이나 다른 직원들의 의자는 없다. 일어선 채 축사를 듣는 패턴이다.

뭐, 마법 학교의 입학식이나 졸업식도 그랬기 때문에 아마 그럴 거라고는 생각했지만.

입식 모임이나 무도회 같은 게 자주 있어서 다들 단련되어 있을 테니, 전생처럼 교장이나 교감의 이야기가 길다고 빈혈로 쓰러지는 사람은 없을 것 같지만……. 그래도 너무 길면 싫다―. 학교의 식전은 항상 짧았는데 입성식은 과연 어떨까.

개인적으로 서서 이야기를 들으면 금세 피곤해진다. 쪼그려 앉을 수 있게 해줬으면 좋겠다. 하지만 이런 치마 제복으로는 제대로 앉을 수 없을 것 같은데. 체육복이라면, 아니 작업복이라면 잘 앉을 수 있겠지만.

그런 생각을 하는 동안 몇몇 사람들이 축사 같은 걸 늘어놓은 모양이다. 드디어 단상 위에 이 나라의 톱이 섰다.

"오늘, 여러분은 이 나라의 중추라고도 할 수 있는 마법성의 직원이 된다."

그렇게 운을 뗀 사람은 이 소르시에 왕국의 국왕이었다.

일단 공작 영애이자 왕자의 약혼자 지위에 있는 나는 몇 번인가 형식적으로 인사를 나눈 적이 있는데, 그 외에는 딱히 이야기를 해본 적이 없는 높으신 존재다.

마법 학교의 입학식과 졸업식은 측근이 국왕의 말을 대신 전했으나, 과연 국왕에 버금가는 권력을 지닌 마법성의 입성식이라 그런지 국왕 본인이 인사를 하는 모양이었다.

국왕은 갓 스무 살을 넘긴 자식이 있는 것처럼 보이지 않을 만큼 젊은 외모를 지녔지만, 나라의 톱인 만큼 뭐라 형언할 수 없는 박력이 느껴졌다.

은발의 푸른 눈은 앨런과 똑같지만 얼굴은 디올드와 닮은 것 같네. 누가 봐도 아들들처럼 굉장한 미남이라는 건 잘 알겠어.

이런 기회라도 없으면 그리 찬찬히 볼 수 없는 국왕을 뚫어지게 쳐다보고 있는데……, 눈이 딱 마주쳤다. 그러고는 의미심장한 눈빛을 주고받았다.

앗, 어라, 뭐지? 뭐야, 지금 그건 무슨 뜻이야?

조금 당황했지만……, 옆에 있는 신입도 작은 목소리로 "지금 국왕님과 눈이 마주쳤어"라고 말하는 소리가 들려왔다.

앗, 뭐야. 전생의 아이돌 콘서트 같은 곳에서 우연히 이쪽을 쳐다보면 그 주변에 있던 모두가 '눈이 마주쳤어'라고 하는 그거구나. 깜짝 놀랐네. 착각해서 쓸데없이 당황했잖아.

이윽고 국왕의 축사가 끝나고 폐회의 말과 함께 높으신 분들이 퇴장했다. 그러자 다들 긴장이 풀린 듯 조금 어수선해지기 시작했다.

"끝났네요. 이 다음은 선배님들이 마법성을 안내해주신다고 했죠?"

마리아도 긴장이 살짝 풀렸는지 아까보다 좀 더 평온해진 얼굴로 말했다.

"응. 선배들이 이쪽으로 오시는 건가?"

"네. 각 부서에서 안내를 담당하시는 분이 몇 분 정도 와주시는 것 같습니다."

얼마 전부터 마법성에서 근무하기 시작한 소라가 내 질문에 대답해주었다.

선배가 안내해준다고 했으니, 이제부터 그 선배들이 올 것이다.

이 식장에 있는 상사나 신입 중에는 꿈에서 본 게임 캐릭터가 없었지만……, 어쩌면 지금부터 올 선배들 뒤에 있을지도 모른다. 나는 내심 두근거리며 선배가 오기를 기다렸다.

십 수 명의 선배들이 줄지어 식장으로 들어왔다. 자세히 확인해봤지만 그중에서 게임 캐릭터 같은 인물은 보이지 않았다.

역시 그건 단순한 꿈이었나 보다. 너무나도 생생해서 내 생각이 지나쳤던 것이리라. 안심한 나는 가슴을 쓸어내렸다.

식장에 온 선배들의 지시를 따라 일고여덟 명씩 짝을 지어 마법성을 안내받기로 했다.

가까이에 있었기 때문에 마리아와 소라는 나와 같은 그룹이 되었다. 무척 든든했다(소라는 이미 마법성의 대략적인 구조를 알고 있다고 했지만, 신입으로서 새로운 마음가짐으로 근무하기 위해 오리엔테이션에 함께 참가했다고 한다).

"여어, 신입 제군. 내가 오늘 제군의 안내역을 맡은 닉스 코니쉬다."

우리 그룹을 안내해주기로 한 남자 선배가 인사했다.

말 자체는 그리 이상하지 않았지만, 왜 머리를 쓸어올리고 일부러 곁눈질을 하며 말하는 걸까. 의도가 뭔지 전혀 모르겠다.

게다가 흘러내린 앞머리는 한쪽만 이상하게 길고, 복장도 다른 사람들과 달랐다.

다들 똑같은 제복을 지급받았을 텐데……, 그가 입고 있는 옷은 굉장히 하늘하늘하고 반짝반짝한 데다 가슴이 이상하게 벌어져 있었다. 직접 고친 걸까.

어쩐지 미묘한 코니쉬 선배를 당황스러운 눈으로 바라보고 있을 때, 그의 옆에 있던 여자 선배가 말했다.

"여러분, 당황하게 해서 죄송합니다. 이 사람은 나르시시스트 병이 깊은 괴짜입니다."

아니, 정확하게는 그녀가 말한 게 아니었다. 말한 사람은.

"참고로 저는 리사 노먼입니다. 잘 부탁해요."

노먼 선배가 가지고 있는 라쿤과 비슷한 인형이었다. 정작 노먼 선배의 입은 거의 움직이지 않았다. 무척 훌륭한 복화술이었다.

노먼 선배의 얼굴은 거의 무표정했지만……, 이건 분위기를 풀어주려는 걸까?

우리가 더욱 당황하자 조금 전에 인사했던 코니쉬 선배가 말했다.

"너한테 괴짜라는 말을 듣다니 어처구니가 없군, 리사. 신입 제군, 보다시피 그녀는 인형으로밖에 말하지 못하는 괴짜야."

보다시피 인형으로밖에 말하지 못한다는 게 무슨 말이야. 영문을 모르겠다.

알게 된 사실은 그녀의 복화술이 분위기를 풀어주려고 하는 게 아니라 통상적으로 그렇다는 것뿐이다.

즉, 이 두 사람은 둘 다 괴짜인 듯했다.

과연 마법성이다. 사람들이 굉장히 특이하다.

다른 사람들도 역시 다 이런 느낌인 걸까?

그렇게 생각하며 옆 그룹의 선배를 힐끔 훔쳐보니, 제복을 고쳐입은 것 같지도 않고 인형을 들고 있지도 않았다. 말투도 지극히 평범했다.

우리만 이상한 사람에게 걸린 것 같았다. 첫날부터 이렇게 되다니. 어쩐지 앞날이 조금 불안해졌다.

그러나 신입인 우리가 '담당 선배가 어쩐지 조금 이상한 것 같으니 바꿔주세요'라는 말을 할 수 있을 리도 없다. 우리는 이상한 선배 두 사람에게 순순히 마법성 안내를 받았다.

"이곳은 마법성이 자랑하는, 이 나라에서 장서를 가장 많이 보유하고 있다고 하는 도서관이야."

나르시시스트, 즉 코니쉬 선배가 말했다. 말 자체는 이상하지 않지만 일일이 머리를 쓸어 올리며 눈을 흘기는 것만은 자제해주길 바랐다.

우리는 코니쉬 선배에게 안내를 받아 도서관에 왔다.

이 오리엔테이션 안내는 다른 그룹과 겹치지 않도록 각각 돌아보는 곳이 정해져 있다고 하는데, 우리는 도서관에서 시작했다.

기본적으로 마법성 직원을 제외하고는 멋대로 들어갈 수 없다고 하는 도서관에 처음 발을 들여놓은 솔직한 감상은 어쨌거나 크다는 것이었다.

면적도 상당하지만 특히 천장 높이가 각별했는데, 높은 천장 근처까지 책장이 있고 그 안에 책이 다 꽂혀 있는 모습은 어쩐지 압권이었다.

"이곳에는 온갖 마법에 관한 장서가 다 있습니다."

라쿤 인형, 즉 노먼 선배가 말했다. 정말 인형으로만 말할 수 있는 모양이다. 그건 그렇고 노먼 선배의 표정은 전혀 변하지 않던데, 정말 훌륭한 복화술이다.

"기본적으로는 대부분의 책을 자유롭게 빌릴 수 있으니까, 빌리고 싶을 때는 저쪽 카운터 안에 있는 사서에게 허가를 받으면 돼."

그렇게 말한 코니쉬 선배는 카운터 안에 있는 사서 언니에게 팔을 휘두르며 윙크를 찡긋 날렸다. 그 윙크를 받은 사서 언니는 노골적으로 얼굴을 찡그렸다.

"그리고 빌리고 싶은 책 종류를 사서에게 말하면 어디에 있는지 가르쳐주기도 합니다."

옆에서 알 수 없는 포즈를 취하는 코니쉬 선배를 완전히 무시하고, 라쿤이 아니라 노먼 선배가 무표정하게 말했다.

확실히 이렇게 방대한 책 속에서 원하는 책을 자력으로 찾아내기는 어려울 것이다. 나는 천장까지 뻗어 있는 책장을 올려다보며 생각했다.

그건 그렇고 정말 책의 양이 엄청나네—. 혹시.

"저기, 마리아. 이렇게 책이 많으면……."

옆에 있는 마리아에게 작은 목소리로 말을 걸자 반대쪽에 있던 소라가 말했다.

"네가 좋아할 법한 로맨스 소설은 없어."

나한테만 들릴 만큼 작은 목소리였다.

어떻게 내가 '로맨스 소설도 있을까?'라고 물어보려는 걸 알아차린 걸까.

소라는 마음을 읽을 수도 있었나? 나는 무심코 물어보았다.

"아니, 네가 너무 알기 쉬울 뿐이야."

그가 쓴웃음을 지으며 대답했다. 그런가?

하지만 이렇게나 책이 많은데도 로맨스 소설은 비치하지 않았다는 말을 들으니 그리 관심이 생기지 않았다. 어딘가에 이 정도의 책이 전부 다 로맨스 소설로 갖춰진 도서관이 있다면 훌륭할 텐데.

그 후에 선배들이 이곳에는 대략 이런 느낌의 책이 있다고 간략하게 설명해주었는데, 기억하기에는 도저히 무리였다.

좋아! 이용해야 할 때는 곧바로 사서에게 물어보도록 하자.

도서관 다음에는 어디에 어느 부서가 있는지 간단한 안내를 받았다. 우리가 처음 가게 된 곳은 도서관에서 가장 가까운 '생물 연구실'이라는 곳이었다.

"이곳은 마법 식물이나 동물 등을 주로 연구하는 부서야."

문 앞에 선 코니쉬 선배가 말을 마친 뒤 문을 두드렸다.

"아—, 신입한테 안내해주는 중이라서 잠깐 안을 보여줬으면 하는데, 지금 열어도 괜찮아?"

코니쉬 선배가 큰 목소리로 문 안쪽에 말을 걸었다.

그러자 안에서 우당탕 하고 이상한 소리가 나더니 여자 목소리가 들려왔다.

"지, 지금은 좀……. 조금만 더, 아주 잠깐만 기다려주세요."

그런 대답이 돌아왔다. 그리고 다시 콰당, 쿠당탕 이상한 소리가 이어진 뒤, 열린 문틈으로 한 여성이 얼굴을 내밀었다.

"저, 저기, 많이 기다리셨지요? 이, 일단 진정이 됐으니 안으로 들어오세요."

아무래도 방금 전에 들렸던 목소리의 주인인 모양이다. 그러나 그녀는 머리가 굉장히 흐트러져 있는 데다 얼굴은 땀범벅이고 핼쑥했다.

대체 무슨 일이 있었던 걸까. 게다가 그 소리는 뭐였을까. 수상쩍게 생각하면서 다 함께 열린 문 안으로 들어갔다. 그러자……, 흐트러진 서류와 깨진 식기 등 확연하게 무언가가 날뛴 흔적이 보였다.

그리고 부서의 직원처럼 보이는 사람들이 지친 표정으로 서류를 줍거나 깨진 식기를 모으고 있었다.

뭐야, 폭풍이라도 발생한 거야?

난장판인 방의 모습에 아연실색한 우리 신입들과는 대조적으로 코니쉬 선배들은 딱히 놀란 것 같지도 않았다.

"또 그거야? 큰일이네."

문을 연 여성 직원에게 그렇게 말을 걸자 그녀는 크게 한숨을 내쉬었다.

"정말 항상 늘……, 적당히 했으면 좋겠어요."

그리고 먼눈을 했다.

그들의 대화에서 유추해보자면 방이 이렇게 어질러지는 건 늘 있는 일인 듯하다.

뭐지? 무슨 일이길래 항상 이렇게 된다는 걸까? 우리도 알 수 있게 설명해줬으면 좋겠다. 그렇게 생각하며 여성 직원과 선배들을 바라보았다. 그때였다.

"이거 참—, 다들 미안해. 새로운 실험을 좀 하려고 우리에서 꺼냈더니 곧바로 뛰쳐나가더라고."

안쪽 문에서 한 남성이 나타나며 말했다.

긴 머리를 뒤로 한데 묶고 커다랗고 둥근 안경을 쓴 남성이 등장하자, 눈앞의 여성을 비롯한 직원들이 미묘하게 눈살을 찌푸렸다.

"부서장님, 이번 달 들어서 벌써 몇 번째예요. 적당히 해주세요."

여성 직원이 방금 전에 우리를 대응했던 목소리와 전혀 다른 무서운 목소리로 말했다. 강한 분노가 느껴졌다.

"아니, 미안, 미안. 잠깐 방심했더니 순식간에 그렇게 되었지 뭐야."

하지만 그 말을 들은 당사자는 헤실헤실 웃으며 전혀 타격을 받은 것 같지 않았다.

이렇게나 화가 난 사람을 앞에 두고 대단하네.

아무래도 대화의 내용으로 보자니 이 방의 참상은 이 사람이 뭔가를 놓친 탓인 것 같은데……. 대체 뭐가 도망친 걸까.

그 남성을 바라보고 있는데 어쩐지 눈이 마주쳤다.

그러자 그는 그제야 나를, 더 나아가 우리의 존재를 눈치챈 듯했다.

"어라, 이분들은 누구셔?"

여성 직원에게 물으니 그녀는 전혀 반성의 기미를 보이지 않는 남성을 험악한 눈빛으로 바라보며 대답했다.

"신입 분들이 우리 부서를 견학하러 오셨습니다."

그녀의 말에 남자가 눈을 크게 뜨고 생각났다는 듯이 말했다.

"아, 그렇구나. 오늘은 신입이 들어오는 날이었지. 완전히 잊고 있었어."

"예, 그러시겠지요. 아무리 말을 걸어도 대답이 없어서 어쩔 수 없이 부서장 대리로 제가 입성식에 출석했으니까요."

여성 직원이 정말 차가운 눈빛으로 험악하게 말했다.

"아, 그래—? 전혀 깨닫지 못했어. 미안해. 고마워."

남자는 여성 직원에게 그렇게 말한 뒤, 우리 쪽을 바라보았다.

"그럼 제대로 인사드리죠. 저는 '생물 연구소'의 부서장인 헥터 데리어스입니다. 신입 여러분, 잘 부탁드립니다."

그가 생글생글 웃으며 말했다.

아까 여성 직원이 '부서장님'이라 부른 것 같은데, 아무래도 그가 '부서장'인 게 확실한가 보다. 즉, 이 부서의 톱은 여기 있는 헥터 데리어스라는 이 남성이라는 뜻이다.

왜일까. 이 부서에서 불안감이 느껴졌다. 이곳에 배정되면 어떡하지.

불안감을 느끼는 나와 대조적으로 데리어스 부서장은 "그렇구나. 신입이라니, 좋네—."라며 어쩐지 즐거워 보였다. 그리고.

"참, 모처럼의 기회니 안쪽 방을 견학해도 좋아."

반짝반짝 빛나는 눈으로 말했다. 그러자 여성 직원의 얼굴이 새파랗게 질렸다.

"아, 안 돼요! 도대체 무슨 생각이세요. 방금 도망친 그게 날뛰는 바람에 참사가 벌어졌잖아요! 그런 곳을 보여주면 신입들이 질릴 거예요."

그녀가 말렸지만, 데리어스 부서장은 전혀 귀를 기울이지 않았다.

"괜찮아. 이제 우리에 잘 넣어뒀으니 안전해. 자, 여러분, 오세요."

부서장은 그렇게 말하며 우아하게 우리를 안내했다.

어쩐지 반대를 용납하지 않을 듯한 안내라서 우리는 약간 두려워하면서도 그를 따를 수밖에 없었다. 데리어스 부서장이 아까 나온 문으로 들어갔다.

"와아—."

문 안쪽으로 들어간 나는 눈에 보이는 광경에 무심코 소리를 질렀다.

책상이 늘어서 있던 아까 그 공간의 몇 배는 되지 않을까 싶을 정도로 큰 방 안에 우리와 사육장 같은 게 많이 늘어서 있었고, 그곳에는 지금껏 본 적이 없었던 생물이 모여 있었다.

말과 뿔이 난 유니콘, 날개가 돋은 토끼, 상반신은 말이지만 하반신은 생선인 수수께끼의 생물 등 이야기 속에서만 봤던 생물들이 가득했다.

넋을 놓은 채 환상적인 생물을 바라보고 있으려니 데리어스 부서장이 조금 자랑스럽게 말했다.

"굉장하지? 이건 여러 나라에서 다양한 연줄과 루트를 통해 필사적으로 모은 희귀종이야. 다들 귀엽지 않아?"

"아, 예."

귀여운지 어떤지는 별개지만, 대단하다는 건 알 수 있었다. 이런 생물은 본 적이 없으니까.

다시 태어나고 보니 마법이 있는 세상에서 환생했다는 사실을 깨달았을 때는 어쩌면 이런 환상 속의 생물이 있을지도 모른다고 생각했는데, 실제로 목격한 건 전생에서도 자주 보았던 강아지나 고양이 같은 일반적인 동물뿐이었다. 파멸 플래그 때문에 바빠서 자세히 알아본 건 아니지만, 그런 생물은 없을 거라고 단정 지었는데……, 설마 이렇게 실재할 줄이야. 무척 감동했다. 그런 마음으로 말했다.

"정말 훌륭하네요."

"그렇지—!!!"

데리어스 부서장의 눈이 반짝 빛났다.

아아, 어쩐지 위험한 스위치를 누른 모양이다. 그 사실을 깨달았을 때는 이미 늦은 듯, 귀여운 생물을 향한 데리어스 부서장의 뜨겁고도 뜨거운 애정 이야기가 활활 불타올랐다.

데리어스 부서장은 아무런 질문도 안 했는데 "이 애는 말이지—." 하고 각각의 우리에 있는 생물을 설명하기 시작했다. 누구도 끼어들 수가 없었다.

마법성을 돌아보는 시간도 제한이 있다. 하지만 여기서 데리어스 부서장의 이야기를 마지막까지 들었다가는 하루가 끝날 것이다. 그렇게 생각했을 때였다.

"부서장님, 적당히 하세요. 저분들의 하루를 여기서 끝낼 작정이세요?"

아까 그 여성 직원이 나타나서 총알처럼 계속 떠드는 데리어스 부서장에게 딱 잘라 말했다. 그제야 겨우 정신을 조금 차린 듯 부서장이 말했다.

"아, 미안, 미안. 나도 모르게 정신이 팔렸네."

그렇게 대답했지만, "그럼 마지막으로 이것만"이라며 질리지도 않고 어떤 식물의 화분을 가리켰다.

"이건 최근에 발견된 신기한 식물인데……."

그리고 말을 하기 시작했다.

"적당히 하세요! 자꾸 그러시니까 우리 부서가 항상 가고 싶지 않은 부서 넘버2로 뽑히는 거예요!"

마침내 분노한 여성 직원이 데리어스 부서장을 강제로 끌어내어 퇴장시켰다.

아아, 가고 싶지 않은 부서 랭킹이 있나 보네 게다가 넘버 투라니……. 넘버원이 신경 쓰이는 시점이다.

데리어스 부서장이 강제 퇴장함으로써 '생물 연구실' 견학은 끝났다.

우리는 다시 코니쉬 선배와 노먼 선배에게 안내받아 다음 목적지로 가려고 했다. 그때였다…….

"너희, 신입들에게 마법성을 안내하고 있는 거야? 마침 잘됐네."

지나가던 남성이 선배들에게 말을 걸었다.

오오, 엄청난 미남이다.

갈색 머리에 녹색 눈동자, 테 없는 안경을 쓴 남성은 지적인 분위기를 풍기는 미남이었다. 그의 앞에서는 나름 단정한 얼굴인 코니쉬 선배도 흐릿하게 보였다.

"네, 그렇습니다만. 뭔가 용건이라도 있으신가요?"

선배가 대답했다.

"아, 트러블이 생겨서 입성식에 늦은 신입이 있다고 해서 데리러 갔다 왔는데, 나도 처리해야 할 일이 많아서 말이야. 여기서부터 너희 그룹에 넣어서 함께 안내해주지 않겠어?"

미남이 부탁했다.

그렇구나, 입성식에 늦은 사람이 있었다니—. 그거 큰일이네.

그런데 이 미남, 처음 본 것 같은데⋯⋯, 뭘까. 전에 어디선가 본 적이 있는 것만 같다. 왜지?

뭐라 할 수 없는 답답한 마음으로 미남을 바라보는데, 아무래도 내 시선을 눈치 챈 모양이다.

"입성식에는 출석할 수 없었으니 신입들과는 처음 보는 거겠군. 나는 마력, 마법 연구소의 부서장을 맡은 사이러스 란체스터다. 잘 부탁해."

그렇게 말하며 안경을 쓱 올리는 진지한 표정이 무언가와 딱 일치했다.

그건 바로 성에서 꾼 꿈속에서 아츠코가 플레이했던 『FORTUNE LOVER II』의 화면이었다. 갈색 머리와 녹색 눈동자, 테 없는 안경을 쓴 지적인 미남. 그림 밑에 사이러스 란체스터라는 이름이 적혀 있었다.

그냥 단순한 꿈일 거라며 잊고 있었는데, 지금 확실하게 머릿속에 되살아났다.

서, 설마 정말로 II가 시작되는 거야?!

아연하게 굳어버린 나를 내버려두고, 사이러스 란체스터 씨가 말했다.

"그럼 이쪽도 같이 부탁할게."

그가 자신의 뒤에 있던 늦게 왔다고 하는 신입을 앞으로 밀었다.

오렌지색 머리에 예쁜 파란색 눈을 지닌 상당한 미남이었다. 단, 무척 작았다. 나나 마리아보다 키가 작다. 란체스터 씨 뒤에 가려져 있다가 이렇게 앞으로 나오기 전까지는 모습이 전혀 보이지 않을 정도였다. 확실하게 말하자면 거의 어린애 같았다.

바로 옆에 있던 마리아도 "앗" 하고 작게 말했고, 다들 놀란 표정을 지었다.

아마 왜 이렇게 어린애가 여기에 있는 건가 싶어서 놀란 것이리라. 나도 모두와 마찬가지로 놀란 표정을 지었다. 단, 다른 사람과 똑같은 이유는 아니었다.

왜냐하면 나는 이 작은 소년이 이곳에 있다는 걸 알고 있었기 때문이다. 아니, 화면에서 보았다.

"듀이 퍼시입니다. 나이는 열세 살이지만 학교는 벌써 졸업했고 마법성 일반 시험에도 합격했습니다."

어쩐지 건방진 얼굴로 말하는 소년의 얼굴은 역시나 꿈에서 본 바로 그 게임 속 인물이었다.

아아아아아아아아아아아아아아아—! 거짓말!

정말 그 꿈이 맞는다고 해야 할지, 이게 내 현실이고 진짜 Ⅱ가 시작되는 거야?!

"아, 안 돼. 엘리자베스, 잠깐만!"

경악한 내 귀에 어쩐지 아까 강제적으로 퇴장했던 데리어스 부서장의 목소리가 갑작스럽게 들려오더니, 그 직후 어깨 위에서 묵직한 무게가 느껴졌다.

뭐지?! 어깨를 보니 이유는 잘 모르겠지만 아까 연구실 우리에 있던 원숭이가 내 어깨 위에 올라와 있었다.

그리고 그 원숭이는 아까 데리어스 부서장이 설명해주려고 했던 식물의 화분을 가지고 있었다.

어라, 뭐야? 이번엔 원숭이? 게다가 원숭이가 들고 있는 화분은 아까 데리어스 부서장이 가지고 있던 거잖아. 이게 어떻게 된 상황이지? 의문스럽게 여긴 건 한순간이었다.

"앗, 엘리자베스. 그건 잡아 뽑으면 위험한 거니까……."

데리어스 부서장의 목소리와 거의 동시에 원숭이가 화분에 들어 있던 식물을 뽑았다. 그러자.

까아아아아아아아아아아아아아아아—.

내 어깨 위에서 화분이 절규했다. 아니, 화분에 심어놓은 식물이 절규한 듯했다. 뽑힌 식물의 뿌리에는 얼굴이 있었는데, 마치 뭉크의 절규 같은 표정을 지었기 때문이다.

아아, 이건 전생의 책이나 영화에서 본 것 같은데. 마들렌 비슷한 이름의 비명 소리를 들으면 죽는다는 그……. 어라, II에서는 파멸 플래그가 서기 전에 이런 곳에서 수수께끼의 식물한테 당하는 거야?

나는 절망했다.

"아, 미안해. 귓가에서 들으면 잠깐 기절하긴 하지만 아무런 해도 없거든—. 괜찮아."

데리어스 부서장이 느긋하게 말했다.

아, 그렇구나. 기절하는 것뿐이구나. 그럼 다행⋯⋯인가? ⋯⋯내 생각은 거기서 끊어졌고, 나는 의식을 잃었다.

옅은 핑크빛 벽과 검은 테이블. 파이프 침대에 물색 커버. 침대 위에는 파란 쿠션. 전생에서 자주 놀러갔었던 내 친구 아츠코의 방⋯⋯. 그렇다는 건 또 꿈속인가?

「후유―, 좀처럼 진행이 안 되네.」

아츠코의 목소리가 들렸다. 내 안에서 나오고 있었다.

이번에도 지난번과 똑같다. 내 의식만 아츠코 속에 있는 느낌이 들었다. 내가 직접 몸을 움직일 수는 없었다.

내가 그나마 할 수 있는 건 아츠코가 절찬 공략 중인 『FORTUNE LOVER Ⅱ』의 화면을 바라보는 것뿐이다.

「으―음, 잠깐 스틸이라도 체크할까.」

아츠코는 좀처럼 진행되지 않는 전개에 지쳐서 모아놓은 스틸, 즉 클리어한 일러스트를 단번에 볼 수 있는 화면 코너를 보기로 한 모양이다. 나도 전생에서는 자주 그렇게 했다.

스틸 화면이 열렸다. 지난번 꿈에서는 막 시작하는 것 같은 느낌이었는데, 꽤 마지막 부분까지 게임을 진행시킨 건지 스틸의 대부분이 채워져 있었다.

사이러스 란체스터와 마주 보는 장면, 듀이 퍼시를 끌어안는 장면, 소라가 벽에 밀치는 장면 등 두근거리는 스틸이 가득했다.

오오, 훌륭하네. 좋은 시추에이션이야. 무심코 넋을 잃고 바라보

고 있는데……. 으음, 이건……. 이제 없을 거라 생각했던 인물의
모습이 보였다.

내 친구인 메리와 소피아다. 마법성에 없어야 할 두 사람이 무슨
일인지 스틸 속에 작게 찍혀 있었다.

디올드 같은 전작의 공략 대상이 마법성에 와 있는 건 이해할 수
있다.

우리 아버지조차 일 때문에 마법성에 오시니까, 왕족이나 귀족
가문의 자제가 일 때문에 찾아올 때도 있을 것이다. 그러므로 다들
이렇게 II에 등장해서 연애를 발전시켜 나가는 전개도 납득이 간
다.

하지만 귀족 영애인 두 사람은 기본적으로 마법성에 용건이 없을
테고, 이렇게 스틸에 보일 리도 없는데…….

그런 내 의문은 아츠코가 마실 것을 집으려고 아래쪽을 바라볼
때 해결되었다. 『FORTUNE LOVER II』의 설명서가 펼쳐져 있었
는데, 라이벌과 친구로 다시 등장하는 영애들 쪽에 메리와 소피아
의 이름이 적혀 있었다.

아무래도 두 사람 다 마리아의 친구나 라이벌로 마법성, 즉 II에
도 등장하는 모양이다. 하지만 그렇다면.

「이렇게 보니까 게임 1편에서 나왔던 캐릭터도 대부분 나왔네.」

내 마음속 목소리를 대변해 아츠코가 혼잣말을 했다. 그 말이 맞
다. 게임에 따라서는 II에서 캐릭터가 대부분 교체되는 것도 있지
만, 이 게임은 새로운 캐릭터가 나오긴 해도 전작의 캐릭터가 모두
다 등장하는 패턴인 듯했다. 하지만.

「그래서 추방된 카타리나도 나오는 건가. 따돌리는 건 미안하다

고 생각해서?」

그 점에 대해서는 따돌려줘도 괜찮은데. 오히려 따돌려주길 바랐다.

왜 일부러 다시 부른 거야. 악역으로 충분히 일했으니까 퇴장시켜도 되잖아!

「그런데 카타리나가 너무 많이 나오네. 어떤 공략 대상이든 슬쩍슬쩍 방해하러 나온다니까.」

뭐라고?! 어느 공략 대상이든 나타난다니! 잠깐만, 아츠코. 그 이야기 좀 자세히 해봐!

「제작 스텝의 마음에 들었나?」

아니, 마음에 들었다면 추방이나 처형은 안 시켰겠지. 그게 아니라, 카타리나가 어떻게 얽히는지 더 자세히 들려줘―.

「하지만 그렇다고 하기에는 끝이 다 비참하고―.」

앗, 비참하다니. 카타리나의 미래에 뭐가 기다리고 있는 거야? 역시 카타리나는 처형당하는 건가?

부탁이야, 아츠코. 조금만 더…….

"자세히 가르쳐줘―!!!"

비명을 지르며 일어나자, 우리 집도 기숙사도 아닌 낯선 방이 보였다.

어라? 주위를 둘러보니 눈을 동그랗게 뜬 친구들의 모습이 보였다.

"카, 카타리나 님, 괜찮으세요?"

옆에 있던 소피아가 조심스럽게 물어보았다.

어라, 왜 소피아가 여기에 있는 거지? 그보다, 여긴 대체 어디야?

"카타리나 님은 원숭이가 뽑은 신종 식물의 목소리를 듣고 기절하셨어요. 그래서 양호실에 실려 오신 거예요."

내가 혼란스러워하는 걸 알아차린 건지 메리가 설명해주었다. 아무래도 이곳은 마법성의 양호실인 모양이다.

그리고 나는 '생물 연구실'에서 뛰쳐나온 듯한 원숭이와 그 손에 들려 있던 식물 때문에 기절해서 실려 온 것이다. 응, 생각났어.

정말 성가신 원숭이와 식물이라고 해야 하나, 애초에 원인은 그 부서장이지만…….

"어라? 쓰러진 경위는 생각났는데, 왜 다들 여기에 있는 거야?"

소피아와 메리는 마법성에 근무하지 않을 터였다.

게다가 자세히 확인해보니 디올드와 앨런, 키스, 니콜까지 있는 게 아닌가. 어떻게 된 일이지?

"저는 아버지께 부탁해서 사회 공부를 위해 가끔 마법성에서 잡무를 돕기로 했어요."

소피아가 말했다. 다정해 보이는 데다 딸이 귀여워서 어쩔 줄 몰라 하는 아버님이라면 딸의 부탁을 거절할 수 없었을 것이다.

"저도 마찬가지로 아버지를 협박해서 소피아 님과 함께 잡무를 돕기로 했어요."

메리도 생글생글 웃으며 말했는데……. 음? 아버지에게 부탁했다는 부분이 '협박해서'로 들린 것 같지만 착각이겠지.

"나와 니콜 님도 비슷한 이유야. 사회 공부를 위해 업무에 참여하게 해달라고 했거든."

키스가 말하자 니콜도 고개를 끄덕였다.

"우리도 왕족으로서 앞으로의 공부를 위해 얼마간 연수를 받기로 했습니다. 그렇지요, 앨런?"

"아, 응."

디올드와 앨런이 말했다.

즉, 학교를 졸업하면 이제 자주 만날 수 없을 거라 생각했던 친구들도 이러니저러니 공부를 위해서라는 등의 이유로 마법성에 다니게 되어 다시 예전처럼 만날 수 있는 모양이다.

그 사실 자체는 기쁘지만……, 아까 꿨던 꿈과 정말 똑같다.

아무래도 정말로 『FORTUNE LOVER Ⅱ』가 시작된 것 같았다.

그 꿈은 역시 현실의 일이었던 게 분명하다……. 정몽? 아니, 정게임…….

그렇다면 나는 다시 악역으로 되돌아와서 자칫하면 처형……. 아아, 정신이 또다시 아득해졌다.

내가 머리를 감싸 쥐고 고개를 푹 숙이자 다들 걱정해서 결국 그날은 그대로 집에 돌아가게 되었다.

돌아갈 때 생물 연구소의 원숭이(뭐든 상관없지만 이름은 엘리자베스라고 한다)와 데리어스 부서장이 예의 그 여성 직원을 데리고 사과하러 왔다.

"이야─, 그 식물의 목소리를 사람에게는 처음 써본 건데, 생각했던 것보다 효과가 좋았어. 저기, 어떤 느낌이었어?"

그러나 데리어스 부서장은 전혀 반성하는 기색을 보이지 않아서 여성 직원에게 또 크게 혼이 났다.

그리고 물론 원숭이도 반성하는 기색이 없었는데, 데리어스 부서장의 옆에서 친구들이 나를 위해 놔둔 문병 바나나를 멋대로 먹기 시작했다.

데리어스 부서장과 원숭이를 멍하니 바라보던 나는 앞으로 마법성에서 지낼 생활에 큰 불안감을 느꼈다.

키스와 함께 집에 돌아온 나는 잠시 홀로 쉬고 싶다며 방에 틀어박혔다.

앞으로의 일을 찬찬히 생각해봐야 했기 때문이다.

설마 정말로 꿈에서 본 캐릭터가 등장한 데다 모두 다 마법성에 다니게 되다니…….

나는 침대 위에서 뒹굴며 한숨을 크게 내쉬었다.

『FORTUNE LOVER Ⅱ』는 벌써 시작된 게 분명하다. 오늘 공략 대상들과 만난 것은 아마 만남 이벤트 정도 될 것이다.

현재 누구와도 이어지지 않은 마리아에게 새로운 사랑의 예감이 찾아오는 것 자체는 멋진 일이다. 다만 카타리나가, 카타리나만 다시 악역으로 등장하지 않는다면…….

추방당했는데 왜 되돌아와서 또 나쁜 짓을 하는 거야. 카타리나는 바보인가. 그런 짓을 하면 이번에야말로 목숨이 위험하다는 걸 깨닫지 못하는 걸까. 얌전히 외국에 살면서 농민으로서 훌륭하게 밭을 경작하라고!

게임 속 카타리나를 격렬하게 비난했으나……, 어쩐지 허무해졌다.

아아, 정말 운도 없지. 모처럼 파멸을 극복했다고 생각했는데⋯⋯,
다시 새로운 파멸 플래그가 찾아오다니⋯⋯.

하지만⋯⋯, 겨우 여기까지 왔는데 이런 데서 파멸하는 건 정말
싫어! 어떻게든 해결책을 생각해야 해!

파멸 엔딩을 회피하기 위한 작전 회의다!

의장 카타리나 클라에스, 의원 카타리나 클라에스, 서기 카타리
나 클라에스.

그럼 카타리나 클라에스에게 다시 찾아온 파멸 엔딩을 회피하기
위한 작전 회의를 개최하겠습니다.

『뭔가 좋은 방안이 있는 분, 계신가요?』

『저요.』

『네, 그럼 카타리나 클라에스, 말씀하세요.』

『배가 아프다며 마법성에 가지 않고 게임이 끝날 때까지 집에 틀
어박히는 건 어떤가요?』

『좋은 생각이네—가 아니라, 초등학생도 아니니까 불가능하지 않
을까요? 게다가 언제까지 틀어박혀 있어야 하는지도 모르고요.』

『⋯⋯확실히 그건 그러네요.』

『그럼 공략 대상이나 게임 관계자에게 접근하지 않는 건요?』

『음—, 이제 와서 모두를 피하는 건 무리예요.』

『애초에 나는 정말 좋아하는 마리아를 괴롭힐 생각이 조금도 없
는데, 그래도 파멸 플래그가 설까요?』

『그러게요. 하지만 마법 학교에서는 전혀 괴롭히지도 않았는데

단죄 이벤트가 발생했잖아요.』

『어떻게 될지 모르니까요.』

『애당초 이번에는 어디서 어떻게 처형되는지 전혀 모르잖아요.』

『그 말이 맞아요. 게다가 모든 엔딩이 처형인지, 아니면 국외 추방 정도로 용서받는지도 알 수 없고요.』

『정말 그래요. 애초에 정보가 너무 부족해요. II는 플레이하지 않았잖아요!』

『맞아요. 어떻게 하면 정보를 더 얻을 수 있을까요? 여기서는 게임을 팔지 않으니 해볼 수도 없고…….』

『그럼 또 꿈을 꾸면 되지 않을까요? 아츠코가 게임을 하는 꿈을 잔뜩 꾸면 정보도 늘어날 거예요.』

『오오, 그러네요!』

『맞는 말이에요!』

『좋아요. 그럼 여러분, 또 꿈을 꾸기 위해 오늘은 푹 잡시다!』

『『『예.』』』

만장일치로 나는 자기로 했다. 잠이 들어서 또 그 꿈을 꾸면 된다.

좋─아. 실컷 자자!

이상하다. 마법성 입성식 날부터 이틀이 지난 뒤, 나는 머리를 감싸 쥐었다.

입성식이 있던 날, 『FORTUNE LOVER II』의 새 무대가 마법성이고 새로운 게임이 시작되었다는 걸 확신한 나는 집에 돌아와 다시 찾아온 파멸 플래그를 회피하기 위한 작전을 세웠다.

그래서 잠을 푹 자고 그 꿈을 다시 꿔서 정보를 모으자는 결정을 내렸는데⋯⋯, 아무리 잠을 자도 성과 양호실에서 꾼 꿈을 꿀 수는 없었다⋯⋯. 쓸데없이 잠만 잔뜩 자느라 휴일을 낭비해버렸다.

아니, 무척 푹 잔 덕분에 체력도 좋고 피부 상태도 좋지만, 무엇보다 가장 중요한 파멸 플래그 대책을 전혀 세우지 못했다.

내일이면 다시 마법성에 출근해야 하는데, 어떡하지.

나는 망연자실해서 과자를 오도독 씹었다.

휴일 동안 어쩐지 잠만 자는 나를 걱정한 친구들과 하인이 가져다준 과자다.

엄청나게 맛있다. 다음에 어디서 샀는지 물어봐야지⋯⋯가 아니라 어떻게 해야 한담?

애초에 그 꿈은 뭐였을까? 나에게 위기라는 걸 알려준 신의 계시 같은 거였나? 또 잠이 들면 간단히 꿈을 꿀 수 있을 거라 생각했는데, 그 후로 몇 번을 자도 전혀 꿈을 꿀 수가 없었다.

방에서는 안 되는 걸까 싶어서 시험 삼아 정원과 식당 등에서도 자봤지만 역시나 불가능했다. 쓸데없이 어머니에게 혼만 났다.

아―, 어떻게 해야 할지 모르겠다.

그런 식으로 잠시 이래저래 고민해봤지만⋯⋯, 원래 생각을 잘하지 못하는 내 머리로는 이제 한계였다.

좋아. 잠시 리프레시 휴식을 취하자! 머리를 쓰려면 적절하게 리프레시를 해야 해.

그리하여 나는 성에서 여자들만의 모임을 가졌을 때 소피아가 빌려준 로맨스 소설을 집어 들었다.

실은 모처럼 소피아가 빌려준 책을 넣어둔 짐을 내가 들겠다며 하인에게서 빼앗았음에도 밤에 꾼 악몽에 동요해서 성, 심지어 복도에 두고 온 것이다.

운 좋게 친절한 누군가가 주워서 성의 하인에게 전해주었다는데, 얼마간은 주인이 누구인지 알 수 없어서 성의 창고에 맡겨놓았다고 한다. 가방의 내용물이 과자와 빌린 책 정도라 주인을 알 수 없었다는 듯하다.

나도 꿈 때문에 동요해서 잃어버렸다는 걸 한동안 눈치채지 못했다. 그런데 분실된 짐을 본 디올드가 내 것이 아닐까 알아채고 요전에 가져다주었다.

소피아에게 빌린 소중한 책이 들어 있었으니 되돌아와서 정말 다행이다.

좋아, 그럼 모처럼 돌아온 책을 읽자. 나는 책을 펼쳤다.

음, 이번 책은 평범한 남녀의 이야기구나―. 요즘 소피아는 조금 수상쩍은 장르, 그야말로 전생에서 남자들의 로맨스라 불렸던 BL에 빠져 있어서 가끔 그런 책도 섞이기 시작했다.

나는 전생에서 오타쿠였지만 동인녀는 아니었으니까. 전혀 관심이 없었던 건 아니지만 뭔가 한 발짝을 내딛는 게 좀―. 그건 그렇고 이 소설의 이야기는 상당히 멋있네. 남자 주인공도 뭐라 말할 수 없는 분위기가 풍기고……. 응, 이게 뭐지?

책장을 팔락팔락 넘겨보니 책 사이에 접힌 종이가 한 장 끼여 있었다.

소피아가 책갈피 대신 끼워둔 종이인가?

나는 종이를 꺼내 아무 생각 없이 펼쳐 보았다. 그러자 책갈피 대신 쓰는 백지라고 생각했던 종이에 뭔가 글자가 가득 적혀 있었다.

『FORTUNE LOVER Ⅱ』

주인공이 취직한 마법성에서 사랑 이야기가 시작된다.

전작 『FORTUNE LOVER』에 나온 캐릭터가 성장해 다시 등장하고 새로운 캐릭터도 등장한다.

〈이야기〉

평민이지만 빛의 마력 보유자라는 사실을 알게 된 주인공은 열일곱 살에 마법 학교를 졸업해 국가의 최고 기관인 마법성에 취직한다.

성실한 상사와 특이한 동기 등 새로운 만남과 더불어 쉽게 해결할 수 없는 마법성의 일들, 새로운 사랑 이야기가 시작된다.

〈등장 인물〉

(주인공)

마리아 캠벨. 평민 출신이지만 나라에 몇 안 되는 빛의 마력 보유자. 밝고 긍정적인 여자아이.

(새로운 공략 대상)

사이러스 란체스터. 성실하고 고지식한 상사. 여성을 다루는 데 익숙하지 않지만 유능하다. 마력이 굉장히 높은 마법성의 간부이다.

듀이 퍼시. 월반으로 학교를 졸업한 뒤, 올해 마법성에 새로 들어온 천재 소년. 새침데기이며 조금 순진하고 엉뚱하다. 마력은 없으나 시험에 합격해 마법성에 들어온다. 집이 가난해 거의 독학으로 공부한 노력가이기도 하다.

소라(고아라서 성이 없다.)

어떤 사건으로 인해 마리아와 알게 되어 마법성에 맡겨진다. 고아이며 어둠의 마력 보유자이다. 태도가 가벼운 청년이다.

전작의 공략 캐릭터에게는 각각의 라이벌이 관여하는데, 그들과 잘 지내거나 인정을 받으면서 사랑을 진전시킨다.

이번에 새로운 공략 캐릭터를 공략하려면 수수께끼 여자의 방해를 어떻게 극복하는지가 중요하다.

참고로 수수께끼 여자의 정체는 지난번에 국외로 추방되었다는 설정을 지닌 카타리나 클라에스라는 것이 나중에 밝혀진다.

국외로 추방되어 주인공을 깊이 원망하게 된 카타리나는 금기인 어둠의 마력을 손에 넣어 다시 몰래 국내에 침입한다. 그리고 마법성에 몰래 숨어들어 주인공인 마리아에게 복수하고자 일을 꾸민다.

공략 대상과 함께 카타리나의 방해를 극복하고 그녀의 정체를 밝혀내어 관리에게 넘긴 뒤, 카타리나를 감옥에 가두면 해피엔딩을 맞이할 수 있다.

반대로 카타리나를 관리에게 넘기지 못하면, 카타리나와 죽고 죽이게 되고 공략 대상은 어둠의 마력으로 인해 폐인이 된다.

이, 이건 『FORTUNE LOVER Ⅱ』와 관련된 정보가 아닌가!!!

왜 이런 게 책 사이에……. 아니, 지난번과 마찬가지로 카타리나의 마지막은 역시 파멸밖에 없잖아!

해피엔딩이면 감옥에 투옥되고, 배드엔딩이면 죽고 죽인다니……. 또 카타리나에게는 배드 엔딩뿐인 거 아냐?!

역시 제작 스태프는 카타리나를 좋아하지 않는 거야! 좋아한다면 이렇게 불쌍한 최후만 준비해놓지 않을 거라고!

그래도 지난번에는 국외 추방이 있어서 다행이었어. 오히려 지금은 국외로 추방된다 해도 단련된 괭이질을 발휘해 농가에 잠입한다는 선택지가 있을 텐데! 왜 국외 추방이 사라진 거야! 컴백, 국외 추방!

하지만 없어져버린 걸 한탄한들 아무 소용이 없다. 전생에서 읽은 만화 같은 데서 과거를 돌이켜봐도 앞으로 나아갈 수는 없다고 그랬다고!

지금은 주어진 정보를 토대로 파멸 플래그에 대한 새로운 대책을 세우는 게 우선이다.

의장 카타리나 클라에스. 의원 카타리나 클라에스. 서기 카타리나 클라에스.

그럼 새로운 정보를 얻었으니, 이를 바탕으로 다시 파멸 엔딩 회피를 위한 작전 회의를 개최하겠습니다.

『정말 싫다—. 또 파멸이야!』

『게다가 이번에는 투옥 아니면 죽음이라니!』

『자, 잠깐……. 다들…….』

『그리고 새로운 공략 대상 세 명을 공략할 때 반드시 나오는 악역이라니, 지난번보다 출연이 늘어났잖아!』

『여러분, 잠시 진정을…….』

『어둠의 마력을 손에 넣었다는 건 포치를 말하는 거겠지! 조금 잘 들어맞는 것 같아서 너무 무서워.』

『설마 포치가 나를 따르는 것도 게임 때문인가?! 어쩌면 좋아!』

『진정하라고 했잖아──!!!』

『……예…….』

『여기서 아우성쳐도 전혀 해결되지 않아! 어찌 됐든 뭔가 좋은 방안을 생각하라고! 알겠어?!!』

『……예…….』

『저, 저기, 발언해도 되나요?』

『예, 하세요. 카타리나 클라에스.』

『이, 일단 감옥이 어떤 곳인지 조사해보는 건 어떨까요? 달아날 수 있을지 검토한다거나.』

『그럼 자물쇠를 따는 연습이라도 해둘까요?』

『1년이면 어떻게든 되겠죠? 뭣하면 어떻게든 부탁해서 국외 추방으로 해달라고 한다거나?』

『그 정도가 적절할지도 모르겠네요. 부탁할 때 쓸 뇌물용 과자 같은 걸 생각해두죠.』

『그럽시다. 그리고 새로운 캐릭터에게 당할지도 모르는 부분은 어떻게 할까요?』

『지난번과 달리 어떻게 당할지 모르니까요──.』

『디올드의 뱀 같은 약점이라도 찾을까요?』

『오오, 그거 좋네요. 몰래 찾아봅시다.』

『어둠의 마법으로 싸우는 것 같은? 그런 느낌인 듯하니 포치에게 이것저것 가르쳐주는 건 어떨까요? 막대기를 물어오라는 것뿐만 아니라 뭔가 짖어서 놀라게 한다든가, 그런 것 말이에요.』

『그것도 괜찮겠네요. 우선은 앉아, 부터 순서대로 가르치죠.』

『음, 정리해보면 감옥을 조사한다, 자물쇠 따기를 연습한다, 유사시에는 국외 추방으로 해달라고 부탁할 준비를 한다, 새로운 캐릭터의 약점을 살핀다, 포치에게 재주를 연습시킨다. 이 정도면 될까요?』

『그래요. 상당히 구체적으로 정리되었네요.』

『어쩐지 어떻게든 될 것 같아요.』

『맞아요. 이렇게 대책을 구체적으로 정리하니 앞이 보이는 것 같아요.』

『그럼 앞으로 마법성에서의 일 때문에 힘들겠지만, 파멸을 넘어서기 위해 다 함께 노력합시다!』

『『예──!』』

이렇게 카타리나들의 회의가 정리되었고, 밤은 점점 깊어갔다.

대책이 구체적으로 정해져서 안심한 나는 푹 잤다.

그래서 소피아에게 빌린 책 속에 왜 그런 메모가 들어 있었을까 생각하는 것도 완전히 잊고, 하루 종일 잤음에도 불구하고 푹 잠들었다.

제3장

시험 내용과 마법 도구 대여

안심해서 푹 잔 덕분에 무척 개운하게 눈을 뜬 나는 마법성에 출근하기 위해 준비하기 시작했다.

와—, 제대로 대책을 떠올려서 다행이야. 이제 오늘부터 새로운 기분으로 사회인으로서 열심히 해나갈 수 있겠어.

일을 제대로 해내는 한편 새로운 공략 대상의 약점을 살피거나 포치에게 재주를 가르쳐야 하니 엄청 바쁘겠네. 열심히 해야지!

그건 그렇고 그 메모는 정말 고마웠어. 그렇게 꼼꼼하고 알기 쉽게 정리해주다니 멋진 사람이야⋯⋯. 응? 그런데 누가 메모를 써준 거지?

소피아에게 빌린 책에서 나왔으니 소피아인가? 아니면 책을 가져다준 디올드? 혹시 짐을 맡아준 곳에 있던 누군가나 복도에 있던 짐을 발견해준 사람?

하지만 애초에 그 게임은 내 전생에 있던 것이라 이쪽 세계 사람들은 모를 것이다. 그럼 대체 누가?

어제는 바라던 정보가 손에 들어왔다는 기쁨에 그 부분을 생각하는 걸 완전히 잊고 있었다. 이렇게 하룻밤이 지나 다시 생각해보니 상당히 수수께끼가 많은 메모라는 걸 깨달았다.

왜 책 사이에 들어가 있었을까? 누가 쓴 거지? 일단 책의 주인인 소피아와 짐을 가져다준 디올드에게 물어보자.

나는 메모를 다시 책 사이에 끼워 가방에 넣은 뒤 마법성으로 향했다.

마법성에 도착하니 입구에 '신입은 입성식이 열렸던 강당으로 가도록'이라는 지시 사항이 붙어 있었다.

배정될 부서를 발표하기라도 하는 걸까?

어제 입성하기는 했지만 배정될 부서에 관한 건 전혀 알려주지 않았다.

가능한 한 그 생물 연구실에는 가고 싶지 않네—. 힘들 것 같기도 하고 또 기절하는 것도 싫으니까……. 하지만 그래도 배정받고 싶지 않은 부서 넘버 투라고 했지. 넘버원은 어디일까. 거기보다 더 가기 싫다고 여겨진다니 어떤 곳이려나.

그런 생각을 하며 강당으로 가자 대부분의 신입들이 모여 있었다. 나는 그리 빠른 편이 아니었던 듯, 상당히 뒤쪽이었다.

마리아나 소라가 있지 않을까 찾아보았으나 바로 보이지는 않았다. 다른 사람들도 마법성에 와 있겠지만, 신입 부류에 들어가지는 않으니 이곳에는 없을 것이다.

아직 오지 않았나? 아니면 상당히 앞쪽에 있는 걸까? 앞쪽으로 조금 이동해보자고 생각하며 앞으로 나아갔을 때, 어떤 사람과 쿵 부딪혔다.

앞쪽만 보느라 바로 눈앞을 확인하지 않았던 것이다.

"아, 죄송합니다."

황급히 사과하자 그 인물은 "아, 아니에요"라고 말하며 뒤를 돌아보았다.

오렌지색 머리에 푸른 눈동자를 지닌 소년. 낯익은 얼굴이었다. 지난번에 복도에서 만난 Ⅱ의 공략 대상인 듀이 퍼시였다.

이렇게 가까이에서 보니 정말 한숨이 나올 만큼 잘생긴 미소년이었다. 과연 공략 대상답다. 쇼타를 좋아하는 누나들은 참을 수 없을 것이다.

하지만 듀이 소년은 나와 눈이 마주치자마자 사랑스러운 얼굴을 찡그리며 눈을 매섭게 떴다.

너무나도 급격한 변화였다. 눈이 마주치기 전까지는 평범한 얼굴이었는데!

왜 이렇게 부모의 원수를 보는 듯한 날카로운 눈빛으로 쳐다보는 걸까?

게임 설정상 적대시하게 될지도 모르지만, 지금은 아직 첫 대면인데. 왜, 어째서?

당황하는 동안 듀이 소년은 나에게서 시선을 휙 돌리더니 잽싸게 멀어져갔다.

바, 방금 그건 뭐였지……. 설마 내가 알아차리지 못하는 사이에 벌써 어떤 인연이라도 생긴 걸까?

위험하다. 약점을 살피기 전부터 미움을 받다니. 이번 파멸 플래그는 상당히 강적일지도 모른다.

좋아, 열심히 포치에게 재주를 가르치자. 가령 적이 나타났을 때 알려주도록 훈련시키는 건 어떨까. 그럼 당하기 전에 달아날 수 있을지도 모르고……. 그리고 감옥을 빠져나오기 위해 반드시 필요한 자물쇠 따기는 누구한테 배워야 하지? 소라는 할 줄 아나? 물어 봐야겠어. 일단 집의 방문 같은 걸로 연습해야지. 뭐가 필요할까? 철사인가—. 그런 건 톰 할아버지에게 부탁하면 손에 넣을 수 있을지도 몰라.

"카타리나 님."

"!"

누군가가 불러서 퍼뜩 정신을 차리자 마리아가 웃는 얼굴로 눈앞에 서 있었다. 게다가 어느새 다들 흩어져서 이동하고 있었다.

음, 어라? 어떻게 된 거지.

"저희, 같은 반이에요! 무척 기뻐요."

마리아가 그야말로 훌륭한 미소를 지으며 말했지만, 뭐가 뭔지 전혀 알 수가 없었다.

반? 같다고?

"으음—, 마리아. 실은 이래저래 무슨 상황인지 모르겠는데, 설명 좀 부탁해도 될까?"

마리아는 눈을 동그랗게 뜨며 깜짝 놀랐지만 다정하게 "좋아요" 하고 말했다. 과연 (내 마음속 아내인) 마리아다.

마리아의 말을 들어보니, 방금 전에 마법성의 높은 분이 '지금부터 최종 부서를 정하기 위한 시험을 실시하겠습니다'라고 지시했다고 한다. 전혀 듣고 있지 않았다고 해야 하나, 들리지 않았다.

대체로 각자의 적성 등에 따라 부서를 고려하는데, 실제 능력을 확인해서 정식으로 결정하는 게 매년 마법성의 관례라고 한다.

실무 능력을 확인하기 위해 입성하자마자 몇 명씩 반을 나눠서 간단한 임무를 수행한다는 듯하다.

지금 앞쪽에 붙은 종이에 반 배정이 붙어 있다는데, 아무래도 마리아와 나는 같은 반인 모양이다.

이렇게 많은 사람들 중에서 친구와 같은 반이 되다니 운이 좋다.

"나도 마리아와 함께여서 좋아. 다른 멤버는 몇 명 정도 있어?"

설마 둘만 있지는 않겠지.

"으음……, 카타리나 님과 같은 반인 게 기뻐서 다른 사람은 보지 않았어요."

수줍어하는 듯한 얼굴로 말하는 마리아는 굉장히 귀여웠다.

나와 같은 반이 되었다는 걸 알고 기뻐서 그대로 나에게 달려온 거구나. 정말 기쁘다.

"그럼 다시 한번 같이 확인하러 가자."

"네."

나는 마리아와 함께 붙여 놓은 종이가 보이는 앞쪽까지 이동했다.

그러자 '마리아 캠벨', '카타리나 클라에스'에 이어 '소라 스미스'라는 글자가 보였다.

"어라, 소라 스미스라니."

내가 그렇게 중얼거리자 등 뒤에서.

"접니다."

푸른 눈동자의 미청년이 얼굴을 내밀었다.

"역시 소라였구나! 어쩐지 그럴 것 같았어. 그런데, 음? 소라의 성은 스미스였어?"

분명 '고아라서 성은 없다'라고 했던 것 같은데.

"아, 성이 없어서 뭔가 쓸데없는 추측이 생기면 귀찮으니까, 마법성에서는 그렇게 말하라며 라나 님이 적당히 자기와 똑같은 성을 붙여주셨어요."

소라가 태연하게 말했다.

뭐, 그 말이 맞을지도 모르지만……. 아무런 거리낌도 없이 쉽게 적당한 성을 대는 그도 대단하고, 적당히 자기 성을 붙이는 라나는 더 대단하다. 성에 아무런 감정도 없는 것이리라. 뭐, 그러는 나도 딱히 성에 깊은 감정이 있는 건 아니지만.

그건 그렇고 이렇게 마리아, 소라와 함께한다니.

"다들 아는 사이네. 기뻐."

주어질 임무가 뭔지는 모르겠지만 다들 아는 사이라 그런지 든든하고 기쁘다. 나는 싱글벙글 웃으며 말했다.

"어라, 클라에스 님은 또 다른 사람과도 면식이 있으신 건가요?"

소라의 말에 앗! 하고 다시 눈앞에 있는 종이를 보았다. '마리아 캠벨', '카타리나 클라에스', '소라 스미스', 그리고 그 밑에는 '듀이 퍼시'라는 이름이…….

듀이 퍼시. II의 공략 대상이자 아까 나를 어쩐지 부모님의 원수를 보는 듯한 날카로운 눈빛으로 노려본 소년이다.

설마 같은 반이 될 줄이야……. 혹시 이번 부서 결정 시험은……, 게임 이벤트인 건가? 그렇지만 도망칠 수는 없다.

어쩐지 파멸 플래그 같은 게 기다리고 있는 듯한 예감이 느껴졌지만, 단념한 나는 지시받은 대로 각 반의 집합 장소로 향했다.

듀이는 벌써 집합 장소에 와 있었다.

마리아와 소라도 있어서 그런지 방금 전처럼 노골적으로 싫은 표정을 짓지는 않았지만, 절대 내 얼굴을 보려 하지 않았고 적의만이

찌릿찌릿하게 느껴졌다.

다정한 마리아가 이쪽을 거부하는 듯한 듀이에게 어떻게든 말을 걸어보려 했으나 아무래도 잘되지 않는 모양이었다.

어쩐지 앞날이 우울하다. 실로 어색한 분위기 속에서 기다리고 있을 때였다.

"너희가 2반 멤버야?"

누가 말을 걸어왔다.

""""네.""""

우리는 신입답게 잘 대답하며 뒤를 돌아보았고……, 다들 그대로 굳어버렸다.

말을 건 사람이 너무나도 기상천외한 인물이었기 때문이다.

허리 부근까지 길게 기른 머리는 깔끔하게 땋아서 커다란 리본으로 묶었고, 복장도 아마 원래는 제복이었을지도 모른다고 생각할 만큼 개조되어 있었다.

전체적으로 프릴과 리본에 뒤덮인 옷이 어찌나 눈에 띄는지……. 지난번에 안내를 해주었던 나르시시스트 선배는 비교도 되지 않았다.

그리고 얼굴 또한 옷에 뒤지지 않을 만큼 화려하게 화장했다. 반짝반짝 빛나는 눈두덩이에 붙이는 속눈썹인 건지 이상하게 길고 양이 많은 속눈썹과 새빨간 입술.

그런 화장과 옷만으로도 엄청났지만……, 심지어 그 인물은……, 어디를 어떻게 봐도 남자였다. 게다가 마초처럼 덩치가 큰 남자. 턱에는 퍼런 수염 같은 것도 살짝 보였다.

어떡하지. 굉장히 엄청난 게 왔는데……. 어제 본 사람들은 시작에 불과했다.

정말 무슨 말을 해야 좋을지 알 수가 없어서 그냥 멍하니 바라보기만 할 뿐이었다.

"난 2반의 시험 감독과 담당을 맡은 가이 앤더슨이야. 그런데 이 이름은 귀엽지 않으니까 여기서는 로라라고 해. 너희도 그렇게 부르렴."

그, 아니 그녀는 살짝 고개를 기울이며 말했다. 동작만 보면 말 그대로 귀여운 여자애였다. 외모는 커다란 마초 아저씨지만……

"그리고 또 한 사람. 어라? 말도 안 돼, 또 없잖아. 잠깐, 네이선은 어디에 있어?"

앤더슨 선배(아무리 그래도 로라라고는 부르지 못하겠다)는 주위를 두리번두리번 둘러보았다.

그때 깨달았는데, 주변의 신입들도 눈을 크게 뜨고 앤더슨 선배를 보고 있었다.

그래, 그런 반응이겠지.

나는 그대로 다른 반의 선배도 훔쳐보았다. 제복에 프릴이 달려 있거나 여장한 마초는 없었다.

또 우리만 이상한 사람한테 걸린 모양이다. 연속으로 이 무슨 불운인가. 그렇게 한탄하고 있을 때, 바로 옆에서 가느다란 목소리가 들려왔다.

"있어요. 여기 있어요."

전혀 인기척이 느껴지지 않았던 바로 옆에서 목소리가 갑자기 들려와 무심코 "헉" 하고 펄쩍 뛰어올랐다.

"어머나, 그런 곳에 있었구나, 네이선. 또 존재감을 숨기다니―.

신입이 놀랐잖아."

앤더슨 선배의 시선을 따라 옆을 바라봤더니, 앤더슨 선배와는 정반대인 남성이 서 있었다.

어, 언제부터 여기에 있었던 걸까. 전혀 깨닫지 못했다.

제복은 다른 직원들과 똑같았는데, 요만큼도 고친 것처럼 보이지 않았다. 게다가 흐트러져 있지도 않고 단정한 차림새였다.

키가 크고 앞머리가 긴 데다 크고 두꺼운 안경을 쓰고 있다. 특징이라면 그뿐이라서 특징이 없는 게 특징인 것 같은 사람이었다.

"저는 존재감을 숨기는 게 아니에요. 그저 주변 사람들이 알아차려 주지 않을 뿐이라고요."

그는 풀이 죽은 듯이 말하다가 이번에는 우리를 돌아보았다.

"가이와 함께 여러분의 시험 감독과 담당을 맡게 된 네이선 하트입니다. 여러분, 잘 부탁드립니다."

그가 정중하게 고개를 숙였다.

그의 모습을 본 나는 정말 정상인 사람이구나 싶어서 감동했다. 요전까지의 이상한 선배들과는 너무나도 다르고 평범한 데다 정상인 사람이다. 존재감이 조금 옅은 것 정도는 별것 아니다.

앤더슨 선배의 등장으로 단번에 불안감이 늘었지만 하트 선배 덕분에 어떻게든 될 것 같았다. 하지만.

"그럼 시험에 관해 자세히 설명할 테니, 일단 2반에 배정된 방까지 함께 가주시면 감사하겠습니다."

하트 선배가 우리를 안내한다며 걸어가기 시작했다.

어라? 거짓말, 어디 간 거야? 순식간에 인파 속에서 하트 선배의 모습을 잃어버렸다.

어떡하지. 우리가 당황하자 결코 모습을 놓칠 일이 없어 보이는 어마어마한 존재감의 앤더슨 선배가 말했다.

"아아ㅡ, 또 놓쳤네. 네이선은 착한 앤데 존재감이 너무 없거든. 게다가 굉장한 길치라서 금세 행방불명이 된다니까."

그가 뺨에 손을 대며 난감한 표정을 지었다.

동작만큼은 귀여운 앤더슨 선배를 바라보며 역시 우리에게 평범한 선배가 오는 일은 없구나 싶어서 슬픈 기분이 들었다.

프릴의 마초 언니와 존재감 없이 사라지는 선배. 그리고 어쩐 일인지 나를 적대시하는 미소년. 아무래도 변함없이 앞날이 다난할 것 같았다.

결국 하트 선배를 찾지 못한 채 앤더슨 선배에게 안내받아 우리에게 배정된 방으로 가자 얼마 후에 하트 선배도 나타났다.

그렇게 멀지 않았음에도 숨을 꽤 헐떡이고 있었다.

"미안해. 상당히 찾아봤는데 보이지 않아서 먼저 왔어."

앤더슨 선배의 말에 하트 선배가 대답했다.

"아뇨, 늘 있는 일이니 괜찮습니다. 저야말로 죄송합니다."

또 풀이 죽은 듯했다. 확실히 좋은 사람인 것 같지만 어쩐지 불쌍한 느낌이 들었다.

그리하여 돌아온 하트 선배까지 해서 전원이 다 모였다.

"그럼 이번 시험의 내용을 자세히 설명해줄게."

선배가 본론을 이야기하기 시작했다.

"우선 이번 시험의 내용 말인데, 마법성에서 받은 의뢰 중 비교적 간단하고 신입도 할 수 있을 법한 일을 미리 확보해두었어. 그중에서 우리 담당이 그 반에서 수행할 수 있을 만한 걸 골라왔지."

"2반의 네 사람이 협력해서 그 임무를 수행해야 합니다. 그때 우리가 동행해서 감독하고 심사하는 형식입니다."

요컨대 선배가 골라온 마법성의 의뢰를 네 명이 협력해서 처리하고, 선배가 따라와서 그 모습을 보며 심사하는 모양이었다.

뭐야. 시험이라고 해서 뭔가 엄청나게 힘든 일을 시킬 거라 생각했는데, 그리 어려운 건 아닌 듯하다. 조금 안심했다.

선배들은 지금까지 말해준 이야기가 괜찮은지 확인한 후 말을 이었다.

"그럼, 우리가 골라온 임무를 발표하도록 할게."

그러고는 종이를 꺼내 읽기 시작했다.

"여러분의 이번 임무는 어떤 마을 변두리에 출몰해서 마을 사람들을 곤란하게 만드는 생물을 퇴치하는 것입니다."

오오, 마을 사람들을 곤란하게 만드는 생물 퇴치! 어쩐지 롤플레잉의 이벤트 같은 임무네.

마법성에 들어온 의뢰라 하니 평범한 생물일 리 없다.

분명 생물 연구부에서 목격한 것 같은 신기한 동물일 거야.

뭘까. 페가수스일까? 아니, 페가수스는 마을 사람들을 곤란하게 만들지 않을 거야. 그럼 뭐지? 마들렌 비슷한 이름의 그 식물이면 싫은데. 어쩐지 더는 관여하고 싶지 않으니까. 뭘까. 혹시 게임에서 자주 나오는 드래곤이라거나?! 그럼 대단하겠다.

"저기……, 참고로 어떤 생물인가요?"

신경이 쓰여서 물어보자, 하트 선배가 아무렇지 않게 대답했다.

"너구리입니다."

응? 어라, 잘못 들었나? 지금 선배가 '너구리'라고 하지 않았어? 밭의 천적인 갈색의 동글동글한 생명체? 아니, 설마 너구리 퇴치 같은 일이 마법성에 들어올 리가 없지. 그렇다면.

"저, 너구리는 어떤 생물인가요?"

아마 내가 알고 있는 그것과는 달리 뭔가 엄청 대단한 생명체일 것이다. 틀림없다! 하지만.

"어머, 너구리를 모르니? 농촌에서 논밭 같은 곳에 자주 출몰해 농작물을 망치는 동글동글한 갈색 생명체야."

앤더슨 선배가 놀란 얼굴로 대답했다.

완전히 내가 알고 있는 너구리였다. 신기한 생물도 뭣도 아닌, 흔히 볼 수 있는 일반적인 생물이다. 아니, 왜 그렇게 흔하디흔한 생명체인 너구리를 군이 마법성 직원이 퇴치하러 가야 하는 거야? 그런 건 마을에서 너구리 덫 같은 걸 설치해서 어떻게든 처리하자고. 왜 국가의 최고 기관에 의뢰하는 건데?

"저, 왜 군이 마법성 직원이 너구리 퇴치를 해야 하는 거죠? 마을 쪽에서 어떻게든 해야 하는 것 아닌가요?"

아차, 마음속 목소리가 새어 나온 줄 알았는데, 듀이 소년이었다. 물어봐줘서 고마워. 나도 그 부분이 엄청 신경 쓰였거든.

그러자 하트 선배가 형언할 수 없는 복잡한 표정을 지었다.

"마을 쪽에서도 어떻게든 해보려고 시도했다는데, 숫자가 상당한지 해결이 나지 않는다고 의뢰한 모양입니다."

하트 선배는 잠깐 말을 끊었다.

"그리고 신입들은 마법성 직원이라면 항상 어마어마한 일을 할

거라고 생각하는 경향이 있을지도 모르지만, 실제로는 마법성에서 할 필요가 있나 싶은 잡무가 많습니다. 마법성은 각지에 지부가 있고 인원도 나름대로 확보하고 있어서 잡무 담당처럼 이용되거든요."

잡무 담당처럼…… 물론 나는 마법성에서 훌륭한 성과를 내겠다며 의욕에 넘쳐 들어온 게 아니지만…… 그래도 나라에서 왕족 다음가는 권력을 지닌 기관에 왔으니 뭔가 더 대단한 일을 할 것 같았는데, 너구리 퇴치나 잡무 담당이라니…….

소소하게 충격을 받아 풀이 죽은 내 모습을 보다 못한 앤더슨 선배가 말했다.

"아, 하지만 2반의 이번 임무는 그중에서도 특히 간단한 걸 골랐어. 이 반에는 공격력이 높은 마력을 지닌 사람이 없으니까 말이야."

선배가 그렇게 위로해주었다.

듣고 보니 마리아는 확실히 마력이 강하지만 치유 마법 같은 것이고, 소라의 마력은 불이라고 해도 약한 데다 어둠의 마력은 공공연히 드러내면 안 되기 때문에 비밀이다. 같은 이유로 나도 포치를 함부로 꺼내면 안 되고(꺼낸들 아무것도 못 하지만) 쓸 수 있는 건 흙 소복뿐이다. 심지어 듀이는 마력이 아예 없다.

다들 우수하긴 하지만 마력이 없으면 할 수 있는 것에도 한계가 있을지 모른다.

그래, 맞아. 내가 그렇게 납득하려던 그때.

"……저기, 그렇다면 애초에 반을 어떻게 나눈 거죠?"

듀이가 어쩐지 복잡한 얼굴로 다시 입을 열었다.

"마력 밸런스를 생각한 것도 아니고 나이 같은 것도 아닌 듯한데, 무엇을 기준으로 짠 건지 모르겠습니다."

그렇게 말한 듀이는 순간적으로 매섭게 나를 보았다. 나와 함께 있는 게 불만인 건가? 하지만.

"딱히 기준은 없고 랜덤으로 했다고 들었는데, 뭔가 불만이라도 있습니까?"

하트 선배가 물었다.

"……아닙니다."

듀이는 아래를 보며 대꾸했다. 하지만 표정은 확실히 불만스러워 보였다.

역시 듀이는 나에 대해 뭔가 생각하는 게 있는 거구나. 아직 II가 시작된 지 얼마 지나지 않아서 거의 관련이 없는데, 어떻게 된 걸까? 일단 그걸 밝혀내야겠어.

내가 그렇게 결심했을 때, 하트 선배가 다시 입을 열었다.

"그럼 이번 임무의 내용을 자세히 설명해드리도록 하겠습니다."

선배는 이번 시험인 임무의 내용을 자세하게 말하기 시작했다.

우선 너구리 퇴치 의뢰는 이 나라 변두리에 있는 시골의 작은 마법성 지부에서 했다고 한다. 시골 지부라서 도시에 비해 그런 잡무가 많은 모양이었다.

이 정도 일은 평소에 지부 쪽에서 재빨리 정리한다고 한다. 그런데 마침 그 외에도 문제가 생기는 바람에 인력이 부족해 손을 쓸 수가 없어서 조금이라도 도와줄 사람을 파견해달라고 본부에 연락한 것이다.

그렇게 본부에 들어온 요청은 '간단한 것 같으니 신입들의 시험에 마침 딱 좋지 않을까라는 식으로 여기에 들어온 듯했다.

처음부터 어려운 임무를 맡는 것도 조금 부담스러우니까 괜찮지만…… 정말 단순한 너구리 퇴치일뿐 어떠한 사건성도 없어 보였다. 잠깐 두근거렸던 만큼 기대에 어긋난 감이 드는 건 부인할 수 없었다.

"그런 이유로 임무 자체는 그리 어렵지 않겠지만, 장소가 조금 멀어서 오늘부터 이동하면 날이 다 저물 겁니다. 그래서 내일 아침에 출발해 의뢰를 넘긴 지부로 나가보도록 하겠습니다. 며칠 묵게 될지도 모르니 내일은 각자 단단히 여행 준비를 하고 오세요."

오오, 장소가 시골이라 묵어야 하는 건가. 잠깐 가서 너구리를 잡고 돌아올 거리가 아니었구나.

며칠 묵는다니, 일이라고는 해도 조금 기대된다.

내일부터의 자세한 일정과 임무에 관한 설명이 끝나자, 앤더슨 선배가 생글생글 웃으며 일어났다.

"그리고 너희 모두 공격력이 강한 마력을 지니고 있지 않아서 상사가 마법 도구를 빌려준다고 해. 잠깐 '마법 도구 연구실' 창고로 따라오렴."

그가 말했다.

세상에나, 마법 도구라니! 무척 반가운 이야기였다. 확실히 공격력이 부족한 우리에게는 그런 게 필요할지도 모른다(상대는 너구리지만).

그리하여 우리는 선배들을 따라 마법 도구가 수납된 창고로 향했다.

마법 도구……. 그 말을 듣자 전생의 책에서 읽은 마법사의 지팡이나 투명 망토, 시간을 되돌리는 시계 같은 것이 머릿속에 떠올라 두근거렸다. 하지만……, 실제로 선배들에게 안내받아 간 창고에 있는 물건은 상상했던 것과 상당히 달랐다.

으음—, 이게 뭐지? 잡동사니인가?

그곳에는 용도가 불분명한 각각 다른 크기의 도구가 쌓여 있었는데, 아래쪽에 있는 도구는 먼지가 상당히 쌓여 있어서 창고라기보다 쓰레기장 같은 느낌이었다.

나를 포함해 모두 다 그런 느낌을 받았는지, 아무도 뭐라 코멘트를 하지 못하고 잡동사니가 아닌 마법 도구 더미를 그저 바라보기만 했다.

그 모습을 보고 우리의 기분을 알아차린 건지 앤더슨 선배가 말했다.

"시제품으로 이것저것 만들었는데 좀처럼 잘 되지 않아서 말이야. 이렇게 쌓여 있기는 하지만 개중에는 제대로 쓸 수 있는 것도 있어."

수습하려는 말을 황급히 늘어놓았으나, 요컨대 여기에 있는 것들은 보이는 대로 쓸 수 없는 잡동사니가 대부분이라는 뜻이 아닐까? 수습이 안 되는 것 같은데.

"저, 가령 어떤 게 있나요?"

그러나 마리아가 살짝 조심스럽게 물어보자, 앤더슨 선배는 기다렸다는 듯이 가까이에 있던 손바닥 크기의 작은 도구를 얼른 집어 들었다.

"이건 멀리 떨어진 곳에서도 대화할 수 있는 도구야. 지금은 시제품 단계인데, 상당히 좋은 결과가 나오고 있어."

자랑스러운 얼굴로 말했다.

떨어진 곳에서도 대화할 수 있는 도구라. 마치 전생의 핸드폰 같다. 확실히 엄청난 도구이기는 하다.

"대단하네요. 어떤 곳에서도 이야기할 수 있나요?"

마리아도 핸드폰 같은 도구에 감동한 듯 눈을 반짝이며 물었다.

"아, 그렇지는 않아. 장소는 밖에서만 가능해. 그리고 나름대로 높은 곳이 아니면 쓸 수 없어."

앤더슨 선배의 말투가 살짝 흐려졌다. 파고들면 안 되는 부분이었던 모양이다. 하지만.

"높은 곳이라는 건 어느 정도 높이인가요?"

분위기를 파악하지 않는 듀이가 딱 잘라 물었다.

"……3층 정도 되는 건물 위에서는……. 그러니까 너무 시골이면 힘들지도 모르겠네."

장소가 상당히 한정적이다. 도시 쪽이라면 또 모를까, 시골에는 3층 건물이 좀처럼 없을 테니까.

"그럼 이번 임무에서는 쓸 수 없겠네요. 그 외에는 어떤 것이 있죠?"

어쩐지 풀이 죽은 듯한 앤더슨 선배에게 듀이가 가차 없이 물었다.

듀이는 쇼타 같은 외모와 달리 속은 상당히 엄격한 모양이다.

"아, 이건 항상 서늘해서 더위 대비용으로 좋아."

앤더슨 선배가 손바닥 크기의 돌 같은 것을 꺼내서 권했다.

"아, 정말 그러네요. 서늘해요."

권유를 받은 마리아가 돌을 손에 들고 동의했다.

"지금은 봄이니까 필요도 없고 임무에도 쓰지 못할 것 같네요."

듀이가 단호하게 말했다.

확실히 여름에는 귀중해질지도 모르지만, 지금은 필요 없는 데다 적(너구리)에게도 별반 효과가 없어 보였다.

후배의 호된 지적에도 앤더슨 선배는 지지 않고 '따끈따끈한 돌', '항상 좋은 향기가 살짝 나는 손수건', '조금만 부쳐도 상당한 바람이 생기는 부채', '음식 냄새를 간직할 수 있는 주머니' 등을 소개해 주었다.

대단하긴 하지만……, 임무에는 쓸 수 없을 것 같은 게 대부분이었다.

"이것저것, 정말로 이것저것 있는데 다만 시제품이라 아직 실용 가능한 물건이 적어."

앤더슨 선배는 마치 변명처럼 말하더니 결국 이래저래 귀찮아진 듯 모든 것을 내던져버렸다.

"뭐, 다들 각자 적당히 마음에 드는 걸 가져와. 쓸 수 있을지 없을지는 운에 따라 다르겠지."

참고로 그제야 존재를 떠올린 앤더슨 선배의 파트너인 하트 선배는 어느새 사라지고 없었다. 아니, 애초에 여기 왔을 때부터 모습이 보이지 않았던 것 같기도 하다.

도중에 길을 잃었는지도 모른다. 정말 무시무시할 정도로 존재감이 없다.

결국 의지할 만한 선배의 조언도 없이 잡동사니 더미 속에 내던져진 꼴이 된 우리는 어쩔 수 없이 각자 묵묵히 쓰레기 더미, 즉 창고 탐색을 시작했다.

으음─, 겉으로만 봐서는 어떤 도구인지 모르겠네.

딱 봐도 빗자루로 보이는데, 이건 어떤 도구일까?

"저기, 앤더슨 선배. 이건 어떤 도구인가요?"

"어머나, 나를 부를 땐 로라라고 불러. 이건 자동으로 청소해주는 빗자루야."

"아, 이건 겉보기와 똑같이 빗자루였네요. 하지만 자동으로 청소를 해준다니 대단해요."

"응. 다만 쓰레기를 감지하지 못해서 그냥 되는 대로 움직이며 어지럽히는 경우가 많은 게 단점이지."

"……."

그렇다면 더 이상 청소해준다고는 말할 수 없지 않을까……. 이런 식으로 용도를 알 수 없는 것은 앤더슨 선배에게 물어보면 대답해주는데, 역시나 쓸모없는 게 대부분이었다.

흥미롭긴 하지만 가져가고 싶은 건 눈에 띄지 않았다.

듀이는 벌써 찾을 생각을 접은 건지, 창고 구석에서 책을 펼쳐 읽고 있었다. 정말 뻔뻔한 태도다.

적어도 간단하게 운반할 수 있는 것이라면 몇 개 가져갈 수 있을 텐데, 의외로 큰 도구가 많단 말이지.

뭔가 작고 도움이 될 것 같은 게 없을까─. 앗, 저건 뭐지?

도구가 겹쳐져 있는 구석 쪽에서 반짝 빛나는 무언가가 보였다.

혹시 마법 소녀의 지팡이 같은 건가? 어차피 도움이 되지 않는 도구라면, 적어도 뭔가 그럴싸하게 겉보기에 훌륭한 걸로 가져가고 싶다.

그렇게 생각하며 가까이 다가가 보니 그곳에는……. 거울? 아니,

돋보기?

손바닥 크기의 그 도구는 전생에서 어렸을 때 봤던 기억이 있는 돋보기와 똑같았다.

전혀 멋진 마법 도구 같지는 않았다.

세련된 장식이 달린 것도 아니고 별다를 것 없이 어디에나 있는 돋보기다……. 들여다봐도 물건이 크게 보이지도 않고……. 역시 용도를 알 수 없었다.

"저기, 앤더슨, 이 아니라 로라 선배. 이건 무슨 도구인가요?"

"어머나, 뭐니?"

로라라고 부른 게 효과적이었는지, 그는 무척 멋진 미소를 지으며 뒤를 돌아보았다.

좋아. 이제 마음의 결정을 내리고 앤더슨 선배를 로라 선배라 부르기로 하자.

로라 선배는 내가 들고 있던 안경을 보더니 흐음—, 하고 고개를 갸웃거렸다.

"그건 부서장님이 연구했던 건데, 나도 잘은 모르겠지만 확실히 어두운 곳에서 빛나거나 하는 도구였던 것 같아."

아무래도 돋보기가 아니라 회중전등 같은 물건이었나 보다.

회중전등이라면 꽤 도움이 될 만한 도구일 거라 생각했는데……, 어느 정도로 빛나는지 물어봤더니 주위가 어렴풋이 밝아질 정도라고 한다……. 역시 다른 물건들과 마찬가지로 시원찮은 물건인 듯했다.

그 후에 몇 가지를 찾아서 물어봐도 다 시원찮은 것뿐이었다. 하지만 모처럼 빌려준다는데 아무것도 빌리지 않는 것도 조금 그래서, 돋보기 모양의 회중전등(빛은 어렴풋하다)과 음식 냄새를 보관할 수 있는 주머니(향기는 희미하다)를 빌렸다.

어쩌면 밤에 걸을 때나 배가 고플 때 써먹을 수 있을지도 모르니까.

마리아와 소라도 이것저것 찾아서 뭔가 빌린 듯한데, 듀이는 결국 아무것도 빌리지 않았다. 아까운 짓을 하는 아이다.

그리하여 각자 도구를 빌린 뒤에는 내일을 대비해 준비하고, 다시 다음날 아침에 마법성에서 모이기로 했다.

◆ ◆ ◆

"그래서 로라, 신입들은 어때?"

상사의 질문을 받은 나, 본명 가이 앤더슨 통칭 로라는 아까 해산한 신입들에 대해 보고했다.

"네. 다들 각자 망설이면서도 도구를 골라 갔습니다. 다만, 듀이 퍼시는 '필요 없습니다'라며 아무것도 가져가지 않았습니다만."

"하하하. 그 아이는 귀여운 얼굴과 어울리지 않게 상당히 까다롭다고들 하더라."

내 상사이자 마법 도구 연구실의 부서장인 라나 스미스가 웃으며 말했다.

그런 상사에게 나는 질문을 던졌다.

"하지만 듀이가 아니라 해도, 그런 시제품이나 실패작뿐인 곳에서 도구를 고르라고 하면 난감할 것 같은데요. 왜 실제로 제대로 이용할 수 있는 도구를 빌려주지 않으신 겁니까?"

그렇다. 사실 신입에게 안내해준 창고 외에도 실용적인 도구를 제대로 보관하는 곳이 있다.

그런데도 라나가 신입을 안내하라고 한 곳은 시제품과 실패작을 모아 놓은 창고였다.

아마 이 상사라면 뭔가 깊은 생각이 있어서 그랬을 테지만, 신입은 마법 도구 연구실에선 하잘것없는 도구밖에 만들지 못한다고 생각했을 것이다.

그러나 정작 라나의 대답은 이러했다.

"그야 제대로 된 도구를 신입에게 빌려줬다가 망가뜨리면 곤란하잖아. 게다가 시제품을 시험해볼 좋은 기회이기도 하고."

비교적 보잘 것 없다고 해야 하나, 깊이도 뭣도 없는 대답이었다.

"……그렇군요."

지나치게 깊이 생각한 나 자신에게 어쩐지 피로감이 느껴졌다.

"게다가 거기에 있는 것도 못 쓰는 것들만 있는 게 아니야. 특정 인물만 쓸 수 있는 것도 나름 있거든."

라나가 의미심장한 얼굴로 말했다.

"특정 인물만 쓸 수 있는 것이요?"

그런 게 그 잡동사니, 가 아니라 시제품 속에 있었다고?

"참, 마리아 캠벨은 뭘 골랐어?"

"예? 으음―, 분명 마력을 증폭시키는 팔찌였을 겁니다."

내 대답을 들은 라나의 눈이 반짝 빛나는 것 같았다. 그러고 나서 실로 즐겁다는 표정을 지었다.

"후후후, 기대 이상이잖아. 그걸 고르다니."

"하지만 그건 분명 효과가 거의 없는 데다 그저 부적 같은 것 아니었나요?"

그래서 쓸모가 없다며 창고에 넣은 것으로 기억한다. 라나도 알고 있을 텐데…….

"음, 그건 일반적인 인간, 아니 평범한 마력을 지닌 인간이 가지고 있으면 효과가 없어. 하지만 어떤 마력을 지닌 사람에게는 큰 효과를 가져다줄 거야. 단지 그 마력을 지닌 사람의 숫자가 너무 적어서 실험이 진행되지 않는 바람에 결국 창고로 가게 된 거지만."

"설마 그 마력이란……."

"그래. 빛의 마력이지."

그 말을 듣자 순간적으로 몸이 오싹해졌다. 다량의 쓸모없는 도구 중에서 설마 핀 포인트로 그걸 골라내다니…….

"과연 마리아 캠벨이야. 소문으로 듣긴 했지만 말 그대로 선택받은 소녀네. 실로 흥미로워. 꼭 우리 부서에 들어왔으면 좋겠어."

평민이면서도 강한 빛의 마력을 지닌 미소녀를 뒤에서는 선택받은 소녀라고 부르는 사람들이 있다는 건 알고 있었지만, 이번 일로 정말 그런 사람들이 말한 것과 똑같다는 생각이 들었다.

마리아 캠벨은 평범함과 다른 특별한 무언가를 가지고 있을지도 모른다. 하지만.

"그렇게 우수한 인재는 우리가 못 받을 것 같은데요."

뭐니 뭐니 해도 우리는 마법 도구 연구실이다. 마력과 학력 모두 우수하고 아무런 결점도 없는 우등생 마리아를 데리고 올 수 있으리라는 생각은 들지 않았다.

그러나 흥분한 듯한 라나의 귀에는 내 충고가 들리지 않은 모양이었다.

"그리고 소라와 카타리나 양은 어떤 걸 가져갔지?"

그녀는 내 말을 화려하게 무시하고 거듭 물었다.

라나는 기본적으로는 좋은 상사지만, 재미있을 것 같고 흥미를 끄는 게 있으면 당장 이렇게 되어버리는 것이 옥에 티다. 나는 그런 라나에게 살짝 쓴웃음을 지으며 대답했다.

"소라는 마력으로 만든 불을 얼마간 유지할 수 있는 막대기였고, 카타리나 양은 음식 냄새를 담아둘 수 있는 주머니, 였던 것 같습니다."

"푸핫. 소라는 그렇다 치고 카타리나 양의 선택은 너무 웃기네."

라나는 배를 잡고 깔깔 웃기 시작했다.

뭐, 나도 카타리나 클라에스가 냄새 주머니를 가져왔을 때는 무심코 나오려는 웃음을 억지로 참았다.

그건 너무나도 피곤이 쌓여 기분이 고조된 동료가 그 기세를 몰아 장난으로 만든 물건이었다. 만든 건 좋지만 딱히 쓸 방도가 없어서 창고에 내던져졌다. 설마 그런 걸 가져갈 줄이야. 아니, 애초에 그걸 뭐에 쓰려는 걸까. 수수께끼다.

게다가 어쩐지 자신감이 가득한 얼굴로 그걸 가져와서……, 나도 참 용케 웃음을 터뜨리지 않고 잘 참았다 싶다.

"카타리나 양은 뭔가 소문과는 상당히 다른 느낌이 드는 분이네요."

나도 모르게 그렇게 중얼거리자, 라나가 히죽 웃었다.

"제멋대로인 영애가 연줄을 써서 심심풀이로 마법성에 들어왔다는 그 소문 말이야?"

"예. 그런 말을 하는 사람이 많았으니까요. 하지만 오늘 만나본 느낌으로는 그렇게 보이지 않던데요."

"흠—, 어떤 느낌이었는데?"

"제멋대로라는 느낌은 전혀 들지 않았고, 애초에 공작가의 영애답지도 않다고 할까, 어쩐지 특이한 아이 같다는 느낌이 들었습니다."

내가 솔직하게 대답하자 라나는 또다시 깔깔거리며 웃었다.

카타리나 클라에스. 클라에스 공작가의 외동딸이자 제3왕자의 약혼자. 그런 인물이 마법성에서 일한다는 이야기를 전해 들었을 때는 다들 무척이나 놀랐다.

이런저런 억측이 돌아다녔는데, 마지막에는 제멋대로인 영애가 결혼할 때까지 심심풀이로 놀 겸 마법성에 온다는 소문이 사실처럼 전해졌다. 그래서 마법성에서 떠도는 그녀의 인상은 그리 좋지 않았다.

그러는 나도 실제로 만나기 전에는 그다지 좋은 인상을 받지 못했지만…… 잠깐 접해 보니 소문과는 상당히 다르다는 사실을 깨달았다.

카타리나는 내가 지금까지 만났던 신분이 높은 영애들과는 너무나도 달랐다. 평범함과는 어긋난 언동으로 첫날부터 나를 웃겨주었다. 솔직히 이제부터 함께 여행을 가는 게 조금 기대되기도 한다.

거기까지 생각한 나는 그러고 보니 카타리나가 하나 더 가져간다고 했던 것을 떠올렸다.

냄새 주머니의 인상이 강렬해서 잊어버릴 뻔했다.

"그리고 카타리나 양은 라나 님이 만든 빛나는 거울 같은 걸 가져가셨습니다."

라나에게 보고하자, 그녀는 그때까지 즐거워 보이던 표정을 갑자기 싹 바꾸고 진지하게 말했다.

"반짝이는 거울 같은 거라니, 내가 최근에 개발한 그거?"

"아, 네. 그거요."

나는 라나의 박력에 살짝 눌린 채로 대답했다.

"요즘 보이지 않는다 싶었는데 창고 쪽에 섞여 들어간 거였구나……. 그리고 그걸 카타리나가 가져갔다니."

복잡한 표정을 지으며 생각에 잠긴 라나의 모습에 불안해졌다.

"저, 그건 단순히 빛나기만 하는 게 아니었던 건가요?"

내가 물었다.

"응. 대부분의 인간에게는 그런 물건이긴 한데."

아무래도 그것 또한 마리아가 골라낸 것과 마찬가지로 특정 사람에게만 특별하게 작용하는 도구였던 모양이다.

"……카타리나 양에게 빌려주면 안 되는 것이었습니까?"

조심조심 물어보았다.

"아니, 딱히 가지고 있기만 한다면 전혀 위험한 게 아니니까 괜찮지만……."

거기까지 말한 라나는 일단 말을 끊었다.

"그걸 카타리나가 가져갔다니 뭔가 좋지 않은 예감이 들어. 로라, 어쩌면 이번 시험은 그리 간단히 끝나지 않을지도 몰라. 유사시에는 곧바로 나에게 연락하도록 해."

나는 평소답지 않게 진지한 얼굴로 말하는 상사를 향해 "네" 하고 고개를 끄덕였다.

예의 그 소문이 전혀 엉뚱한 것이었다면, 카타리나가 여기 들어온 데는 아마 뭔가 사정이 있으리라. 평소에는 느긋한 상사가 이렇게 심각한 표정을 지을 만한 무언가가.

시험의 내용이 무척 간단해서 이런 임무라면 무슨 일이 일어날 리가 없다고 느긋하게 생각했는데, 아무래도 다시 한번 마음을 다잡고 임해야 할 것 같다.

좋아, 오늘은 자기 전에 정성스럽게 체조를 하자. 나는 다시 기합을 넣었다.

"그건 그렇고 파트너인 네이선은 어디 갔어?"

라나가 물어보았다.

"늘 그렇듯 길을 잃었습니다."

내가 대답했다.

이번에 같이 시험을 감독할 네이선 하트는 몹시 우수하고 성실하며 좋은 녀석이지만, 존재감이 너무 없고 몇 걸음만 걸으면 길을 잃는 게 단점이다.

"감독은 랜덤으로 선출된다고 하지만, 밖에서 하는 임무인데 네이선이 가도 괜찮을까……. 갈 때는 밧줄로 묶어가는 편이 좋을지도 몰라."

"……그러게요."

어쩌면 무슨 일이 일어날지도 모르는 임무에 그런 파트너가 붙다니. 나는 상당히 불안해졌다.

자, 내일은 마법성에 일하기 시작한 뒤로 첫 번째 임무(시험이기는 하지만)를 맡은 날이다. 어쩐지 조금 두근거렸다.

게다가 처음부터 멀리 가서 묵어야 한다고 했으니 자고 올 준비도 해야 한다.

옷은 제복과 잠옷만 있으면 되겠지만, 그 외에는 뭐가 필요할까?

오갈 때 먹을 과자와 점심 식사 후에 간식으로 먹을 과자, 밤에 출출할 때 먹을 과자랑—. 그리고 뭐가 필요하지? 일단 빌려온 마법 도구인 냄새 주머니와 돋보기를 가져가면 나머지는 뭐 어떻게 되겠지.

"좋—아. 내일부터 열심히 하자!"

침대 위에서 일어나 주먹을 쳐들고 선언했더니, 옆에서 대기하고 있던 앤이 말했다.

"망측하니까 그러지 마세요."

그녀가 싸늘한 눈빛으로 주의를 주었다. 그리고.

"내일부터 괜찮을까요? 함께 가는 마리아 님께 잘 부탁드린다고 말해두어야 할 텐데."

아이를 소풍에 보내는 엄마 같은 말을 했다.

앤이 그런 식으로 말하긴 했지만 나도 이제 훌륭한 사회인이다. 예전에는 앤에게 상당히 도움을 받았던 (앤이 대부분 다 해준) 숙박 준비도 스스로 해냈다.

그러나 "확인하게 해주세요"라며 내가 싼 짐을 보러 간 앤이 말했다.

"이 과자는요?"

"아, 오갈 때 먹을 거."

"이쪽 과자는요?"

"점심 식사 후에 간식으로 먹을 거."

"이건요?"

"밤에 출출하면 먹을 거."

"너무 많이 드시네요. 이렇게까지는 필요하지 않을 거예요."

앤은 그렇게 말하더니 내가 싼 과자를 반 이상 꺼내버렸다.

아아. 내 과자가—.

"그건 그렇고, 머리를 빗을 빗과 거울 같은 건 들어 있지 않은데요?"

"아니, 딱히 필요 없지 않을까—, 싶어서 말이야."

"카타리나 님은 이제 성인이 된 여성입니다. 다 큰 여성에게는 최소한의 몸가짐이라는 게 있습니다. 마님께 충분히 지도를 받으셨을 거라 생각합니다만."

"……가져가겠습니다."

이렇게 내가 스스로 준비한 숙박용 짐은 엄격한 체크를 받은 결과 대부분 앤이 다시 싸게 되었다.

모처럼 내가 제대로 준비했는데—.

그러는 동안 밤이 깊어갔다.

내일 일을 생각하면 흥분해서 좀처럼 잠들지 못할지도 모른다고 생각했던 나는 결국 출근 첫날이라 피곤해서 그런지 침대에 들어가자마자 곧바로 깊은 잠에 빠졌고, 평소처럼 앤이 깨워서 출발하는 날의 아침을 맞이했다.

제4장
너구리 퇴치

출발하는 날 아침, 바깥은 무척 날씨가 좋았다. 상당히 징조가 좋았다.

아버지의 일터에 따라가야 하기 때문에 오늘은 마법성에 갈 수 없다며 키스가 정원까지 배웅하러 나왔다.

"여러모로 정말 진심으로 조심해야 해."

키스는 어제부터 몇 번째인지 모를 말을 했다.

"괜찮아. 잠시 시골을 산책하고 오는 것 같은 일이니까. 위험할 것 하나 없어. 키스는 정말 걱정이 많구나."

"아니, 내가 걱정이 많은 게 아니라 누나가 사건에 너무 많이 휘말려서 그러는 거잖아. 이상한 곳에는 절대로 가면 안 되고 이상한 사람도 절대 따라가면 안 돼. 과자를 준다고 해도 절대 따라가면 안 돼. 알겠지?"

내가 초등학생인가 싶었지만 이렇게 엄한 얼굴의 키스에게 뭔가 말대답을 하면 더 길게 잔소리를 들을 게 뻔하다.

"알았어. 조심할게."

그래서 순순히 대답했다.

입이 닳도록 "어쨌거나 조심해"라고 말하는 키스의 배웅을 받으며 저택에서 나온 나는 얼마 후에 마법성에 도착했다.

마차에서 내려 집합 장소로 향하자, 다른 신입 멤버들이 벌써 모여 있었다.

소라는 평소와 다름없이 표표한 느낌이었고, 마리아는 아주 조금 긴장한 듯했다. 듀이는 어제 봤을 때와 마찬가지로 어쩐지 언짢아 보였다.

팀 멤버에게 인사하고 있으려니 이번에는 시험 감독인 (개성적인) 선배들이 나타났다.

"자, 다들 준비는 잘해왔니? 슬슬 출발하자."

전생에서 본 어린이 방송의 언니 오빠 같은 느낌으로 여장 마초 앤더슨, 즉 로라 선배가 말했다.

아침부터 꼼꼼하게 화장한 로라 선배가 오늘 입은 제복에는 어제 입은 것과 다른 프릴과 리본이 달려 있었다. 몇 벌이나 있는 건지 신경 쓰였다.

로라 선배는 무슨 일인지 손에 밧줄을 쥐고 있었는데, 그 끝에는……, 네이선 하트 선배가 매달려 있었다.

앗, 뭐지? 어떻게 된 거야? 밧줄로 이어져 있는 두 사람을 의아한 눈으로 가만히 바라보았다.

"이건 네이선이 길을 잃지 않게 하려는 대비책이야. 절대 우리에게 이상한 취향이 있는 게 아니라고!"

로라 선배가 필사적으로 말했다.

아니, 딱히 이상한 취향이라고 생각한 건 아니지만……. 그보다 애초에 화려한 여장 쪽이 이상한 취향이지 않을까. 로라 선배의 이상하다는 기준이 신경 쓰였다.

참고로 묶여 있는 하트 선배는 그저 묵묵히 애달픈 눈을 하고 있을 뿐이었다.

확실히 어제 그 짧은 거리에서도 길을 잃은 선배니까 대책이 필요할 터였다.

다만 허리에 밧줄이 묶인 상태는 아무리 봐도 주인과 애완동물처럼 보이지만.

"그럼 시간도 아까우니까 출발하도록 합시다."

로라 선배의 호령과 함께 우리는 준비된 마차에 올라탔다.

이번 임무를 위해 로라 선배가 준비한 마차는 키스를 찾으러 갔을 때 사용한 마차보다 더욱 커서 나와 마리아, 듀이, 선배들 모두가 타도 괜찮았다.

음, 어라?

"저기—, 소라는 어디에 있나요?"

함께 타지 않은 동료의 행방을 물어보았다.

"아아, 소라 스미스에게는 마부를 부탁했어. 마차를 수배하긴 했는데 깜빡하고 마부를 부르는 걸 잊었거든. 하지만 나는 마차를 다룰 수 없고 네이선에게 시키면 목적지에 도착할 수가 없어서 난감해하고 있는데, 소라가 자기가 하겠다고 말해줘서 정말 살았지 뭐야."

로라 선배가 생글생글 웃으며 대답했다.

더 자세히 물어봤더니 어제저녁에 마차가 도착했을 때 로라 선배가 깜빡 실수해서 마부를 부탁하는 걸 잊었다는 게 드러났고, 어떻게 할까 난감해하던 차에 우연히 함께 있었던 소라가 어쩔 수 없이 수락했다는 모양이다. 불쌍한 소라.

로라 선배가 마부를 불러야 하는 걸 깜빡 잊어버린 것도 상당하지만, 애초에 선배가 마차를 다룰 수 없다는 것도 의외였다. (옷과 화장을 제외하고) 외모로만 보면 잘할 것 같은데…….

그리고 하트 선배는 마차를 몰아도 길을 잃는구나. 슬쩍 하트 선배 쪽으로 시선을 돌리자, 그는 굉장히 면목 없다는 표정으로 "미안합니다" 하고 고개를 숙였다.

오늘은 아침에 상쾌하게 눈을 뜨고, 밖으로 나와보니 날씨도 화창해서 조짐이 좋다고 생각했는데……. 시험을 감독하는 선배들이 이런 느낌이어서 정말 괜찮을까.

나는 이제 막 출발하려는 마차 안에서 어쩐지 불안해졌다.

마차가 움직이기 시작했을 때는 다들 조용히 있었지만(무엇보다 이런 멤버로 무슨 이야기를 해야 좋을지 알 수 없었다), 잠시 후에 로라 선배가 말했다.

"마리아의 피부는 매끈매끈하고 정말 예쁘네. 뭔가 특별한 케어 같은 거라도 하고 있어?"

갑자기 걸즈 토크를 하기 시작했다.

앗, 왜 갑자기 그런 토크를!

나와 마찬가지로 마리아도 놀란 것 같았다. 하지만 과연 마리아다.

"아뇨, 특별한 케어는 하지 않습니다."

그녀는 선배에 질문에 또박또박 대답했다. 마리아의 대답을 들은 로라 선배가 말했다.

"뭐어—? 아무것도 하지 않는데 피부가 그렇다고—? 치사해—."

로라 선배가 뺨을 부풀렸다. 동작(만)이 참 귀엽다.

그건 그렇고, 마리아의 매끈매끈한 피부가 설마 타고난 것이었을 줄이야……. 과연 주인공이다.

참고로 나는 매일 목욕이 끝나면 화장수니 뭐니 정성껏 바르며 가꾸고 있다. 주로 앤이 해준다(나는 안 한다). 그 덕분에 마리아만 큼은 아니라도 피부 상태는 양호하다.

"듀이는 부드러운 머리카락에 뭔가 하는 거야?"

로라 선배는 듀이 소년도 친근하게 부르기로 한 모양이다. 생글생글 웃으며 무뚝뚝한 얼굴을 한 듀이에게 물었다.

"아니요, 아무것도 안 합니다."

퉁명스러운 대답이 돌아왔다. 하지만 전혀 풀이 죽은 기색 없이 마리아 때와 마찬가지로 "치사해—."라며 뺨을 부풀렸다.

그 다음으로 나를 바라보았다.

오오, 나도 어떻게 캐어하고 있는지 물어보는 패턴이겠네. 하지만 나는 어떤 것으로 케어하는지 파악하고 있지 않은데. 앤에게 다 맡기고 있으니까. 심지어 앤이 강제적으로 바르는 것뿐이다.

어떻게 대답하는 게 좋을까.

"카타리나는—."

로라 선배가 입을 열었다. 일단은 '나중에 메이드에게 어떤 것으로 케어하는지 물어볼게요'라고 말해두면 될까.

"무슨 과자를 좋아해?"

"……."

너무 예상 밖의 질문이라 대답이 나오지 않았다.

미용과는 전혀 상관이 없었다. 이것저것 생각해봤지만 소용이 없었다. 그보다 왜 나만 과자야? 왜 미용 이야기가 아니야? 남자애인 듀이에게도 미용 이야기를 물어봤으니 나에게도 똑같이 물어봐 달라고.

피부나 머리카락을 칭찬해줘—. 그야 저쪽 두 명이 훨씬 그렇지만……. 나, 아니 앤도 열심히 하는데! 왜 나만 과자야.

"……왜 과자인 거죠?"

영문을 알 수가 없어서 로라 선배에게 물어보았다.

"으음—. 어쩐지 좋아할 것처럼 보여서?"

고개를 갸웃하며 대답했다. 역시 그 동작(만)은 귀엽다.

그건 그렇고 '어쩐지 좋아할 것처럼 보였다'라니……, 무슨 뜻일까. 확실히 나는 과자를 좋아한다.

우리 집 하인이 사 오는 과자는 정기적으로 훑어보고 맛을 체크하며, 또 직접 마을을 산책하면서 맛있는 과자를 찾기도 하는 등 상당히 맛에 엄격하다고 자부하고 있다.

설마 과자에 대한 까다로움이 얼굴에 다 드러난 걸까?

"안 좋아하니?"

로라 선배가 다시 귀여운 동작을 하며 물었다.

"……아뇨, 좋아해요."

"역시나! 저기, 뭔가 추천해줄 만한 거라도 있어?"

"추천할 거……. 어떤 종류를 좋아하세요?"

"흠—, 글쎄—."

이렇게 과자 토크를 시작하고 보니 상당히 신이 났다.

미용 쪽이나 연애 이야기에는 능숙하지 못한 나도 로맨스 소설이나 음식, 특히 과자에 관한 것은 얼마든지 이야기할 수 있다.

왕실에 납품하는 고급 가게부터 마을의 작은 과자 가게까지 다양하게 체크하고 있어서 화제가 부족하지는 않았다.

도중에 마리아가 직접 만든 과자 이야기가 나와서 마리아도 끌어들여 과자 이야기를 하며 신나게 떠들었다.

"그래서 그곳의 슈크림 반죽이 얼마나 폭신하던지."

그렇게 말했을 때, 내 배 속에서 꼬르륵거리는 소리가 났다. 큰일이야, 음식 이야기를 너무 많이 해서 배가 자극을 받은 모양이다.

내 배에서 난 소리에 로라 선배가 즐겁다는 듯이 쿡쿡 웃었다.

"그러고 보니 슬슬 점심때가 되었네. 가까운 마을에서 뭔가 먹을까?"

선배가 제안했다.

"네."

활기차게 대답하다가 어느새 상당한 시간이 흘렀다는 걸 깨달았다.

무척 즐겁게 이야기를 나누다보니 눈 깜빡할 사이에 시간이 지나갔다.

어느새 출발할 때의 불안감은 완전히 날아갔고, 긴장한 표정을 짓고 있던 마리아의 얼굴도 평온해졌다. 듀이 소년은 여전히 무뚝뚝한 표정이었지만.

로라 선배가 마차를 몰던 소라에게 말을 걸어 다음 마을에서 점심 휴식을 취하게 되었다.

나라의 변두리 시골 쪽으로 왔기 때문에 휴식하러 들른 마을도 그리 크지 않고 조그마했다.

작긴 하지만 식사할 수 있는 곳이 있어서 다 함께 그곳으로 들어갔다.

가족끼리 운영하는 듯한 느낌의 작은 식당이라 메뉴는 적었으나, 나온 음식이 상당히 맛있었다.

"으—음, 맛있어."

빵은 폭신하고 촉촉했으며 안에 든 양상추는 막 딴 건지 아삭아삭했다. 베이컨은 바삭바삭해서 정말 참을 수 없을 만큼 식감이 좋고 맛있었다. 엄—청 맛있어—. 이 정도면 몇 개라도 먹을 수 있을 것 같아. 하나 정도 더 먹어도 될까?

막 나온 샌드위치를 만족스럽게 입에 넣고 있는데, 어쩐지 의아한 눈빛의 듀이와 눈이 마주쳤다.

"왜 그래? 너도 먹고 싶어? 하나 먹어도 돼."

듀이도 먹고 싶어진 건가, 하는 생각에 접시를 내밀어 권했다.

"아, 아뇨. 필요 없어요. ……그런데, 클라에스 님도 이런 곳의 요리를 드시는군요."

뒷부분은 약간 작은 목소리였다.

"이런 곳의 요리라니? 여기 요리는 엄청 맛있잖아."

무슨 뜻인지 잘 알 수 없어서 그렇게 대꾸했다.

"그런가요?"

그는 무뚝뚝하게 대답하면서 시선을 돌렸다. 뭘까?

듀이와는 반나절 가까이 함께 있는데도 아까 그게 첫 대화였을지도 모른다.

완전히 미움받고 있는 것 같은데……, 뭐가 원인일까. 말을 걸어도 이런 식이면 원인을 알 수가 없다(뭐, 내가 아니더라도 거의 이야기하지 않지만).

이번 II의 파멸 플래그에 크게 관여할 것 같은 인물이기도 하니, 조금 더 이야기를 나누며 이것저것 물어보고 싶은데. 그 이후로는 눈도 마주치지 않았다.

나는 샌드위치를 하나 더 먹고 싶었는데 소라와 마리아가 시간이 별로 없다면서 말리는 바람에 풀이 죽었다. 그러자 식당 아저씨가 "그렇게 맛있게 먹어줘서 기쁘네"라며 샌드위치를 선물로 싸주셨다.

아저씨에게 달려들 정도로 기쁘게 인사하고 가게를 나와 마차로 돌아가려 할 때, 사건이 일어났다.

"자, 그럼 마차로 돌아갈까?"

로라 선배의 말에 우리는 다 함께 걷기 시작했다……. 그러나 잠시 후, 로라 선배가 깜짝 놀라 펄쩍 뛰듯이 걸음을 멈추었다.

"왜, 왜 그러세요?"

내가 물어보자 로라 선배가 얼굴이 새파래져서 뒤를 돌아보았다.

"밧줄을 잡고 오는 걸 잊고 있었어……. 갈 때는 잘 잡고 있었는데……."

절망적인 목소리로 말했다. 확실히 손에는 아무것도 쥐고 있지 않았다. 다 같이 얼른 뒤를 돌아보았지만 이미 아무도 없었다.

전생의 만화에서라면 아무것도 없는 곳에 바람이 휘잉 불어올 것 같은 뭐라 형언할 수 없는 분위기가 감돌았으나……, 로라 선배는 곧바로 부활했다.

"아직 멀리 가지는 않았을 거야. 여기 두 사람은 저쪽을, 거기 두 사람은 그쪽을, 나는 반대쪽 너머를 나눠서 찾아보면 금방 찾을 수 있을 거야!"

그가 척척 지시를 내렸다.

"""""예.""""

신입 네 명은 선배의 지시대로 두 명씩 나뉘었는데……, 왜 하필이면 짝이 이렇게 되었을까…….

나는 옆에서 무척 불쾌한 표정을 짓고 있는 짝을 훔쳐보며 무척 거북한 기분을 느꼈다.

서 있던 장소에 따라 로라 선배가 순간적으로 나눠준 짝은 소라와 마리아 조, 나와 듀이 조였다.

그래서 이런 상태가 되었다. 아아, 어색해라.

하트 선배를 빨리 찾았으면 좋겠다. 애초에 왜 이런 단거리에서 사람도 많지 않은데 길을 잃는 거야. 도리어 어떻게 해야 길을 잃을 수 있는지 신기할 정도다. 숨바꼭질을 하려는 건가? 그렇다면 의외의 장소에 숨어 있겠지. 시험 삼아 가게 옆에 있던 쓰레기통의 뚜껑을 열어보았지만 보이지 않았다.

"……저기, 아무리 그래도 거기에는 없지 않을까요?"

듀이가 뭐라 말할 수 없는 눈빛으로 쳐다봐서 나는 살며시 뚜껑을 닫았다.

다시 말없이 묵묵히 찾았다……. 하지만 시험 중에는 앞으로도 계속 함께 있어야 하는데……. 이대로는 안 된다. 지금 이 순간이 기회다. 나를 이렇게 미워하는 원인을 탐색해야 한다!

"저, 저기, 듀이 퍼시."

용기를 내어 말을 건 것은 좋지만, 어떻게 떠보지? 으음―, 떠볼 만한 좋은 말이 떠오르지 않네―.

"그게, 있잖아. 나한테 뭔가 마음에 안 드는 점이라도 있니?"

결국 입에서 나온 건 직설적인 말이었다. 이제 '전부예요'라는 대답이 돌아오면 의기소침해질 수밖에 없다.

입 밖으로 낸 뒤에야 왜 이렇게 직설적으로 물었을까, 뭔가 더 좋은 느낌으로 물을 수는 없었을까 하고 후회했지만 이미 때는 늦었다. 눈살을 찌푸리며 불쾌한 표정을 짓는 듀이가 눈앞에 보였다.

"그건……."

듀이는 잠깐 틈을 두고 나서 깊은 한숨을 내쉬었다.

"……우리 집은 가난해서 어린아이라도 일을 하지 않으면 살아갈 수 없었어요. 근처에 무료로 수업해주는 학교가 있었는데, 그곳에 다니는 것도 가족에게 필사적으로 부탁해서 집안일까지 한다는 조건으로 겨우 보내주는 상태였죠. 저는 그런 가난함에서 벗어나고 싶어서 필사적으로 공부했습니다. 덕분에 학교를 월반으로 올라갈 수 있었고, 이 나라의 최고 기관인 마법성 입성이 결정되었어요."

책에 들어 있던 메모를 통해 듀이의 집이 가난하고 그가 열심히 노력해서 마법성에 합격했다는 건 알고 있었지만, 본인의 입으로 직접 듣는 사실은 상상했던 것보다 훨씬 무거웠다.

"집에서 해야 할 일이 많아서 공부할 시간을 만드는 것도 힘들었어요. 거의 자지 못하는 날도 많았고요. 그래도 어떻게든 그런 상태에서 벗어나고자 필사적으로 여기까지 왔습니다. ……카타리나 클라에스 님, 당신은 어떻게 마법성에 들어온 거죠?"

듀이의 푸른 눈동자가 강한 눈빛으로 나를 바라보았다.

"그, 그게, 나는……."

일단 어둠의 사역마를 가지게 되었다는 사실이 있지만, 그건 비밀이다.

게다가 원래 이유는 디올드와 이대로 결혼하는 게 두려워서 어떻게든 도망치고 싶다는 거였는데……. 듀이가 지금까지 해준 이야기를 듣고 나니 도저히 대답할 수 있을 만한 게 아니었다……. 아, 그런 건가…….

대답하지 못하는 나에게 듀이가 빈정거리는 듯한 미소를 지어 보였다.

"공작가의 영애가 강력한 마력도 없는데 시험도 치지 않고 입성한 건 왜죠?"

그 말에는 뚜렷한 악의가 담겨 있었다.

역시 그랬던 것이다. 그가 나를 싫어하는 이유는…….

"저는 진지하게 일하러 왔어요."

듀이는 그렇게 말한 뒤 시선을 거두고 다시 걸어가기 시작했다.

'나도 진지하게 일하러 왔어'라고 대답하지 못했다. 왜냐하면 나는 그냥 도망치기 위해 이곳을 골랐고 간단하게 들어왔으니까.

자기가 필사적으로 노력해서 겨우 도달한 곳에 진지하게 일할 생각도 없는 데다 설렁설렁 들어온 사람이 있다면 그야 화가 나고 기분이 나쁠 것이다.

이쪽 세계에 다시 태어난 나에게는 신분과 지위가 있었다(덤으로 파멸도 얻었지만). 뭐든지 주어지는 게 당연해져서 거만해졌을지도 모른다.

전생에서는 평범한 샐러리맨과 파트 타임 주부의 아이로 커서 나름대로 절약하는 생활을 했다. 근처에 사는 부잣집 아이와 편의점에서 아이스크림을 사 먹었을 때는 부잣집 아이가 고급 컵 아이스크림을 먹는 옆에서 가장 가성비가 좋은 막대 아이스크림을 빨며 참을 때도 있었다.

그러나 지금의 나는 과자도 곧바로 졸라서 사는 데다 신작이 나오면 알림까지 받는 사치스러운 짓까지 하고 있다.

어느새 오만한 사람이 되어버렸는지도 모른다……. 이대로 가면 게임 속 카타리나처럼 파멸할 것이다.

생각지도 못했던 나의 현재 상황을 깨달았을 때, 길 저쪽에서 소라가 오더니 우리에게 하트 선배를 찾았다고 말했다.

하트 선배를 무사히 찾은 우리는 마차에 타고 다시 목적지를 향해 출발했다.

로라 선배가 돌아온 하트 선배에게 설교를 하는 것 같았지만, 내 귀에는 들리지 않았다.

듀이의 발언 때문에 거만하고 제멋대로인 인간이 되어가고 있을지도 모른다는 사실을 깨달은 나는 엄청난 충격을 받았다.

혹시 이런 식이었기 때문에 파멸 플래그가 또다시 찾아온 게 아닐까…….

복잡한 머릿속을 정리하고자 머릿속에 회의장을 설치했다.

의장 카타리나 클라에스. 의원 카타리나 클라에스. 서기 카타리나 클라에스.

『허억허억허억……, 그, 그럼 여러분, 자리에 앉으세요.』

『허억허억……, 아니, 잠시만요, 의장님. 아직 다 모이지 않았어요.』

『허억허억……. 그래요, 아직 무리예요. 준비가 되지 않았다고요.』

『동감이에요. 갑작스러운 소집이라 아직 이쪽의 컨디션이 갖춰지지 못했어요.』

『게다가 이번에는 출현 빈도가 너무 잦아요. 우리에게도 사정이라는 게 있잖아요. 좋아, 이번에는 패스합시다. 폐정합니다!』

이렇게 카타리나의 회의는 폐정하고…….

『……자, 잠깐만요, 의장님. 아무리 그래도 그건……. 잠시라도 좋으니 의논합시다! 앗, 서기도 집에 갈 준비를 하지 마세요! 우리 일이잖아요!』

『그……, 그렇죠. 무심코 귀찮아져서, 아니, 조금 그래서요. 자, 다시 의논할까요? 어디 보자—, 뭐였더라. 저녁에 뭘 먹을까였나?』

『아뇨, 아니에요, 의장님. 카타리나가 거만하고 제멋대로 행동하게 된 게 아닐까, 하는 안건입니다.』

『으음—. 확실히 요즘 카타리나는 과자만 먹는 데다 덤으로 키스의 과자까지 몰래 덜어 오기도 하고, 마리아에게 과자를 조르기도 하는 등……, 상당히 멋대로 떼를 쓰고 있지요.』

『맞아요. 특히 졸업식 이후로는 요즘 오로지 맛있는 음식만 먹어서 드레스를 입히기도 꽤 힘들어졌다고 앤이 한탄하더라고요. 이대로 가면 안 됩니다.』

『멋대로 떼를 쓰고 먹기만 한다는 거네요. 완전히 몹쓸 영애잖아.』

『이대로 가면 파멸 플래그가 없어도 자연스럽게 파멸할 거예요.』

『정말 이대로는 안 되겠어요.』

『어떻게 하면 좋을까요?』

『흐음—, 일단 과자를 삼가는 건 어떨까요?』

『그렇게 하면 해결되나요?』

『……안 될 것 같네요.』

『악역이 되기 직전이라면 마음을 고쳐먹으면 되잖아요. 개심하면 되는 일이에요.』

『오오, 좋은 생각이네요. 근데 어떤 느낌으로?』

『그건 모르죠.』

『…….』

『저, 저기……, 전생의 할머니가 '어떻게 해야 좋을지 생각해도 모를 때는 일단 지금 해야만 하는 것을 하나씩 힘껏 해나간다. 그렇게 하다 보면 언젠가는 대답이 보이게 된다' 라는 말을 했어요.』

『와, 상당히 명언이잖아요.』

『그러게요. 좋아, 할머니의 말씀을 믿고 해볼까요?』

『뭔가 뜻깊은 말인 것 같으니 해볼 가치는 있겠어요.』

『그런데 지금 해야만 하는 일은 뭐죠?』

『우선 이 시험을 클리어하는 거잖아요. 너구리 퇴치 말이에요!』

『그래요. 우선 최선을 다해 너구리 퇴치에 힘쓰도록 하죠.』

『『예.』』

그리하여 갑자기 열린 카타리나 회의에 결론이 났다.

『그런데 전생의 할머니는 막장 드라마와 미남을 엄청 좋아했던 그 할머니 말하는 거 맞죠? '어떻게 해야 좋을지 생각해도 모를 때는 일단 지금 해야만 하는 것을 하나씩 힘껏 해나간다. 그렇게 하다 보면 언젠가는 대답이 보이게 된다'라는 명언은 어디서 들은 걸까요?』

『아, 막장 드라마의 미남 오빠가 한 말이었어요.』

『……막장 드라마의 대사……. 그 부분은 못 들은 셈 치죠.』

이렇게 일단은 너구리 퇴치에 전력을 다하자고 결심했을 때, 마침 타이밍 좋게 마차가 목적지에 도착했다.

마법성 지부라고 해서 그럭저럭 괜찮은 건물일 거라 상상했지만, 실제 지부는 성 아래 마을에 있는 조금 큰 가게 정도로 보일 만큼 조촐했다.

안으로 들어가자 마을 할아버지와 할머니처럼 보이는 사람들이 테이블에 앉아 차를 마시고 있었다. 어쩐지 마을 모임 장소 같은 느낌이었다.

우리와 눈이 마주친 할아버지가 말을 걸었다.

"너희들은 못 보던 얼굴인데—. 어디서 왔어—?"

대표로 로라 선배가 대답했다.

"안녕하세요—. 왕도 쪽에서 왔습니다."

그러자 할아버지가 말했다.

"오오, 과연 도회지 사람은 다르군. 화려하네—."

다들 감탄했다.

시골의 순박한 할아버지들은 설령 체격 좋은 마초 남자가 풀 메이크업을 하고 하늘하늘한 치마를 입고 있어도 '도회지 사람이니까'라고 정리해버린 모양이다.

그래그래, 어쩐지 굉장히 좋네, 이런 느낌—. 전생의 시골이 떠올라—.

할아버지들의 마이페이스적인 모습을 흐뭇하게 바라보고 있을 때, 마법성 직원인 듯한 인물이 우리를 알아차린 듯했다.

자리에서 일어나 이쪽으로 걸어오더니 로라 선배를 확실하게 인식하고 나서 눈을 동그랗게 뜨고 굳었다. 아무리 그래도 직원에게는 '도회지 사람이니까'가 통하지 않은 모양이다.

로라 선배의 엄청난 존재감에 휩쓸려 잠시 굳어 있었지만, 과연 마법성 직원이다. 단단히 정신을 차리고 우리를 환영해주었다.

"이거 참—, 이렇게 먼 곳까지 일부러 와주셔서 감사합니다."

지부 직원은 그렇게 말하며 우리에게 자리를 권한 뒤 차를 내주었다.

"참, 이건 요 근방의 명물이거든요. 괜찮으시다면 차와 함께 드십시오."

뭔가 베리류의 과일도 내주었다. 친절하고 좋은 사람이다.

"감사합니다. 잘 먹겠습니다."

고맙게 받아서 베리류의 과일을 먹어 보았다. 응, 틀림없이 베리야. 안타깝게도 무슨 베리인지는 모르겠지만.

묵묵히 베리를 먹고 있으려니 지부의 책임자가 나타났다.

"이것 참—, 이렇게 먼 곳까지 일부러 와주셔서 감사합니다."

동그란 얼굴에 딱 봐도 사람 좋아 보이는 아저씨는 역시나 로라 선배의 모습을 보고 깜짝 놀랐지만, 곧바로 정신을 차리고 똑같은 대사를 읊으며 우리를 맞이했다.

선배들은 아저씨에게 이번 시험에 관한 이야기를 꺼냈다.

"예. 본부에서 연락을 받았습니다. 부디 잘 부탁드립니다."

아저씨가 생글생글 웃으며 고개를 끄덕였다.

하트 선배가 너구리의 상황을 물어보았다.

"평소에는 말이죠—. 우리가 얼른 덫을 설치해서 잡는데 이번에는 수가 많아서요."

아저씨가 한숨을 쉬며 말했다.

"그렇게 많나요?"

"예. 평년의 세 배 정도는 됩니다. 둥지가 있는 숲이 황폐해져서 그런지 점점 더 많이 마을로 내려오거든요."

"숲이 황폐해졌다니요?"

"외지인이 사냥이라도 하러 와서 망쳐놓은 모양입니다. 가끔 있는 일인데 이번에는 특히 심하더라고요. 그쪽이 주민들에게 더 많은 영향을 주니까, 대처할 인원을 배분해야 하거든요."

들자하니, 이 시기의 마을에서는 밭보다 숲에서 얻는 수확이 더 많아서 숲이 황폐해지면 많은 주민들이 생활하기 어려워진다고 한다.

"그렇다면 밭에 내려오는 너구리한테까지 손을 쓸 수는 없겠네요."

"예. 그래서 본부 쪽에 원조를 부탁드린 겁니다."

어쩐지 굉장히 힘든 모양이다. 아저씨가 지친 얼굴로 말했다.

"숲을 망친 외부인의 정체는 알아냈나요?"

"아뇨. 안타깝게도 전혀 알 수 없었습니다. 지금은 일단 서둘러 숲을 복구하고 있습니다."

"그렇군요."

피곤해 보이는 지부 책임자에게 사정을 듣고 나서, 우리는 지부 직원의 안내를 받아 너구리 피해가 심각하다는 밭으로 향했다.

그곳에는 널찍한 밭이 펼쳐져 있었다. 일단 밭을 일구는 사람으로서 평가해보자면 상당히 훌륭한 밭인데······.

"이건 좀 심하네요—."

무심코 입 밖으로 내뱉은 내 말을 듣고 안내하던 지부 직원이 말했다.

"그렇죠. 다들 한탄하고 있어요."

안타까운 듯한 목소리였다.

넓게 정비된 훌륭한 밭이다. 그러나 열매는 죄다 따갔거나 갉아 먹힌 상처가 있어서 도저히 수확할 수 없을 정도로 심각한 상태였다.

그리고 깔끔하게 정비되어 있었을 밭두렁은 너구리의 것으로 짐작되는 발자국에 푹푹 패여 있었다.

"작물에 튼튼한 그물을 걸쳐 보기도 하고 밤에 순찰을 도는 등 다양한 대책을 세워봤지만, 아무래도 숫자가 엄청나다 보니 어떻게도 해결이 되지 않았습니다······."

그렇게 말하는 직원의 얼굴은 어쩐지 핼쑥해 보였다.

아아, 전생의 할머니도 자주 밭에 망 같은 걸 덮어두었지—. 지금 생각해보니 그건 너구리 대책 같은 것이었구나—. 기본적으로 (작물을 말려 죽이니까) 돕지 않아도 된다는 말을 엄하게 들어온 탓에 몰랐지 뭐야—.

지금 밭을 일구고 있는 클라에스 가의 정원이나 옛날에 밭을 일구었던 마법 학교 부지 안에서는 너구리가 나오지 않아서 대책도 세우지 않았다.

어쩌면 앞으로 국외 추방을 당할지도 모르는 사태를 대비해서라도 여기서 이것저것 배우고 싶다.

그런데 밭의 참상은 엄청난 것에 반해 정작 범인의 모습은 전혀 보이지 않았다.

"너구리가 안 보이네요."

"예. 대부분 밤에 오거든요."

참, 그렇지. 너구리는 야행성이다.

밭의 참상을 대략적으로 확인하고 나서 하트 선배가 말했다.

"일단 현황은 이 정도로 확인하고, 오늘 밤에 실제로 수가 얼마나 되는지 그리고 어떤 상황인지 확인하러 옵시다. 그 전에 우선 준비해주신 숙소로 가서 대책을 생각해보죠."

선배의 제안에 우리는 일단 준비된 숙소로 가기로 했다.

작은 마을이라 숙박업소가 없어서 촌장님 댁에서 묵기로 했다.

평소에 내가 생활하는 클라에스가의 저택과 비교하면 상당히 규모가 작지만, 어딘가 그리운 시골 분위기가 나는 집을 보니 전생의 집이 떠올라서 어쩐지 그립고 기분이 좋았다.

방도 꽤 있어서 남녀가 각각 다른 방을 받았다.

하트 선배와 소라, 듀이가 묵는 남자 방, 나와 마리아가 묵는 여자 방, 그리고 로라 선배가 묵는 중간 방.

아마 로라 선배의 성별을 잘 몰랐기 때문이리라. 촌장님의 부인 분이 배려해서 이렇게 방을 나누어주었다.

방을 세 개나 써서 죄송하다는 마음이 들었지만……, 솔직히 로라 선배와 같은 방을 쓰는 것도 이래저래 (다양한 의미로) 신경이 쓰이니까 고마운 일이다.

주어진 방에 가져온 짐을 내려놓은 뒤, 우리는 거실을 빌려 어떻게 너구리를 퇴치할 건지 작전 회의를 열기로 했다.

"그럼 다들 자기 생각을 말하면서 이번 의뢰를 어떻게 수행할지 결정해주세요. 기본적으로 우리는 크게 위험하지 않은 한 감독으로서 지켜보기만 할 겁니다. 이 임무는 여러분 스스로 계획하고 실행해 주십시오. ……가이, 아무리 그래도 실내에서까지 밧줄로 묶고 있지는 않아도 괜찮습니다."

전반부는 우리를, 후반부는 허리에 묶인 밧줄을 단단히 잡고 있는 로라 선배를 향해 하트 선배가 말했다.

"어머, 그래? 하지만 만약 또 길을 잃으면 큰일이니까."

"아니, 아무리 저라도 남의 집에서 길을 잃지는 않아요."

그리하여 밧줄에서 풀려난 하트 선배가 말했다.

"그럼, 이제 여러분끼리 의논하도록 하세요."

그러고는 완전히 지켜보는 자세로 돌아섰다.

지휘를 해주던 선배들이 자리를 벗어나자, 우리는 서로 얼굴을 마주 보았다.

너구리 퇴치 아이디어라―. 우리 모양의 덫이라도 설치해서 너구리를 잡아 숲에 되돌려놓으면 될 거라고만 생각했는데……. 아까 목격한 피해 수준이라면 수가 상당한 듯했다.

"저는 단순히 다량으로 덫을 만들어서 잡을 수밖에 없다고 생각합니다."

내가 생각한 것과 거의 비슷한 아이디어를 최연장자인 소라가 가장 먼저 말했다.

"저도 그 정도밖에 생각이 안 나요."

재빨리 동의했다. 그러자,

"하지만 피해 상황을 보면 너구리 수가 상당히 많은 것 같습니다. 그렇게 많은 덫을 만들 수 있나요?"

듀이가 담담하게 말했다.

확실히 한 마리당 하나면 개수가 꽤 많아진다.

"그럼 단번에 몇 마리씩 잡을 수 있는 덫을 만든다거나?"

생각나는 대로 말해보았다.

"어떻게요? 뭔가 구상하시는 거라도 있나요?"

차가운 눈빛이 돌아와서 나는 풀이 죽은 채 물러났다.

"그럼 펴시는 뭔가 좋은 생각이 있어?"

소라가 묻자, 듀이는 다시 담담하게 대답했다.

"덫을 설치한 먹이를 뿌려 놓으면 되지 않을까요?"

"덫을 설치한 먹이?"

"예. 너구리가 먹는 먹이에 증상이 늦게 나타나는 독을 섞는 거죠."

"……증상이 늦게 나타나는 독을 섞은 먹이라니?"

"효과가 즉시 나타나는 독은 그 자리에서 너구리가 죽어버릴 테니까 다른 너구리가 경계할 거예요. 게다가 지연되는 독이라면 집으로 돌아가서 다른 너구리들도 먹이를 먹을 가능성이 크니 일망타진할 수 있고요."

듀이는 여전히 담담한 말투로 말했다. 마치 아무 일도 아니라는 것처럼.

"음―, 아무리 그래도 너무 지나친 거 아니야? 독을 쓰면 인간이나 다른 가축들도 위험해지잖아."

"독은 가능한 한 사람에게 해가 없는 것을 쓰고, 사용할 때는 제대로 알리면 돼. 다른 가축을 위해서는 만약 실수록 섭취했을 때쓸 수 있는 해독제를 준비해두면 되지 않을까요?"

아마 거기까지 생각해놓은 것이리라. 듀이는 소라의 반론에도 술술 대답했다.

"그게 가장 빨리 사태를 수습하는 방법일 거라 생각합니다. 어때요?"

확실히 가장 빠른 방법일지 모른다. 하지만.

"……하, 하지만 이번에는 사람들이 숲을 망쳐놓는 바람에 너구리가 사람이 사는 마을로 내려오게 된 거잖아. 말하자면 인간의 탓인데, 그걸 또 인간의 편의를 위해 독으로 죽이는 건 너무하지 않아?"

아무리 그래도 너구리가 너무 불쌍하다. 내가 무심코 그렇게 말하자, 듀이가 얼굴을 콱 찌푸렸다.

"그럼 한 마리씩 잡아서 숲으로 돌려놓자는 말인가요? 그렇게 하면 시간이 얼마나 걸리는데요? 이 시점에서 동물을 상대로 자비심을 베푸는 건가요? 다정하기만 하면 전부 다 해결됩니까? 그걸로 이 마을의 피해를 어떻게든 다 해결할 수 있어요?"

무척 차가운 목소리로 듀이가 말했다.

확실히 다른 방법이 없고 어쩔 수 없는 건 사실이고 그의 말이 옳아서 아무 대꾸도 하지 못했다. 나는 아무런 대꾸도 못하고 손을 꽉 잡았다.

"듀이 퍼시, 아무리 그래도 그런 말투는……."

옆에서 소라가 말하는 것과 동시에.

"곧바로 독을 사용하는 건 위험하니까, 저도 반대예요."

마리아도 그렇게 말했다. 결코 큰 목소리는 아니었지만 의젓하고 강하게 들리는 목소리였다.

"그럼 캠벨 씨는 뭔가 다른 생각이라도 있으세요?"

곧바로 듀이가 대꾸했다.

"아직 적절한 방법은 없지만, 오늘 밤에 다시 상황을 보고 생각하면 뭔가 떠오를지도 몰라요. 그러니 안이하게 위험한 선택을 하지 않는 편이 좋을 것 같습니다."

듀이를 똑바로 바라보며 말하는 마리아의 모습에서는 절대로 물러나지 않겠다는 강한 의지가 엿보였다.

듀이는 그런 마리아의 태도에 밀린 듯, 아무런 대답도 하지 않고 입을 다물었다.

결국 이 자리에서는 이야기가 정리되지 않았다. 우선 밤에 시찰을 끝내고 각자 생각한 다음에 다시 이야기를 나누자고 결론을 내렸다.

일단 의논을 끝내고 밤에 현장을 보러 가기 전까지는 각자 방에서 쉬기로 했다. 나와 마리아는 주어진 방으로 돌아갔다.

방에 돌아와서도 아까 듀이가 했던 지적이 머릿속에서 맴돌았다.

「다정하기만 하면 전부 다 해결됩니까? 그걸로 이 마을의 피해를 어떻게든 다 해결할 수 있어요?」

으으으으음―, 확실히 그의 말이 옳긴 하다. 하지만 역시 독으로 죽이는 건…….

"죄송해요, 카타리나 님."

생각에 잠겨 있는데 마리아가 머리를 숙이며 말했다.

"어라, 왜? 마리아, 무슨 일이야?"

영문을 몰라 당황하는 나를 보며 마리아가 말을 이었다.

"듀이 말이에요. 실례되는 태도를 보여서 죄송해요."

"실례되는 태도라기보다는……. 아니, 그런데 왜 마리아가 듀이 일로 사과하는 거야?"

"그게, 듀이와 저는 같은 마을에서 자랐거든요."

마리아가 고개를 살짝 숙이며 난감한 표정으로 대답했다.

"!"

세상에, 듀이와 마리아가 같은 마을 출신이었다니!

내가 본 게임 화면이나 메모에는 적혀 있지 않았던 깜짝 놀랄 만한 정보다.

"앗, 그럼 두 사람은 소꿉친구 같은 거야?"

소꿉친구와의 연애 루트는 여성향 게임의 전형적인 루트다. 전 게임에서는 마리아의 소꿉친구가 나오지 않았으니 II에서 출현한 걸까. 하지만 지금까지 두 사람에게서 소꿉친구인 듯한 모습은 보이지 않았던 것 같은데……. 아니, 잘 생각해보면 마리아는 자주 듀이에게 말을 걸려고 했던 것 같기도 하다. 마리아는 다정한 성격이니까 듀이를 신경 써서 말을 거는 거라고만 생각했는데, 오랜만에 만난 소꿉친구라서 이런저런 이야기를 나누고 싶었던 걸까. 그런데 듀이는 거의 상대해주지 않았지.

"아뇨. 같은 마을에서 자라긴 했지만, 집도 가깝지 않은 데다 나이 차가 나서 거의 면식이 없었어요."

그건 그렇다. 이웃이 아닌 이상 나이 차가 나면 그렇게 친해지지는 못할 것이다. 올해 우리는 열여덟 살이고 듀이는 열세 살이니 다섯 살이나 차이 나네. 어릴 때는 다섯 살 차이가 꽤 크니까.

"하지만 열심히 하는 모습을 본 적은 있어요……. 예전에는 좀 더 순수한 느낌이었는데, 의지할 사람도 없어 보이고 이래저래 힘들어하는 것 같더니 어쩐지 점점 누구에게나 차갑게 대하기 시작했어요."

그렇게 말하는 마리아의 표정은 무척 슬퍼 보였다.

그렇구나. 듀이에게도 이런저런 사정이 있나 보다. 분명 그 메모만으로는 알 수 없는 고생을 거듭해온 거겠지.

하지만……, 이건 어쩐지 여성향 게임 같다는 느낌이 들었다.

같은 마을에서 나고 자란 소꿉친구(본인은 부정하지만), 노력을 거듭하는 와중에 점점 쌀쌀맞게 행동하며 안 좋은 분위기를 풍기는 그, 그런 그를 걱정하며 신경을 쓰다 보니 어느새 그가 마음에 걸리게 되고……. 아니, 설마, 거짓말이지? 내 마음속 아내인 마리아가 다른 남자를!

하지만 마리아는 원래 여성향 게임의 주인공이니 공략 대상과 사랑에 빠질 가능성이 크다. 그건 어쩔 수 없는 일이지만…….

허둥지둥 당황하는 내 심정을 전혀 모르는 마리아가 말을 이었다.

"저도 줄곧 혼자 열심히 해야 한다며 신경을 곤두세웠던 시기가 길었잖아요……. 어쩐지 듀이의 일이 다른 사람의 일처럼 여겨지지 않아서요……."

이, 이건 예상했던 것처럼 마리아는 이미 듀이를…….

"그, 그래서 마리아는 듀이를……."

좋아하게 된 거야!

"저는……, 듀이도 다른 사람들에게 마음을 더 열고 의지했으면 좋겠어요."

세, 세이프. 아직 좋아하는 건 아니고 신경이 조금 쓰이는 정도구나. 그렇다면.

"괜찮아. 마리아라면 분명 듀이의 마음을 열 수 있을 거야. 마리아만큼 다정하고 멋진 여자애는 없잖아."

그렇게 말하며 마리아의 손을 잡자, 칭찬을 받아서 조금 부끄러운 건지 마리아가 뺨을 붉혔다.

"……카타리나 님, 저는 카타리나 님과 만나서 진심으로 다행이에요. 저는 카타리나 님을 정말 좋아해요."

마리아가 굉장히 열렬하게 감사의 말을 했다. 뺨을 붉힌 정통파 미소녀가 눈물을 글썽이며 '정말 좋아해요'라고 말하니 어쩐지 묘한 기분이 들었다.

깊은 의미가 없다는 건 잘 알고 있지만, 내가 남자였다면 위험했을 것이다. 내심 그런 생각을 하고 있는데, 무언가가 뒤통수에 퍽 부딪혔다.

"뭐, 뭐야!"

깜짝 놀라서 무심코 머리를 잡고 주위를 둘러보니 바로 옆에 베개가 떨어져 있었다. 아마 이게 머리에 부딪힌 것이리라. 그런데 왜 갑자기 베개에 부딪힌 거지? 베개가 멋대로 공중을 날아온 건가?

당황하고 있는데 이쪽을 지그시 바라보는 시선이 느껴졌다. 바로 뒤에서 느껴지는 시선에 퍼뜩 뒤를 돌아봤더니…….

"어, 어째서 곰이 여기에!"

목소리를 듣고 내 시선을 눈으로 좇은 듯, 마리아도 곧바로 알아차리고 놀란 목소리로 말했다.

"따라온 거야?! 집에서 기다리라고 말했잖아."

학교에서 마리아의 어깨에 올라탄 모습을 몇 번인가 보긴 했지만 마법성에는 따라오지 않아서 꽤 오랜만에 재회했는데, 이 곰은 키스 유괴 사건 때 라나가 빌려줘서 함께 여행을 하다가 완전히 마리아를 따르게 되어 떨어지지 않으려고 하는 마법 도구 곰 인형(자기 의지가 있다)이다.

참고로 곰의 출현에 깜짝 놀라 소리를 질렀더니, 순간적으로 내 그림자에서 포치가 아주 살짝 고개를 빼꼼 내밀었다가 '뭐야, 그 곰이잖아' 같은 느낌으로 곧바로 들어갔다. 아무래도 포치에게 곰은 그리 관심을 끄는 대상이 아닌 듯했다.

"멋대로 따라오면 안 돼."

마리아에게 혼이 나서 풀이 죽은 듯한 곰……. 그러나 나와 눈이 마주치자마자 순간적으로 무시하는 것처럼 노골적으로 표정을 바꿨다.

아마 이 녀석은 반성 따위 하지 않을 것이다. 그리고 예전과 다를 바 없이 나를 무시한다.

"죄송해요, 카타리나 님. 곰이 쓸쓸했는지 몰래 가방에 들어와서 따라온 것 같아요."

"괜찮아, 마리아. 어쩔 수 없지."

마리아의 말에 다정하게 웃으며 대답하는 한편, 곰에게는 '장난치면 용서하지 않겠어'라는 시선을 보냈다. 곰은 '너 따위에게 그런 말을 듣고 싶지 않아'라는 눈빛으로 대답했다. 정말 시건방진 곰이다.

이렇게 나와 마리아, 두 사람이 사용하는 방에 의지를 지닌 곰 인형이 하나 더 추가되었다. 아니, 정확하게 말하자면 내 그림자 속에 포치도 있으니 두 사람과 두 마리인가.

그 후에는 밤중에 또 움직여야 하니 잠시 쉬기로 하고, 우리는 각자 침대로 들어갔다.

곰은 당연하다는 듯이 마리아의 침대로 들어가 쓰다듬을 받고 있었다. 그리고 보란 듯이 나에게 '부럽지?'라는 시선을 보냈다. 참 얄짤은 곰이다. 포치를 투입해 방해할까 생각했지만, 그렇게 하면 마리아까지 쉬지 못할 테니 포기했다.

어떻게 하면 곰에게 한 방 먹일 수 있을까 생각하는 사이에 잠들어버린 모양이다. "시간이 다 됐어요"라는 마리아의 목소리에 황급히 일어났다.

서둘러 준비를 마치고 모두가 기다리고 있는 거실로 향했다.

곰은 "위험하니까 집을 지키고 있어"라는 마리아의 말을 듣고 마지못해 방에 남았다.

곰은 풀이 죽은 듯했다.

"얌전히 집을 지키고 있으렴."

조금 심술궂게 말하니 다시 베개가 날아왔다. 정말이지 난폭한 곰이다. 짧은 팔로 가볍게 베개를 던지는 모습을 처음으로 목격하자 조금 대단하다는 느낌이 들었다.

거실에는 벌써 준비를 마친 소라와 듀이, 선배들이 기다리고 있었다.

다들 점심때와 똑같은 제복이었지만, 로라 선배만은 주로 밤에 입는 나이트 드레스 같은 느낌의 옷으로 갈아입었다. 상당히 많은 로라 선배의 짐은 어쩌면 대부분 옷인 게 아닐까. 약간 나이트 드레스 같은 느낌의 옷으로 바꿔 입었다. 만날 때마다 의상을 바꿔 입을 작정인지도 모른다.

전원 다 모여 다시 지부로 향했다.

밖으로 나올 때, 밤에는 낮보다 수색하기가 어려워서 길을 잃으면 무척 곤란하다는 이유로 하트 선배의 밧줄이 하나 더 추가되어 두 줄이 되었다.

밤 안내를 부탁해놓은 성의 직원과 합류해 다시 밭으로 향했다.

길이 어두워서 램프 불빛만으로는 조금 불안했다. 시험 삼아 가져온 마법 도구 돋보기를 꺼내보았으나, 정말 아주 흐릿하게 빛날 뿐이라 전혀 도움이 되지 않는다는 것을 알고 곧바로 주머니에 집어넣었다.

전생에서 썼던 회중전등 같은 게 있다면 엄청 편리할 텐데. 그렇게 생각하며 다 같이 어두운 길을 걸어갔다.

이윽고 낮에 왔던 밭 근처에 도착했다. 그때.

"이, 이게 뭐야?"

우리는 걸음을 멈췄다. 아니, 멈출 수밖에 없는 상황에 빠졌다.

낮에는 한산한 밭에 마을 사람 몇 명이 나와 있었을 뿐이었는데, 지금은 믿을 수 없을 만큼 동물이 잔뜩 있었다.

도저히 발을 들일 수 있는 상태가 아니었다. 너구리뿐만 아니라 토끼나 여우, 다람쥐 등 다양한 종류의 동물이 모여 있었다.

야생 동물이라 그런지 이쪽으로 다가오지는 않았다. 오히려 경계하는 기색이 전해졌다. 자칫 더 다가가면 위험할 것 같다는 생각이 들었다.

"너, 너구리뿐만이 아니었나요?"

상당히 동요한 듯한 하트 선배의 말에 같이 따라온 직원이 대답했다.

"아, 아닙니다. 확실히 어제까지는 너구리뿐이었는데요."

직원 또한 동요를 숨길 수 없는 듯했다. 로라 선배가 의아하다는 듯이 말했다.

"그럼 하루 만에 왜 이렇게 된 거지? 혹시 또 숲에서 무슨 일이 있었나?"

"아뇨, 오늘도 낮에 상황을 확인했는데, 아무런 변화도 없었습니다……."

"그럼 저녁이나 밤에 무슨 일이 일어난 걸지도 몰라요. 이제 숲을 확인하러 가야겠죠?"

"아뇨, 안 됩니다. 아무리 그래도 이런 한밤중에 숲속에 들어가는 건 너무 위험합니다."

직원이 격렬하게 고개를 저었다.

"으—음. 그럼 어쩔 수 없으니 오늘은 이만 물러나고 내일 숲으로 가볼까? 동물의 수가 이 정도나 된다면 아무래도 이상 사태니까요. 그렇지, 네이선?"

"맞아요. 그리고 이래서야 신입들에게만 맡길 수도 없겠네요. 일단 숙소로 돌아가서 푹 쉬고 내일 또 해가 뜨면 조사하러 갑시다."

"그럼 위험한 동물과 조우하기 전에 얼른 돌아가자."

로라 선배가 그렇게 말하며 우리를 재촉했다.

"아, 네."

로라 선배에게 재촉을 받으며 조금 걸어갔을 때, 어쩐지 등줄기가 오싹해지는 듯한 이상한 느낌을 받았다.

그리고 그림자 속에서 포치가 으르렁거리는 소리가 들려왔다. "잠깐만 포치, 조용히 해"라고 작게 타이르자 조용해졌는데, 선배들에게는 포치를 비밀로 하고 있어서 들리면 큰일이다.

나는 황급히 선배들을 살폈다.

"왜 그러니?"

선배가 말을 걸었다. 아무래도 포치의 소리는 듣지 못한 듯했다.

"아, 아뇨. 아무것도 아니에요."

포치에게 정신이 팔리는 바람에 등줄기를 훑고 간 오한에 관해서는 완전히 잊어버렸다. 그 후 나는 돌아가는 길에도 포치가 또 짖지는 않을까 신경이 쓰여서 허둥지둥하느라 옆에서 걷는 마리아의 상태가 조금 이상한 것도 눈치채지 못했다.

갈 때보다 서둘러 돌아와서 금세 촌장님의 집에 도착할 수 있었다.

"그럼 날이 밝으면 다시 제대로 조사할 테니, 여러분은 각자의 방에서 푹 쉬세요."

하트 선배의 지시를 받은 우리는 각자의 방으로 돌아갔다.

"하아—, 피곤하다."

방으로 돌아오자 어쩐지 오늘 하루의 피곤함이 확 밀려오는 것 같았다. 나는 침대에 벌렁 드러누워 손발을 뻗었다.

"왠지 일이 커진 것 같네."

반대편 침대 가장자리에 앉은 마리아에게 말을 걸었다.

"……그러게요."

무슨 일인지 가느다란 목소리가 돌아왔다.

어라, 어쩐지 마리아의 목소리 상태가 이상하다. 돌아누워서 마리아를 바라본 나는 어둠 속에서도 알 수 있을 만큼 마리아의 얼굴이 창백해져 있다는 것을 깨달았다.

"왜 그래, 마리아! 괜찮아?"

황급히 침대에서 일어나 마리아에게 달려가 보니, 이미 곰이 그 옆에 걱정스럽게 달라붙어 있었다. '알아차리는 게 늦잖아'라고 눈으로 말하는 듯했다.

마리아의 손을 만지자 서늘하게 느껴질 만큼 차가웠다. 언제부터 몸이 이렇게 안 좋아진 걸까. 돌아올 때도 바로 옆에 있었는데 눈치채지 못했다.

"……괜찮아요."

힘없이 대답하는 마리아는 아무리 봐도 괜찮은 것 같지 않았다.

"서, 선배들을 불러와서 약이라도 받을까?"

170

임무에 따라온 선배들이니, 어쩌면 약 같은 걸 가져왔을지도 모른다. 그렇게 생각하며 자리에서 일어난 나를 마리아가 붙잡았다.

"감사합니다. 하지만 정말 괜찮아요."

마리아가 붙잡았다.

"그래도……."

"공기 때문에 조금 멀미가 난 것뿐이에요……. 잠시 가만히 있으면 원래대로 돌아갈 거예요."

"공기 때문에 멀미가 났다고?"

"네. 어쩐지 그곳의 공기가 좀 이상해서……."

　공기가 이상하다는 게 무슨 뜻인가 싶었지만, 누가 봐도 상태가 안 좋아 보이는 마리아에게 더 이상 캐물으면 안 될 것 같았다. 나는 일단 따뜻한 차를 준비해서 건네고 마리아의 등을 쓸어주었다.

　잠시 후, 창백했던 마리아의 얼굴이 점차 원래대로 돌아왔다.

　이윽고 안색이 평소대로 돌아왔고, 차가웠던 손도 따뜻해졌다.

"감사합니다. 이제 괜찮아요."

　평소처럼 웃는 얼굴로 돌아온 마리아가 말했다.

　마리아의 몸 상태가 돌아온 것 같으니, 나는 신경 쓰이는 점을 물어보기로 했다.

"저기, 아까 공기가 이상하다고 했던 건 무슨 뜻이야?"

"그게, 제대로 설명할 수는 없지만 어쩐지 공기가 탁한 것 같았어요……. 전에 키스 님을 구하러 갔던 저택 안의 공기가 느껴져서……."

　키스를 구하러 갔던 저택. 그곳에서는 어둠의 사역마가 만들어지고 있었고, 그 때문에 저택의 공기가 탁해졌다. 그때의 공기와 똑같다는 말은.

"설마 또 어둠의 마력과 관련된 거야?"

"……단언할 수는 없어요. 소라 씨는 딱히 이상한 것처럼 보이지 않았거든요……."

소라도 어떤 사정 때문에 어둠의 마력을 조금 지니고 있어서, 빛의 마력을 보유한 마리아와 마찬가지로 어둠의 마력의 기척을 알 수 있다. 하지만 확실히 소라는 이상해 보이지 않았고 아무 말도 하지 않았다. 그의 성격으로 볼 때, 무슨 일이 생겼으면 곧바로 알려줬을 텐데.

"……그래서 아직은 확신할 수 없어요. 내일 다시 조사하러 가면 더 확실하게 판단을 내릴게요."

마리아가 말했다.

"저기 있잖아, 마리아. 무리하지 않아도 돼."

확실히 어둠의 마력과 얽힌 사건이라면 큰일이니까 제대로 조사해야 한다. 그건 알고 있지만……, 마리아는 방금 전까지 그렇게나 새파랗게 질려 있었으니까…….

분명 열심히 하다가 무리하면 건강이 나빠질 것이다.

"나는 마리아가 무리하다가 상태가 또 나빠질까봐 걱정이야. 다 같이 있으니까, 혼자 무리하지 말고 다른 사람을 의지하도록 해."

나는 그렇게 말하며 겨우 따뜻해진 마리아의 손을 꼭 쥐었다.

이러니저러니 해도 마리아는 혼자 무리하며 너무 열심히 하는 경향이 있다. 씩씩하게 혼자 열심히 하는 건 여성향 게임 주인공으로서 올바른 모습일지도 모르지만, 친구로서는 도저히 내버려 둘 수가 없다.

"나를 더 의지해줘."

이렇게 말하는 나는 스스로 생각해도 부끄럽지만, 다른 사람에게 의지하기만 한다. 아침에 일어나서 나갈 준비를 할 때까지 앤의 손을 빌리고, 오늘 싼 짐도 결국에는 앤이 준비해주었다.

진지하게 호소한 덕분인지 마리아가 고개를 끄덕였다. 따뜻한 차가 더 효과를 발휘한 듯 그녀의 뺨에 살짝 홍조가 돌았다. 응, 건강해져서 다행이야.

"그럼 내일 일도 있으니까, 이만 쉬자."

침대로 다시 돌아가기 위해 일어나자 곰이 내 엉덩이를 툭 쳤다. '뭐야?' 하고 시선을 보냈지만 곰이 시선을 휙 돌렸다. 뭐지?

나는 마리아가 이불 속에 제대로 들어가는 걸 확인한 후, 하루 동안 쌓인 피곤 때문인지 곧바로 잠들고 말았다.

과자를 실컷 먹는 꿈을 꿨다. 엄청나게 쌓여 있는 과자를 입에 실컷 집어넣었다. 하지만 아무리 먹어도 과자는 늘어나기만 했다. 처음에는 기뻤지만, 심상치 않게 늘어나서 점점 초조해졌다. 아무리 그래도 이걸 다 먹을 수는 없으니까.

그런 내 마음은 아랑곳하지 않고 과자가 점점 더 늘어나더니, 이윽고 방 안이 과자로 꽉 찼다. 얼굴은 마시멜로에 파묻혀서 괴로웠다. 마시멜로 대군이 툭툭 공격해왔다. 아아, 그만해. 숨쉬기 괴로워……. 그렇게 말하며 눈을 뜨자……, 눈앞에 동그란 천이 보였다. 자세히 보니 인형의 팔이었고, 더욱 자세히 보니 내 얼굴 위에 곰 인형이 올라타서 폭신폭신한 손으로 얼굴을 툭툭 치고 있었다.

아무래도 꿈속에서 나를 공격한 마시멜로 대군의 정체는 곰이었던 모양이다.

밖을 보니 해가 뜰 무렵이었다.

아직 자도 되는 시간인데……. 왜 괴롭히는 거냐고 곰을 노려보자, 곰이 옆자리 침대를 가리켰다. 마리아가 자고 있어야 할 침대는……, 비어 있었다.

이렇게 아침 일찍 어디에 간 걸까? 곰을 바라봤지만 곰도 모르겠다는 듯이 고개를 저었다. 아무래도 곰도 지금 눈치를 채서 나를 깨운 것 같았다.

평소라면 화장실에 간 걸까 하고 신경 쓰지 않았을 것이다. 그러나 밤에 그리 몸 상태가 좋지 않았으니 혹시 화장실에 가다가 상태가 안 좋아서 쓰러진 게 아닐까 신경이 쓰였다. 나는 상황을 살피러 가기로 했다.

당연하다는 듯이 곰이 내 어깨 위에 폴짝 올라타 따라왔다. 평소에는 절대로 이러지 않지만, 곰도 마리아가 걱정될 테니 지금은 어깨를 빌려주기로 했다.

화장실에 가봤으나 마리아는 그곳에 없었다.

그럼 어디로 간 거지? 혹시 근처에서 몸이 안 좋아지는 바람에 쓰러진 건 아닐까! 하지만 그렇다면 어디에서……. 주위를 둘러보다가 곰과 눈이 마주쳤다. 곰은 팔을 움직여 저쪽으로 가라고 지시했다.

왜 곰의 지시를 따라야 하는 거야! 순간적으로 그런 생각이 들었지만, 곧바로 이 건방진 곰 인형이 사실은 마법 도구라는 걸 깨달았다.

게다가 곰은 사람을 찾을 수 있는 훌륭한 능력을 지니고 있다. 건방진 인형이라는 인식이 강해서 원래의 역할을 잊고 있었다.

"좋아. 그럼 안내해줘."

나는 곰이 가리키는 방향으로 향했다.

곰의 지시대로 나아가다 보니 저택에서 밖으로 나오게 되었다. 저택 뒤로 가서 모퉁이를 돌자 정원에서 조금 떨어져 있는 나무 밑에 찾고 있던 사람이 있었다.

"마리……."

곧바로 마리아를 부르며 다가가려다가, 그 옆에 있는 낯익은 사람의 모습을 발견하고 걸음을 멈췄다.

마리아의 바로 옆에는 듀이가 있었고, 두 사람은 심각한 얼굴로 마주 보고 있었다. 도저히 '안녀—엉' 하고 쉽게 들어갈 만한 분위기가 아니었다.

분위기를 파악하지 못하고 마리아 쪽으로 가려는 곰을 붙들며 어떻게 할까 생각하고 있을 때였다.

"무슨 일이야?"

바로 뒤에서 누군가가 말을 걸었다. 깜짝 놀라 퍼뜩 뒤를 돌아보자, 의아한 표정을 지은 소라가 서 있었다.

"소, 소라! 왜 이런 곳에 있어?"

"아니, 그건 내가 할 대사라고. 이렇게 이른 아침에 어쩐 일이야?"

깜짝 놀라서 되묻자 그런 대답이 돌아왔다. 나는 아침에 일어나서(정확하게 말하자면 곰이 깨웠지만) 옆 침대에 마리아가 없는 걸 깨닫고 걱정이 되어 곰의 안내를 따라 여기까지 찾으러 왔다고 말했다.

"흐음—. 그런데 마리아를 발견하고도 왜 말을 걸지 않았어?"

소라가 적확하게 지적했다.

"그, 그게, 어쩐지 두 사람이 미묘한 분위기를 풍겨서 끼어들기 어렵더라고……."

마리아와 듀이는 여전히 진지하게 마주 보며 뭔가 이야기를 나누고 있었는데 이 거리에서는 목소리가 들리지 않았다. 무슨 이야기를 하는 걸까?

"무슨 이야기를 하는지 신경 쓰여?"

"응."

소라의 질문에 정직하게 대답하자, 소라가 무언가를 얼른 꺼내서 내 귀에 가져다댔다.

『그래서 하실 말씀은 뭐죠?』

놀랍게도 아까까지 전혀 들리지 않았던 듀이의 목소리가 선명하게 들렸다.

무심코 깜짝 놀라서 귀에 닿은 걸 확인해 보니, 전생에 있었던 확성기 같은 모양의 물건이었다.

듀이의 목소리가 들리는 건 아마 이 물건의 효과인 것 같지만 대체 이게 뭐지? 나는 소라를 돌아보았다.

"어때. 들려?"

그는 장난에 성공한 어린아이처럼 히죽 웃었다.

"응. 엄청 선명하게 들려. 이게 뭐야?"

"먼 곳의 소리를 모아서 들려주는 마법 도구야. 뭐, 시각으로 나름 확인할 수 있는 범위까지가 한계인 것 같지만."

소라가 그렇게 대답했다.

"이런 게 그 창고에 있었어?"

이렇게 쓸 만한 물건이 그런 잡동사니만 가득했던 창고에 있었던 건가. 애초에 소라는 그때 이런 걸 가져갔었나?

"아, 이건 창고가 아니라 부서 선배에게 빌려왔어. 빌려준다는 도구가 너무 쓸모없는 것들뿐이라, 더 제대로 된 걸 빌려달라고 부탁했지."

소라가 아무렇지 않게 대답했다.

아니, 확실히 나도 쓸모없는 것만 있다고 생각했지만, 과연 행동력이 대단하다고 해야 하나…….

"설마 임무와 상관없는 이런 상황에서 도움이 될 거라고는 생각도 못했지만. 자, 듣고 싶어 했지? 이걸 써."

소라는 조금 어이없어하는 내 기분은 아랑곳하지 않고 확성기 같은 물건을 빌려주었다.

확실히 신경이 쓰여서 듣고 싶긴 했다. 나는 고맙게 받아서 그걸 다시 귀에 댔다. 작은 구멍을 내 귀에 대고 큰 구멍을 마리아 쪽으로 돌리는 모양이었다.

『왠지 듀이가 무리하는 것처럼 보여서 그래.』

『하, 면식도 거의 없는 당신이 나의 뭘 안다는 겁니까? 그냥 내버려두세요.』

듀이의 목소리는 흥분한 것처럼 들렸다.

두 사람의 대화는 굉장히 여성향 게임 같았다. 혹시 듀이의 이벤트 같은 건가? 여기서 듀이와 마리아가 좋은 분위기로 발전하는 거야?

"이 분위기는 어떤 것 같아?"

무심코 옆에 있던 소라에게 묻자, 그가 무슨 소리냐는 표정을 지었다. 그도 그럴 게, 소라에게는 이 대화가 들리지 않을 테니까. 아아, 안타깝다.

나는 소라의 얼굴을 확 잡아당겨서 내 바로 앞에 두었다.

"이렇게 하면 소라도 들리지?"

"……확실히 들리기는 하는데, 아무리 그래도 이 자세는…….."

"쉿, 꽤 좋은 부분이니까 잠자코 들어."

그렇게 말하며 소라와 마주 보고 귀를 기울였다.

『……나도 마찬가지니까…….』

곁눈으로 슬쩍 확인해보니 마리아가 고개를 떨구고 있었다.

『혼자 열심히 해야 한다고 신경을 곤두세우며 무리했어……. 지금의 듀이는 예전의 나와 닮아서 내버려둘 수가 없어.』

저, 정말 히로인 같은 대사다. 가끔씩 보여주는 그 맑은 눈동자로 바라보며 저런 말을 한다고 생각하면, 듀이가 아니더라도 반할 것이다.

아니나 다를까, 그렇게나 기세가 좋던 듀이도 아무런 대꾸를 하지 않았다. 마리아는 결정타를 날리는 것처럼 확실하게 말했다.

『혼자 열심히 하지 말고, 의지해도 괜찮아.』

그리고 마리아가 듀이의 손을 잡았다.

표정이 잘 보일 정도로 가까이에 있는 건 아니었지만, 그래도 듀이 소년의 얼굴이 새빨갛게 물들었다는 건 잘 알 수 있었다.

완전히 마리아에게 빠졌군.

과연 마리아야! 슈퍼 히로인. 아내로 맞이하고 싶은 사람 넘버원!

머릿속으로 한바탕 흥분한 뒤, 이 감정을 공유하고 싶어서 입을

열었다.

"후후후. 누군가가 사랑에 빠지는 순간을 목격해버렸네—. 마리아는 정말 사람을 잘 홀린다니까—."

그렇게 말하며 눈앞에 있는 소라를 보자, 그는 내 말에 동의하지 않고 어쩐지 복잡한 표정을 지었다.

"아니, 나는 개인적으로 네가 더……. 아무것도 아냐. 알겠으니까 일단 좀 떨어져주지 않겠어? 이젠 정말 여러모로 힘든데."

"아, 미안해. 아팠어?"

너무 흥분해서 눈앞에 있는 소라의 어깨를 꽉 붙들어버린 모양이다. 미안하다.

"아니, 아픈 건 아니지만……."

"앗, 마리아와 듀이가 돌아온다! 훔쳐본 걸 들키면 민망하니까 먼저 돌아가자."

위험해, 위험해. 나는 소라를 끌고 빠른 걸음으로 저택에 돌아갔다.

"그러고 보니, 소라야말로 왜 그런 곳에 있었어?"

문득 그런 생각이 들어 물어보았다.

"아아, 잠이 깨서 화장실에라도 갈까 하다가 우연히 네가 혼자 어딘가에 가려는 모습을 보고 쫓아왔어."

"그랬구나."

굉장히 좋은 타이밍에 나타났다고 생각했더니 쫓아온 거였다니. 그렇구나……. 어라, 그 말은 즉.

"그럼 걱정해서 따라온 거야?"

"아, 아니……, 또 뭔가 문제를 일으키면 큰일이라고 생각했을 뿐이야."

내가 그렇게 묻자 소라는 조금 더듬거리며 대답했다.

설령 그렇다 해도 고마운 일이다. 확실히 혼자서 밖에 나갔다가 길이라도 잃으면 돌아갈 수 없을 테니까.

"고마워. 소라는 다정하구나."

감사 인사를 하자 소라는 어쩐지 살짝 굳어버렸다. 그리고 무슨 일인지 엄청 크게 한숨을 내쉬었다.

"하아—, 정말로 자각이 없나 보네. 네가 마리아보다 훨씬 더 심하다고. 이러니까 왕자님이 안달복달하지."

"?"

마리아? 왕자님? 무슨 뜻일까. 영문을 알 수가 없어서 설명해달라고 소라를 쳐다보았지만 쓴웃음만 돌아올 뿐이었다.

"출발할 때까지 아직 시간이 남았으니까 방에 돌아가서 쉬어."

그는 그냥 방으로 돌아가라고 했다.

마리아가 돌아오면 듀이와 있었던 일을 물어볼까.

그건 그렇고, 두 사람이 같이 있는 모습은 정말 멋졌지. 나는 아까 봤던 광경을 떠올리고는 무심코 황홀해했다.

눈물을 글썽이는 마리아와 뺨을 붉힌 듀이가 뜨겁게 마주 보는 모습은 뒤에서 비치는 아침 해까지 어우러져서 마치 한 폭의 그림 같았다.

아아, 여성향 게임의 스틸에도 있을 것 같은 장면이야……. 어라, 어쩐지 데자뷔가……. 앗, 꿈에서 봤던 게임 스틸과 똑같잖아!

아까 봤던 두 사람의 모습은 꿈에서 아츠코가 보았던 스틸과 똑같았다.

서, 설마. 그 스틸을 그대로 목격하게 되다니……. 하지만 그건 즉, 이 시험도 확실히 이벤트 중 하나일 가능성이 크다는 뜻이다. 어쩌면 파멸 플래그로 이어지는 사건이 일어날지도 몰라……. 단단히 정신을 붙잡고 있어야지! 나는 아직 따뜻한 이불을 뒤집어쓰며 혼자 맹세했다.

긴장을 늦추지 않고 정신을 차려서……. 아—, 그건 그렇고 한번일어난 다음에 다시 들어오는 이불 속은 최고야. 엄청 기분이 좋단말이지. 아아—, 기분이 무척 좋아서 눈꺼풀이 내려오네—.

◆ ◆ ◆

걸어가는 도중에 낮에 왔던 밭과 분위기가 완전히 달라졌다는 걸깨달았다.

그리고 그곳에 도착한 나, 마리아 캠벨은 단숨에 공기에 휩쓸렸다.

믿을 수 없을 정도로 많은 동물들이 넘치는 밭의 공기는 왜 이렇게 심한가 싶을 정도로 탁했다.

기분이 몹시 안 좋아져서 저도 모르게 손으로 입을 막았다. 다른 사람들은 어떨까 싶어서 살펴봤지만, 다들 아무렇지 않은 듯했다.

이건 나만 느끼는 탁함인가? 예전에도 이렇게 탁한 공기를 느껴본 적이 있다. 그때는 어둠의 마력이 이용되고 있었다.

혹시 이곳도 그런 걸까? 하지만 그렇다면……. 나는 나와 마찬가지로 어둠의 마력을 감지할 수 있는 소라 씨에게 눈을 돌렸다. 만약 이게 어둠의 마력이라면 소라 씨도 눈치챘을 거라고 생각했다.

182

그러나 소라 씨는 아무렇지도 않아 보였고, 무언가를 느끼는 것 같지도 않았다.

그럼 내 착각인가? 그냥 내 몸 상태가 안 좋아진 것뿐인지도 모른다. 혼자 머리를 굴리고 있는 동안 조사가 내일로 미뤄져서 오늘은 숙소로 돌아가게 되었다.

방에 도착하자 긴장이 풀렸는지 급속도로 괴로워졌다.

나는 침대에 앉아 숨을 골랐다.

"왠지 일이 커진 것 같네."

같은 방을 쓰는 카타리나 님이 말을 걸었다.

"……그러게요."

대답하기는 했지만 힘없는 목소리밖에 나오지 않았다.

그런 내 모습에 카타리나 님은 "왜 그래, 마리아! 괜찮아?"라며 달려왔다.

잠시 있으면 괜찮아질 거라 생각했다.

"……괜찮아요."

잠시 이러고 있으면 괜찮아질 거라는 생각에 그렇게 대답했다. 하지만.

"서, 선배들을 불러와서 약이라도 받을까?"

카타리나 님이 걱정스러운 얼굴로 물었다.

"감사합니다. 하지만 정말 괜찮아요."

"그래도……."

나는 이렇게 된 경위를 이야기하기로 했다.

"공기 때문에 조금 멀미가 난 것뿐이에요……. 잠시 가만히 있으면 원래대로 돌아갈 거예요."

"공기 때문에 멀미가 났다고?"

"네. 어쩐지 그곳의 공기가 좀 이상해서……."

제대로 설명해야 한다고 생각했지만, 기분이 안 좋아서 말을 이을 수가 없었다.

카타리나 님은 그런 나를 배려한 건지 따뜻한 차를 끓여서 건네주었다. 차를 받아 마시자 온몸에 온기가 돌았다. 그제야 몸이 식어 있었다는 걸 깨달았다.

차를 건네준 뒤에도 카타리나 님은 줄곧 내 등을 문질러주었다. 따뜻한 손 덕분인지 안 좋았던 기분이 슥 가라앉았다.

기분도 완전히 돌아왔고 차가워졌던 몸도 따뜻해졌다.

"감사합니다. 이제 괜찮아요."

내 말에 카타리나 님은 굉장히 안심했다는 듯이 부드럽게 미소 지었다.

그리고 잠시 후.

"저기, 아까 공기가 이상하다고 했던 건 무슨 뜻이야?"

카타리나 님은 아까 도중에 끝났던 이야기를 다시 물어보았다.

카타리나 님 덕분에 완전히 원래대로 돌아온 나는 그 자리에서 느꼈던 것을 이야기했다.

"그게, 제대로 설명할 수는 없지만 어쩐지 공기가 탁한 것 같았어요……. 전에 키스 님을 구하러 갔던 저택 안의 공기가 느껴져서……."

"설마 또 어둠의 마력과 관련된 거야?"

"……단언할 수는 없어요. 소라 씨는 딱히 이상한 것처럼 보이지 않았거든요……."

그때 소라 씨는 전혀 아무렇지 않아 보였다. 혹시 무슨 일이 생긴 거라면 바로 알려줬을 텐데…….

"……그래서 아직은 확신할 수 없어요. 내일 다시 조사하러 가면 더 확실하게 판단을 내릴게요."

어둠의 마력일 위험이 있다면, 제대로 파악해서 보고해야 한다. 오늘처럼 쉽게 지쳐버릴 수는 없다. 더 확실하게 잘 해내야 해!

강하게 결의를 다졌을 때였다.

"저기 있잖아, 마리아. 무리하지 않아도 돼."

카타리나 님이 조금 난감한 얼굴로 나를 쳐다보고 있었다.

무리하지 않아도 된다고? 무슨 뜻일까. 만약 어둠의 마력이라면 큰일이니까 정신을 차려야 하는데…….

"나는 마리아가 무리하다가 상태가 또 나빠질까봐 걱정이야. 다 같이 있으니까, 혼자 무리하지 말고 다른 사람을 의지하도록 해."

카타리나 님은 내 손을 꼭 잡고 말했다. 그리고.

"나를 더 의지해줘."

다정하게 미소 지었다.

그녀의 미소에 내 얼굴이 빨개졌다는 게 느껴졌다. 부끄러워서 그저 고개만 끄덕이자 그녀는 더욱 반짝거리는 웃는 얼굴을 보여 주었다.

어쩐지 견딜 수 없이 기분이 좋아졌고, 따뜻한 온기가 가슴에 넘 쳐흘렀다.

나는 진심으로 카타리나 클라에스라는 사람을 좋아한다.

카타리나 님과 만난 뒤로 내 세상이 크게 바뀌었다고 생각했다. 하지만 그게 아니었다. 카타리나 님과 함께함으로써 내 세상은 지금도 계속 바뀌고 있다. 다정하고 강하게—.

앞으로도 카타리나 님의 곁에 있고 싶다. 줄곧 함께하고 싶다는 분에 넘치는 말은 하지 않을 것이다. 하지만 적어도 용납되는 한은—.

"그럼 내일 일도 있으니까, 이만 쉬자."

그 말을 듣고 침대에 눕자 아까 전까지 그렇게나 몸 상태가 안 좋았던 게 거짓말처럼 포근해지며 기분이 좋아졌다.

나는 완전히 존재가 잊혀져 토라진 곰을 가슴에 안고 기분 좋게 잠들었다.

굉장히 기분 좋게 잠든 덕분인지, 아직 꽤 이른 시각인데도 눈이 떠졌다.

개운하게 일어나서 다시 잘 마음은 들지 않았다. 반짝거리는 햇살이 창문으로 비쳐드는 기분 좋은 아침이었다. 이렇게 방 안에 가만히 있기도 아까울 것 같았다.

저택 앞에 나가는 것 정도는 괜찮겠지.

푹 자고 있는 카타리나 님과 곰을 깨우지 않게끔 살며시 방에서 나왔다.

저택 밖으로 나오니 맑은 공기가 퍼져 있어서 무심코 기지개를 켜고 싶어졌다. 새도 벌써 활동을 시작해 활기차게 짹짹 울고 있었다.

"정말 상쾌한 아침이네."

역시 힘껏 기지개를 켜야겠다는 생각이 들었다. 주위에 아무도 없나 확인할 겸 둘러보는데 저택에서 조금 떨어진 곳으로 걸어가는 낯익은 뒷모습이 눈에 들어왔다.

듀이 퍼시. 몇 년 만에 보는 같은 마을 소꿉친구다. 그렇다고 해도 대화를 나눠본 적은 거의 없지만……

아니, 정확하게 말하자면 피했던 것 같기도 하다. 옛날에 딱 한 번 용기를 내어 말을 걸었더니, '빛의 마력을 지닌 선택받은 분이 저 같은 사람을 신경 쓰지 마세요'라며 상당한 기세로 쫓겨난 적이 있어서 조금 대하기 어렵다는 생각이 들었으니까……. 하지만 지금은 겨우 알게 되었다.

듀이의 집은 마을에서도 꽤 가난했다. 아이들까지 항상 일을 하러 나가야 했고, 학교도 만족스럽게 다니지 못하는 것 같았다. 그걸 다른 아이들이 놀렸고……, 그래서 듀이는 필사적으로 강한 척을 했던 것이다.

그 마을에 있었을 때, 내 일로도 벅차서 그저 자기 몸을 지키며 껍질에 틀어박혀 있느라 몰랐던 것을 지금의 나는 알게 되었다. 이렇게 된 것도 카타리나 님을 비롯한 모두와 만난 덕분이다.

그리고 듀이의 마음을 조금 이해하게 되자, 예전보다 훨씬 완고하고 험악한 표정을 짓는 그가 신경 쓰였다.

홀로 강한 척하는 뒷모습은 학교에 들어가 모두와 만나기 전의 나와 많이 닮아 보였다. 그래서 내버려둘 수가 없었다.

마법성에서 재회한 뒤로 몇 번이나 말을 걸려고 했지만 그는 도저히 상대해주지 않았다. 이번에도 그럴지 모른다. 하지만……. 나는 떠나가는 듀이의 뒷모습을 쫓아갔다.

저택 뒤쪽에 심어진 나무 밑에서 듀이가 걸음을 멈추었다. 나는 용기를 내어 말을 걸었다.

"안녕, 듀이."

갑작스러운 내 등장에 듀이는 눈을 크게 떴다가 어깨를 으쓱했다.

"캠벨 씨, 왜 이런 곳에 계세요?"

그가 차가운 목소리로 대꾸했다.

"그게, 아침에 기분 좋게 일어나서 밖에 잠깐 나오고 싶었거든. 그래서 저택 앞에 있다가 우연히 네 모습이 보였는데 뭘 하나 싶어서."

"즉, 저를 따라오셨다는 건가요?"

아까보다 훨씬 차가운 목소리였다. 그러나 여기서 꺾일 수는 없다.

"……응. 잠시 이야기를 나누고 싶어."

"그래서 무슨 이야기인가요?"

듀이는 너무나도 귀찮다는 듯이 얼른 이야기를 하고 가라는 분위기를 풍겼다.

"그게, 우리는 같은 마을에서 자랐는데 그다지 대화를 해본 적이 없잖아. 앞으로 같은 직장에서 일하게 되었으니 더 많이 대화하며 사이좋게 지내자."

"왜 그런 짓을 해야 하죠? 딱히 직장에서 친한 척을 할 필요는 없잖아요."

"친한 척이 아니라……. 괴로울 때나 힘들 때 대화를 나눌 수 있는 사람이 있으면 역시 마음이 편해지잖아."

둘만 있어서 그런지 여태까지 말을 걸었을 때보다 듀이가 더 길게 대답했다. 그래서 나 또한 솔직한 감정을 말했다. 하지만.

"그런 건 아무래도 괜찮으니까 내버려두세요. 할 말이 그것뿐이라면 이제 돌아가시죠."

그가 딱 잘라서 말했다.

"그렇지만 듀이, 어쩐지 예전보다 얼굴이 엄해진 것 같은데……."

"당신이 돌아가지 않겠다면 제가 돌아가겠습니다. 그럼 이만."

"왠지 듀이가 무리하는 것처럼 보여서 그래."

저도 모르게 당장이라도 떠나가려는 듀이의 옷소매를 잡고 소리쳤다. 여기서 제대로 대화하지 않으면 이제 안 될 것 같았다.

그러나 듀이는 내 손을 뿌리쳤다.

"하, 거의 면식도 없는 당신이 나의 뭘 안다는 겁니까? 그냥 내버려두세요."

그는 방금 전보다 더욱 강하게 거절했다.

하지만 그의 얼굴은 방금 전의 차가운 표정과 달리 어쩐지 쓸쓸해 보였다.

그래. 혼자는 괴롭고 애달프지.

"……나도 마찬가지니까……."

외톨이였던 데다 아무도 알아주지 않았다.

"혼자 열심히 해야 한다고 신경을 곤두세우며 무리했어……. 지금의 듀이는 예전의 나와 닮아서 내버려둘 수가 없어."

나는 어제 카타리나 님이 나에게 해주셨던 것처럼 듀이의 손을 잡았다. 이번에는 뿌리치지 않았다. 그는 눈을 휘둥그레 뜬 채 굳어버렸다.

"혼자 열심히 하지 말고, 의지해도 괜찮아."

카타리나 님이 나에게 해준 최고의 말을 듀이에게 전했다.

잠자코 굳어 있던 듀이가 고개를 살짝 끄덕였다. 방금 전까지 보였던 거절의 기색은 이제 보이지 않았다.

역시 카타리나 님의 말은 위대하다. 듀이의 완고한 마음에도 울린 모양이다.

기쁜 마음에 미소 짓자, 듀이도 약간 난감하다는 듯이 살짝 웃었다.

저택에는 둘이 함께 돌아갔다. 도중에 듀이가 말을 걸었다.

"저, 캠벨 씨는……."

"저기, 듀이. 그냥 마리아라고 불러도 돼. 경칭을 붙일 필요는 없어."

"……아, 네. 마리아."

"후후후."

"그런데 저기, 마리아는 왜 클라에스 영애와 친한 건가요?"

"클라에스 영애라는 건 카타리나 님을 말하는 거야?"

"네. 이렇게 말하는 건 조금 그렇지만, 신분도 다르고 마력이 높지도 않다고 들었어요. 애초에 왜 그 사람이 마법성에 있는 건지 모르겠어요."

아무래도 듀이는 카타리나 님에게 그다지 좋은 않은 인상을 품고 있는 모양이다.

내가 정말 좋아하는 사람이 안 좋게 여겨지다니 안타까웠다. 지금 여기서 카타리나 님의 좋은 점을 한 시간 남짓 늘어놓는 건 간단하지만(한 시간으로는 도저히 끝나지 않을 것이다), 그것만으로는 신분 차가 있어서 신경을 쓴다고 생각할지도 모른다.

나도 실제로 접해보기 전까지는 공작가의 영애라는 지위와 카타리나 님이 풍기는 고귀한 분위기에 휩쓸려 조금 대하기 어렵다고 생각했었다. 그래서 지금은.

"카타리나 님은 정말 대단하고 멋진 분이야. 접하다 보면 분명 알게 될 거야."

일단 그렇게만 말했다.

"……그런가요?"

이번에는 수상쩍다는 표정을 지었지만, 듀이는 분명 금세 카타리나 님의 훌륭함을 깨달을 것이다. 왜냐하면 카타리나 님은 정말로 멋진 분이니까.

저택에 들어와서 듀이와 헤어진 뒤 방으로 돌아가니, 카타리나 님은 내가 방을 나갔을 때와 똑같이 무척 행복한 얼굴로 잠들어 있었다. 그 얼굴을 보는 것만으로도 행복한 기분이 들었다.

◆ ◆ ◆

이상하다. 파멸 플래그가 있을지도 모르니까 긴장해야겠다고 생각했는데, 어쩐지 나도 모르는 새에 다시 잠든 데다 숙면까지 취한 모양이다.

결국 마리아가 다정하게 깨워도 좀처럼 일어날 수가 없어서(앤은 계속 안 일어나면 강제적으로 이불을 빼앗아가기 때문에 일어날 수밖에 없다), 상당히 아슬아슬한 시간에 일어나 황급히 준비하고 모두가 있는 곳으로 갔다.

마리아에게 듀이 이야기를 물어볼 시간은 없었다. 굉장히 유감스럽다.

촌장님 댁에서 가벼운 조식을 먹은 우리는 일단 마법성 지부로 갔다. 어제의 상황을 보고하고 지부 직원과도 연계하기 위해서라고 한다.

가는 길에 어젯밤에 마리아가 느꼈다고 하는 것에 대해 소라에게 말했다.

사실 선배들에게도 말하는 편이 좋지 않을까 생각했지만, 라나가 '어둠의 마력에 대해서는 일부 사람을 제외하고는 숨기고 있으니 말하면 안 돼'라고 몇 번이나 당부했기 때문에 과연 이야기를 해도 될지 알 수 없었기 때문이다.

이야기를 들은 소라는 역시 "나는 전혀 아무것도 못 느꼈어"라고 말했다. 그러나 마리아가 뭔가를 느꼈다면 자기도 더 주의해서 보겠다고 했다.

나는 그 말을 마리아에게 전하며 절대 혼자서 무리하지 말라고 당부했다.

지부에 도착하자 직원과 지부장이 이미 복잡한 얼굴로 책상에 둘러앉아 있었다. 아무래도 어젯밤에 함께 시찰하러 갔던 직원이 아침 일찍 지부장을 비롯한 다른 직원들에게 보고한 건지 다들 사정을 파악하고 있었다.

"실은 동물들이 너무 많이 마을로 내려와서 낮에 숨을 곳도 없어졌는지, 여전히 밭에 동물들이 상당히 남아 있어 농작업에도 지장이 생긴 상황인데……."

게다가 상황이 이렇게 되어 우리의 시험 임무는 한시라도 빨리 해결해야만 하는 안건으로 바뀌었다. 더 이상 신입에게 맡겨둘 만한 사안이 아니게 되었다.

그러나 아무래도 여기서 '시험을 못 친다면 돌아갑니다'라고 무책임한 말을 할 수는 없으니, 우리도 지부 사람들과 협력해서 문제 해결에 나서기로 했다.

"그래서 저희도 앤더슨 씨가 말씀하신 것처럼 숲에서 다시 무슨 일이 일어난 게 아닐까 싶었거든요. 아까 직원이 확인하러 갔습니다."

지부장이 땀을 훔치며 말했다.

"그래. 밭에 동물을 끌어들이는 마약 같은 것이라도 있다면 또 모르겠지만, 그게 아니라면 숲에 원인이 있을 거라 생각하는 게 타당해."

로라 선배가 오늘도 사랑스러운 리본이 달린 머리카락을 쓸어 올리며 말했다.

"네. 최근 들어 밭에 특별히 이상한 걸 심거나 만들었다는 사람도 없는 데다, 동물들도 특정한 곳에 모이는 것 같지는 않으니까요……. 게다가 숲 근처에 접한 밭 외에는 그렇게까지 피해가 심하지 않은 걸 보면, 숲에 무슨 일이 생겨서 동물들이 다 밭 근처로 도망쳐온 게 아닐까 싶습니다."

지부장이 거기까지 말했을 때, 한 직원이 엄청난 기세로 방에 들어왔다.

"지부장님, 큰일 났습니다! 숲이……."

아마 숲에 시찰하러 갔던 인물일 것이다. 황급히 달려온 그는 우리의 모습을 보고 순간 당황한 기색을 보였지만, 지부장이 말을 재촉하자 숲에서 본 것을 말하기 시작했다.

"숲 자체는 어제까지와 비교해서 아무런 변화도 없었습니다. 더 망가지지도 않았습니다만……, 동물이, 아니 생물이 전혀 없습니다. 평소에는 새가 날아다니고 다람쥐 등이 쪼르르 돌아다니는데, 지금은 전혀 없어서 이상하게 조용해졌습니다."

그 말은 확실히 숲에서 무슨 일이 일어나고 있다는 것을 가리키고 있었다.

단순히 수많은 너구리가 숲에서 내려온 것뿐인데, 정신을 차리고 보니 사태가 상당히 커지고 있었다.

이렇게 된 이상 역시 숲을 제대로 조사해봐야 한다는 이야기가 나와서, 우리는 지부 직원들과 함께 숲을 조사하기로 결정했다.

마을에 접한 숲은 그렇게 깊지 않았지만 상당히 넓은 모양이었다. 그래서 대부분의 직원과 몇몇 마을 사람들의 협력을 받아 조사하기로 했다.

숲에 들어가면 마리아의 상태가 또 나빠질까 봐 걱정되었다.

"확실히 공기가 좋지는 않지만 어젯밤 정도는 아니에요."

다부진 대답이 돌아와서 다행이었다.

참고로 마리아는 확실히 좋지 않은 공기가 느껴졌다고 했지만, 그녀와 마찬가지로 어둠의 마력을 느끼는 힘을 지닌 소라는 달랐다.

"나는 역시 전혀 모르겠어. 전에 키스를 찾으러 갔을 때는 보이는 방식이 다를 뿐 느끼는 방식은 그리 차이가 없을 거라고 생각했는데, 이런 단기간에 마리아의 힘이 강해진 건가? 아니면 내 힘이 약해졌나?"

소라는 그렇게 말하며 아무런 느낌도 들지 않는다고 말했다.

과연 마리아의 힘이 성장한 걸까, 소라의 능력이 퇴화한 걸까.

소라의 능력이 퇴화한 것일 수도 있지만, 나는 막연히 마리아의 힘이 강해진 게 아닐까 생각했다. 그 이유는 단순히 게임 시리즈가 II가 되었으니 주인공도 파워 업 했을지도 모른다는 어렴풋한 예상 때문이었지만.

그리하여 결국 숲 조사가 시작되었다.

입구 근처에서 "무슨 일이 일어나고 있는지 모르는 데다 위험하니까 반드시 두 사람 이상 함께 행동하도록"이라는 말을 듣고 적당히 그룹을 나누었다.

나는 그때 가까이 있던 소라와 지부 직원 한 명과 같은 그룹이 되어 함께 행동하게 되었다.

마리아와는 다른 반이 되어서 마음에 걸리긴 했지만, 듀이와 지부의 직원인 다부져 보이는 남성도 함께 있으니 일단 괜찮을 거라 판단했다. 무슨 일이 있으면 곧바로 도움을 요청하라고 말한 뒤에 헤어졌다.

그 후 우리는 숲에 들어갔다.

"정말 동물이 전혀 없네. 너무 조용해서 조금 무섭다."

동물이 거의 보이지 않게 된 숲은 이상하게 조용했다.

"정말 그러네요."

지부의 직원인 아저씨도 주위를 둘러보며 동의했다.

같은 그룹이 된 아저씨는 실로 사람이 좋아 보이는 데다 붙임성 좋은 사람이지만, 그냥 통통하고 느긋한 느낌이라 아무리 봐도 유사시에 전력이 될 것 같지 않았다. 오히려 이쪽이 지켜줘야 할 것 같았다. 마리아와 같은 그룹인 다부진 남성과는 전혀 달랐다.

뭐, 그러는 나도 뭔가 할 수 있는 건 아니니 남의 말은 할 수 없다. 쓸 수 있는 마법은 여전히 흙 소복뿐이고, 검이나 나이프도 그렇게 잘 다루지 못한다.

그래서 이 중에서 유일하게 유사시에 도움이 될 것 같은 사람은 이런저런 아수라장을 헤쳐 나온 소라뿐이었다.

하지만 소라 혼자서 나와 아저씨 두 사람을 보살피는 건 아무래도 힘들 것이다. 만에 하나의 경우에는 포치를 밖으로 불러내서 밖으로 많이 짖게 해야지. 그런데 아직 포치에게는 아무런 재주도 가르치지 않았는데 과연 가능할까—. 이럴 줄 알았으면 빨리 재주를 가르쳐 놓을걸.

"……리나 님……, 카타리나 님."

"아, 네."

언제인가부터 소라가 나를 부르고 있었다. 그의 표정은 상당히 무서웠다.

"네, 라니요. 멍하니 있기만 하고, 조사할 생각이 있으신 겁니까?"

그렇게 혼이 났다.

"죄송합니다."

내가 사과하자 소라가 작게 속삭였다.

"만약 정말로 어둠의 마력이 관련되어 있다면 상당히 위험해. 긴장을 늦추지 마."

확실히 그건 그렇다. 어쩌면 어둠의 마력과 관련이 있을지도 모르니, 주위를 단단히 살펴야지!

다시 기합을 넣고 조사를 시작해서 구석구석까지 들여다봤지만…….

"딱히 이렇다 할 이상한 점은 없네요—."

동물이 없어서 이상하게 조용했지만, 그 외에 특이해 보이는 점은 없었다. 뭐랄까, 평범한 숲이었다.

지난번 사건에서 키스를 찾으러 갔던 곳은 굉장히 나쁜 놈들이 있을 것 같은 분위기가 풍겨서 어떤 의미에서는 알기 쉬웠지만……, 이곳은 정말 어디를 어떻게 봐도 그냥 숲이었다.

만약 말라버린 나무만 있는 음산한 숲이라면 그럴싸했겠지만, 숲에 심어진 나무들 사이로 햇살이 반짝반짝 쏟아지고 식물은 잘 자라 있어서 어쩐지 히로인이 꽃을 딸 것 같은 느낌이니……. 도저히 나쁜 놈이 나올 것 같지는 않았다.

"저도 지금은 아무런 수상한 점을 못 찾겠네요."

소라도 공적인 모습일 때 쓰는 존댓말로 말했다. 즉, 어둠의 마력의 기척은 느껴지지 않는다는 뜻이다.

여태까지 몇 번이나 숲을 방문한 적이 있다는 아저씨도 마찬가지다.

"예전과 다른 점은 딱히 없군요."

고개를 갸웃거렸다.

"어쩌면 이상 현상이 일어나는 건 이쪽이 아닐지도 모르겠네요."

아무것도 발견하지 못해서 그런지, 어쩐지 등이 굽은 것처럼 보이는 아저씨가 유감스럽다는 듯 말했다..

아니, 아저씨. 아무런 위기도 없는 건 좋은 일이잖아요. 하지만 이 아저씨는 조사를 시작하기 전에 '이런 시골에서 큰 사건이 일어나다니! 와—, 오랜만에 솜씨를 보일 수 있겠네요'라며 의욕을 보이긴 했다. 분명 오랜만에 접하는 사건이라 두근거렸을 것이다.

참고로 아저씨가 말하는 이쪽이란, 우리가 조사하는 동쪽을 말한다.

그렇게까지 넓은 숲은 아니지만 닥치는 대로 조사하면 끝이 없을 터였다. 그래서 그룹을 나눌 때 조사할 곳도 대강 나누었다. 숲의 동서남북으로 각각 나눴는데, 우리는 동쪽이었다.

참고로 마리아는 서쪽으로 갔는데 괜찮을까? 만약 정말로 여성향 게임의 이벤트 같은 것이라면 마리아가 탐색하고 있는 곳에서 무슨 일이 일어나지 않을까?

하지만 할당된 곳을 둘러보지 않고 돌아갈 수는 없으니, 나는 초조한 마음으로 동쪽 조사를 계속했다.

내가 초조해하는 것을 눈치챘는지 소라가 "조금 진정해. 그리고 나한테서 너무 떨어지지 마. 무슨 일이 있을 때 지켜줄 수 없잖아"라고 말했다.

그 말을 들은 나는 아무래도 소라가 나를 걱정하며 지켜주려 한다는 것을 깨달았다. 어쩐지 기뻐서 "고마워"라고 웃는 얼굴로 인사하자 무슨 일인지 그가 머리를 쿡 찔렀다.

그런 식으로 우리에게 할당된 곳에는 이상한 점이 아무것도 없다는 것을 어찌어찌 확인한 후, 나는 마리아가 걱정되어 말했다.

"이곳에 아무것도 없다는 건 다른 곳에서 사건이 일어나고 있을지도 모른다는 뜻이에요! 만에 하나의 경우에는 가세하러 가야 하니까 빨리 돌아가요."

그러면서 다른 두 사람을 재촉했다.

소라는 아무래도 (그때까지 안절부절못하고 있어서) 내 마음을 눈치챈 건지 얼른 고개를 끄덕였다. 아저씨도 마찬가지였다.

"그래요. 유사시에는 가세하러 가야 하니까요!"

의욕에 넘쳐 고개를 끄덕였으므로 우리는 재빨리 숲의 입구 부근으로 돌아왔다.

입구로 돌아오자, 대기하고 있던 직원이 조금 놀란 표정으로 우리를 쳐다보았다.

"벌써 끝났나요?"

약간 수상쩍다는 듯이 물었다.

"이쪽에는 아무런 이상이 없어서, 다른 곳에서 무슨 일이 있을지도 모른다는 걱정에 서둘러 돌아왔습니다."

그렇게 대답하는 내 옆에서 아저씨가 어깨를 들썩이며 헉헉 숨을 몰아쉬었다. 온몸이 땀으로 흠뻑 젖었다. 너무 재촉한 것일지도 모른다. 아저씨, 미안해요.

의심스럽게 보던 직원도 아저씨의 지친 기색을 보고는 상당히 서둘러 돌아왔다는 걸 이해한 모양이었다.

"수고하셨습니다. 현재로서는 뭔가 이상한 점이 발견되거나 무슨 일이 생겼다는 연락은 들어오지 않았습니다. 잠시 쉬십시오."

그렇게 말하며 노고를 달래주었다.

다행이다. 아직 아무런 일도 생기지 않았구나. 즉, 마리아도 괜찮다는 뜻이리라. 조금 안심했다.

안심했더니 목이 말랐다. 아저씨만큼은 아니지만 상당히 서둘러

오느라 나도 땀을 꽤 흘렸다.

일단 대기하는 직원에게 물을 받아서 숨을 고르고 있는 아저씨에게 건넨 뒤, 내 몫을 받아 입에 가져다댔다. 차가운 물이 목을 적시고 온몸에 퍼져 나갔다.

아―, 시원하다―. 한 잔 더 받을까? 그런 생각을 할 때였다.

"어이, 큰일이야!"

숲 쪽에서 한 남자가 소리를 지르며 달려왔다.

무슨 일이지?! 느긋하던 분위기가 단번에 팽팽해졌다.

"무슨 일이야?"

대기 직원이 심각한 표정을 지으며 달려온 남자에게 물었다.

"큰일이야! 서쪽 그룹에서……."

"뭔가 발견했어?"

"아니, 미아가 생겼어!"

"뭐? 어린아이가 숲에 들어온 거야? 출입을 금지했잖아."

"아니, 그게 아니야. 서쪽 그룹에 있던 본부에서 온 직원이 미아가 됐어!"

"……."

질문한 직원은 말문이 막혔고, 아저씨도 입을 떡 벌리고 굳어버렸다.

나와 소라는 어쩐지 견딜 수 없는 기분을 느꼈다.

본부에서 온 직원, 즉 네이선 하트 선배가 설마 숲속에서 길을……. 이런 비상시에 그 사람은 뭘 하는 거야…….

"와앙, 미안해. 내가 무심코 밧줄을 손에서 놓고 방심해서—."

로라 선배가 눈물을 글썽였다. 실로 갸륵하고 불쌍한 동작이었다. 단지 그 동작을 하는 사람이 마초에 덩치가 큰 남자일 뿐…….

하트 선배가 길을 잃었다는 소식에 나와 소라는 곧바로 서쪽 그룹이 있는 곳으로 달려갔다.

그러자 앞서 말한 것처럼 로라 선배가 한탄하고 있었다.

"로라 선배의 탓이 아니에요."

몹시 풀이 죽은 로라 선배를 위로했지만, 과연 앞으로 어떻게 해야 할까.

밭의 피해도 있고 숲도 조사해야 해서 일이 많은 지부 직원과 마을 사람들에게는 '숲을 계속 조사하셔도 됩니다'라고 말했다. 하지만 과연 상당히 넓은 이 숲에서 하트 선배를 찾을 수 있을까? 불안하다.

아무리 그래도 숲에 혼자만 남겨놓고 돌아갈 수는 없다. 참고로 '혼자 숲에 나가서 돌아올 가능성은요?' 하고 로라 선배에게 물어보자, 딱 잘라서 '절대로 없어'라고 단언했다.

어쩔 수 없이 우리는 일단 행방을 놓친 서쪽을 중심으로 찾기 시작했다. 그러나 전혀 단서를 찾을 수가 없었다.

휴우―. 왜 우리가 어둠의 마력 관계자가 있을지도 모르는 숲에서 미아가 된 선배를 찾고 있어야 하는 건지.

어쩐지 먼눈을 하며 한숨을 내쉴 때였다.

"여러분."

귀여운 목소리가 들려왔다. 그쪽을 보니 마리아와 듀이가 우리에게 달려왔다.

"조사를 끝내고 돌아왔다가 이야기를 들었어요. 어떤가요? 하트 선배는 찾을 수 있을 것 같아요?"

아무래도 조사를 끝내고 이쪽으로 달려온 모양이다. 고마운 일이다. 그리고 걱정했던 마리아 쪽도 트러블이 없었던 듯해서 다행이었다.

"정말이지, 애초에 아직 서쪽에 있는 건지도 모르겠어. 성가시게도 네이선이 발은 빠르거든."

로라 선배가 뺨에 손을 대고 한숨을 내쉬며 대답했다.

"그렇군요. 저, 잘 될지 안 될지는 모르겠지만, 시험 삼아 해보고 싶은 게 있어요. 하트 선배의 소지품은 지금 없나요?"

"네이선의 소지품? 묵고 있는 촌장님 댁에 짐이 있을 거야."

"그럼 우선 촌장님 댁으로 돌아가서 짐을 빌려도 괜찮죠?"

"괜찮긴 하지만, 뭘 하려고?"

"우연이지만 사람을 잘 찾는 인형이 따라왔거든요."

마리아가 쓴웃음을 지으며 말했다.

그래! 곰 인형 녀석은 사람을 찾는 능력이 있는 마법 도구였지!

마리아가 로라 선배와 듀이에게 곰에 대해 대충 설명한 뒤, 우리는 곰과 곰이 사람을 찾는 단서가 될 하트 선배의 짐을 가지러 촌장님 댁에 돌아갔다.

일단 우리 방에서 할 일 없이 빈둥거리는 곰을 데려와서 하트 선배의 짐을 빌렸다. 본인이 없는 곳에서 짐을 여는 건 무척 미안했지만, 비상사태이니 용서해달라고 하자.

선배의 짐 중에서 들고 다니기에 적당할 것 같은 수건을 꺼내달라고 해서 곰에게 냄새를 맡게 했다. 정확하게는 냄새가 아니라 기척으로 쫓는다지만, 아무리 봐도 냄새를 쫓아가는 것으로밖에 보이지 않았다.

냄새로 수색하는 거라면, 우리 포치도 어쩌면 가능할지 모른다. 나중에 가르쳐볼까.

곰은 냄새를 다 맡고 나서 짧은 팔로 방향을 가리켰다. 어제는 이런 식으로 마리아를 찾았으니 의외로 잘 될지도 모른다. 우리는 곰이 가리키는 방향으로 걸어가기 시작했다.

곰이 가리키는 대로 나아가자 숲에 되돌아가게 되었다. 뭐, 여기까지는 예상대로다.

그리고 곰은 우리를 숲의 서쪽으로 안내했다.

"이번에는 의외로 돌아다니지 않았네. 아무리 그래도 숲에서는 될 대로 움직이면 위험하다는 것 정도는 알게 되었구나."

로라 선배가 감탄한 듯 말했다. 이런 말을 듣는 하트 선배는…….

응, 선배의 명예를 위해 너무 많이 생각하지는 말자.

하지만 결국 서쪽에 있었다니. 나름대로 찾아봤다고 생각했는데 전혀 몰랐다. 대체 어디에 숨어 있는 거지…….

"어라? 이런 곳에 동굴이 있었던가?"

곰이 안내한 곳에 나타난 동굴을 보고 무심코 깜짝 놀라서 큰소리를 질렀다. 아까도 요 근방을 찾으러 왔는데 전혀 눈치채지 못했다.

"정말이네. 상당히 안쪽이라 눈치채지 못한 걸까?"

로라 선배가 고개를 갸웃하며 말했다.

확실히 좁은 길로 이어진 상당히 깊숙한 곳에 있긴 하지만, 그래도 꽤 큰 동굴인데 아무도 눈치채지 못했다니 이상하다.

그런 생각을 할 때였다.

"이곳은 위험해요."

마리아가 긴장된 목소리로 말했다.

"앗, 그 말은!"

설마 이곳에서 어둠의 마법의 기운이 느껴지는 건가? 눈빛으로 묻자 마리아는 심각한 얼굴로 고개를 끄덕였다.

그렇다면 소라도 뭔가 느꼈을지 모른다는 생각에 그쪽을 바라보았으나 그는 복잡한 얼굴로 고개를 저었다. 아무래도 역시 소라는 느끼지 못한 모양이다.

"위험하다니, 그게 무슨 뜻이야?"

사정을 모르는 로라 선배가 마리아를 쳐다보았다.

"저는 빛의 마력으로 어떤 위험한 힘을 느낄 수 있는데, 이곳에서 그 힘이 무척 강하게 느껴져요."

"위험한 힘이라니?"

"그건 제 판단만으로는 말씀드릴 수 없습니다만……."

라나가 '어둠의 마력에 대해서는 일부 사람을 제외하고는 숨기고 있으니 말하면 안 돼'라고 말했으니 그럴 만도 하다.

마리아가 난감하다는 듯이 대답하자, 로라 선배는 마리아를 가만히 바라보았다.

"뭔가 사정이 있구나. 그럼 굳이 묻지는 않을게."

깔끔하게 납득했다. 아무래도 로라 선배는 짙은 인상과 달리 깔끔한 타입인 모양이다.

"상당히 위험한가 보네―. 그럼 들어가지 말자고 말하고 싶지만……, 안타깝게도 곰이 동굴 안을 가리키고 있으니."

204

로라 선배는 난감한 얼굴로 어깨를 으쓱했다. 선배의 시선 끝에 있는 곰을 보니, 확실히 짧은 팔로 동굴 안을 가리키고 있었다. 즉 하트 선배는 이 안에…….

　"위험한 곳에 일부러 들어가고 싶지는 않지만, 만약 곰이 가리키는 대로 정말 네이선이 길을 잃고 여기에 들어왔다면 더욱 빨리 데리고 나와야 하니까."

　맞는 말이다. 만약 이대로 내버려 뒀다가 하트 선배에게 무슨 일이 생기기라도 하면 큰일이다.

　"실은 선배에게 맡겨두라고 말하고 싶어. 하지만 아무리 그래도 나 혼자는 염려스러우니 누군가에게 같이 가자고 부탁해도 될까?"

　로라 선배가 물었다.

　"그럼 제가 함께 가겠습니다. 위험한 힘도 보이는 데다 소소한 상처는 치료할 수 있으니까요."

　마리아가 먼저 나섰다. 그러자.

　"그럼 저도 나름대로 이런저런 경험이 있으니 도움이 될 겁니다."

　소라도 손을 들었다.

　이렇게 되면, 여기 남는 건……, 나는 슬쩍 듀이를 보았다. 눈이 마주쳤지만 그가 얼른 눈을 돌렸다. 어색하다. 게다가 느긋하게 여기서 기다리는 것도 걱정된다.

　""저도 가겠습니다.""

　놀랍게도 둘이 동시에 말했다. 아무래도 똑같은 생각을 한 모양이다.

　그리하여 결국은 다 함께 가기로 했다. 뭐, 다 같이 가는 게 든든하긴 하지.

우리는 한데 뭉쳐서 동굴 안으로 발을 들였다.

동굴이라 하면 새까맣고 무서운 게 숨어 있을 것 같은 느낌이지만, 이 동굴은 위에 구멍이 뚫려 있어서 안에도 빛이 들어왔다.

그리 무섭지도 않고 빛이 반짝거려서 예뻤다. 그러나 마리아는 확실히 동굴 안에서 어둠의 마력을 느낀 모양이니 방심은 금물이다.

안으로 들어가자 몇 개의 갈림길이 나왔다. 상당히 넓은 동굴인 듯했다.

이런 곳에도 익숙한 건지, 소라는 왔던 길에 표시를 해두었다. 나 혼자였다면 그런 생각은 하지 못하고 완전히 길을 잃었을 것이다.

이곳에 길 잃기 천재인 하트 선배가 잘못 들어왔다면, 자력으로 나오기는 불가능할 것이다.

몇몇 갈림길을 지나갔을 때, 소라가 살짝 귓속말을 했다.

"나도 겨우 어둠의 기운을 조금 느낄 수 있게 됐어. 가까워지고 있는 것 같아."

어둠의 기운이 가까워지고 있다. 마리아를 슬쩍 쳐다보니 얼굴이 평소보다 굳어 있었다.

어쩌면 하트 선배는 어둠의 마력을 지닌 사람에게 납치된 게 아닐까? 그렇다면 큰일인데.

하트 선배, 부디 무사하세요. 그렇게 생각할 때였다.

"앗!"

로라 선배가 짧게 외치고 달려갔다. 황급히 뒤를 쫓았다.

"겨, 겨우 찾았네, 네이선."

로라 선배가 튼튼한 팔로 하트 선배를 단단히 포획했다.

하트 선배는 엄청나게 놀란 얼굴로 굳었다. 뭐, 갑자기 여장 마초 동료가 꽉 껴안으면 그렇게 되겠지……. 하지만 잠시 후에는 상황을 파악한 것 같았다.

"또 폐를 끼쳐서 죄송합니다."

하트 선배가 고개를 숙이고 사과했다.

"정말이지, 이런 곳에서 길을 잃다니. 많이 걱정했다고."

로라 선배가 다시 하트 선배를 밧줄로 묶으며 말했다. 하트 선배도 이번에는 아무런 불평도 하지 않고 내버려 두었다.

"그런데 왜 이런 동굴 안으로 들어온 거야? 아무리 터무니없는 길치라 해도 동굴 안에 돌아갈 길이 없다는 것 정도는 알지 않아?"

그렇게 묻자 하트 선배가 대답했다.

"아무리 그래도 그 정도는 알고 있어요."

억울하다는 표정을 지었지만 로라 선배는 명백히 '진짜야?'라는 듯한 차가운 눈빛을 던졌다.

"콜록, 여기 들어온 건 숲을 조사하다가 가이 일행과 헤어졌을 때 우연히 수상한 남자를 발견해서 따라온 거예요."

하트 선배는 뭔가 얼버무리듯 헛기침을 한 후 말했다.

"수상한 남자?"

"예, 수상쩍은 남자가 휘청거리며 혼자 숲을 어슬렁거리는 걸 발견해서 따라왔는데 동굴 안으로 들어가더라고요. 그대로 따라간 건 좋지만 놓쳐버렸어요."

하트 선배가 어쩐지 좋은 느낌으로 대답했다.

"즉 숲에서 미아가 되었을 때 발견한 수상한 남자를 미행한 것까지는 좋았지만, 놓치는 바람에 이번에는 동굴에서 미아가 되었다고 이해하면 될까?"

그러나 로라 선배가 딱 잘라서 진실을 말하자, 어쩐지 처량하게 고개를 끄덕였다.

"으음─, 그렇다면 수상한 남자를 수색하는 편이 좋으려나? 하지만 이렇게 복잡한 동굴 안에서 함부로 움직이다가 우리까지 길을 잃으면 곤란한데."

수상한 남자는 신경이 쓰였지만, 로라 선배의 말마따나 길을 잃는 것도 곤란하다.

어떻게 할까 생각할 때였다.

"저, 그 수상한 남자에게 다다를 수 있을지는 확실하지 않지만……, 위험한 기운이 강해지고 있다는 건 잘 알겠어요. 조금 더 앞으로 나아가면 뭔가를 알 수 있을지도 몰라요."

마리아가 진지한 눈으로 말했다.

즉, 앞쪽에서 어둠의 마력의 기운이 강하게 느껴진다는 뜻이리라. 어쩌면 하트 선배가 본 수상한 남자가 어둠의 마력을 지니고 있을지도 모른다.

마리아의 말을 들은 선배들은 서로 얼굴을 마주 보았다.

"일단 나는 나 자신과 그 외 두 명 정도는 어떻게든 돌볼 수 있어."

"저도 한 명 정도는 어떻게 될 것 같습니다. 그렇다면."

하트 선배가 소라를 돌아보고 물었다.

"소라는 스스로의 몸을 지킬 수 있나요?"

"뭐, 제 몸 하나라면 얼마든지요."

소라가 대답했다.

"그럼 정해졌네. 조금 더 나아가 보자. 마리아, 카타리나, 두 사람은 내가 책임지고 지켜줄 테니까 꼭 붙어서 뒤를 따라와."

로라 선배가 우리를 돌아보며 생긋 웃었다.

"듀이는 나를 따라오세요."

듀이는 자기도 우리와 마찬가지로 보호를 받는 입장이라는 것에 자존심이 상했는지 토라진 듯한 표정을 지었다. 그때 로라 선배가 말했다.

"네이선이 길을 잃지 않도록 밧줄을 잘 부탁해."

미아 방지용 밧줄을 건네받은 듀이는 복잡한 얼굴로 고개를 끄덕였다.

그리고 우리는 어둠의 기운이 떠도는 동굴 안쪽으로 발길을 옮기기로 했다.

"너희는 위험하니까 아무것도 하지 않아도 돼. 내 뒤에 꼭 숨어 있으렴. 그리고 위험하다 싶으면 당장 도망가. 알겠니?"

로라 선배가 걸어가며 작은 목소리로 우리에게 말했다. 우리는 확실하게 고개를 끄덕였다.

"뭐, 나는 이래 보여도 사실은 꽤 강하거든. 중요한 순간에는 맡겨줘."

로라 선배는 알통을 만드는 자세를 취했다. 커다란 마초 같은 몸이라 보기만 해도 강해 보였다.

한 줄로 늘어서지 않으면 빠져나갈 수 없을 것처럼 살짝 좁은 길을 지나가자 널찍한 공간이 보였다. 다른 곳만큼 빛이 들어오지 않아서 조금 어두운 느낌이었다.

"아마 이 근방에 뭔가가 있는 것 같아요."

마리아가 작게 말했다.

우리는 로라 선배를 선두로 살며시 그 장소로 들어가 가까이 있는 바위 뒤에 몸을 숨겼다.

바위 뒤에서 상황을 살폈다. 들어와서 보니 상당히 널찍한 공간처럼 보였다. 그러나 사람이 많이 있는 것 같은 기척은 그다지 느껴지지 않았다.

내 예상으로는 키스 때처럼 나쁜 놈들이 잔뜩 모여서 뭔가 나쁜 짓을 꾸미고 있을 듯한 이미지였는데……, 아무래도 아니었던 모양이다.

"저기 있어."

로라 선배의 목소리였다. 선배의 시선이 향한 곳을 보자 확실히 한 남자가 서 있었다.

주위를 둘러보았으나 동료처럼 보이는 인물은 한 명도 없었다. 한 사람뿐인 걸까? 아니면 숨어 있나?

조금 더 다가가기로 해서 남자의 근처로 이동했다. 주위를 잘 확인해봐도 근처에는 동료가 없는 듯했다.

가까이에서 보니 키와 체격이 평범한 아무런 특징도 없는 남자였다. 다만 낯빛은 멀리서 봐도 알 수 있을 만큼 안 좋았고 몸도 휘청휘청 흔들렸다.

"동료도 없는 것 같고 육체적으로도 그렇게 강한 것 같지는 않네. 뭐, 마력에 대해서는 잘 모르겠지만."

로라 선배의 말에 마리아가 대답했다.

"위험한 마력을 지니고 있을 가능성이 커요. 몸에 닿으면 위험할지도 몰라요."

어둠의 마력은 몸에 접촉해서 사람을 조종한다.

"그럼 안 닿기만 하면 일단 괜찮다는 거구나?"

"……네."

"그럼 너희는 잠시 여기서 기다리렴."

로라 선배는 그렇게 말하더니 바위 뒤에서 뛰쳐나가 남자 쪽으로 달려가기 시작했다.

"로라 선배!"

깜짝 놀라서 무심코 뒤를 쫓아가려고 하자, 옆에 있던 하트 선배가 붙잡았다.

"괜찮아. 로라는 저래 보여도 마력이 엄청 높으니까요. 마법성에서는 불꽃의 마녀라는 별명이 있는 실력자예요."

불꽃의 마녀. 별명으로는 여자 취급을 하는 구나……가 아니라, 로라 선배, 사실은 대단한 사람이었군요! 그냥 여장한 괴짜라고 생각해서 죄송합니다.

실은 굉장한 사람이었던 로라 선배가 재빨리 수상쩍은 남자 앞에 가서 섰다.

"당신은 누구야? 이런 곳에서 뭘 하고 있지?"

선배가 정면에서 말을 걸었다.

갑자기 눈앞에 여장한 마초가 나타나면 놀랄 법도 한데……, 남자는 아무런 반응도 보이지 않았다. 게다가 허공을 응시하며 혼자 뭔가 중얼중얼 말하기 시작했다.

수상쩍긴 하지만 어쩌면 약 같은 것과 관련된 수상한 녀석이지 않을까. 로라 선배도 의아한 표정을 지었다.

"잠깐만, 당신 괜찮아?"

로라 선배가 다시 남자에게 말을 걸었지만, 역시 남자는 아무런 반응도 보이지 않고 혼자 중얼중얼 떠들 뿐이었다.

무리라고 생각했는지, 로라 선배는 어깨를 으쓱거리며 이쪽으로 돌아왔다.

"말이 전혀 안 통해. 일단 눈도 마주치지 않고. 완전히 맛이 갔어."

돌아온 로라 선배가 틀렸다는 듯 말했다.

"아무래도 동료도 없는 것 같은데, 일단 여기 혼자 내버려 두는 것도 위험할 것 같으니 지부로 데리고 돌아갈까?"

로라 선배가 말을 잇자 마리아가 큰소리로 말했다.

"하지만 역시 저 남자에게서 무척 위험한 마력이 느껴져요. 그러니 데려가는 역할은 제가 할게요."

"위험하다면 더욱 너에게 맡길 수는 없어."

로라 선배가 엄한 목소리로 대답했지만, 마리아는 고개를 저었다.

"빛의 마력을 지닌 저에게는 효과가 없는 마력이라 괜찮아요. 제가 하게 해주세요."

마리아가 딱 잘라 말했다. 확실히 어둠의 마력은 빛의 마력 보유자인 마리아에게는 효과가 없지만, 저 남자 자체가 어쩐지 위험한 느낌이 들었다.

로라 선배도 나와 똑같은 생각을 한 모양이다.

"그럼 나와 네가 함께 데리고 가는 걸로 하자. 나는 저 남자를 만질 수 없지만, 무슨 짓을 하려고 한다면 그때는 너를 지켜줄게."

로라 선배는 멋지게 선언한 뒤 바위 앞으로 나갔다.

"네."

마리아도 확실하게 고개를 끄덕이며 그 뒤를 따랐다.

"그럼 결정됐네. 듀이, 네이선용 밧줄이 아직 남아 있지? 그걸로 묶지 않을래?"

"아, 네."

밧줄을 손에 든 듀이가 일어나서 로라 선배에게 다가가려 했을 때였다.

고오오오—하고 커다란 소리가 들려오더니 격렬한 바람이 불어왔다.

지금 막 마리아와 로라가 가려던 방향에서 불어 닥친 바람이었다.

너무 거센 강풍이라 나는 무심코 눈을 감았다.

그래도 숨어 있던 바위가 방패 역할을 해준 덕분에 바람의 기세가 상당히 약해졌을 것이다. 바위 밖에 나가 있었더라면 날아갔을지도 모른다.

앗, 그렇다면 마리아와 로라 선배, 듀이는?! 세 사람의 안전이 걱정되어 바위 뒤에서 살펴봤지만, 바람으로 흙먼지가 일어 아무것도 보이지 않는 데다 아무 소리도 들리지 않았다.

아아, 어떻게 된 거야. 다들 괜찮나?

걱정하면서 기다렸더니 잠시 후에 바람이 잦아들었다.

"마리아, 로라 선배, 듀이. 괜찮으세요?"

곧바로 바위에서 뛰쳐나가 세 사람의 모습을 찾았다. 원래 있던 곳에는 보이지 않았다.

역시나 바람에 날려간 건지, 흙먼지가 겨우 가라앉고 나서 주위를 둘러본 나는 좌우 양쪽 끝에서 그들의 모습을 찾을 수 있었다.

듀이와 마리아는 오른쪽, 로라 선배는 왼쪽 끝에 날아가 있었다.

"다들 괜찮으세요?"

다시 한번 각 방향으로 소리를 질렀다.

"괜찮아."

""괜찮아요.""

세 명이 각자 대답했다. 다행이다, 일단은 무사한 모양이다.

안심하며 바람이 불어온 방향을 보니, 방금 전까지 남자가 있던 곳에는 아직도 격렬하게 흙먼지가 날리고 있었다.

대체 무슨 일이 일어난 거지? 뭔가 폭발하기라도 했나?

무슨 일이 일어난 건가 확인하고자 그쪽을 가만히 응시하고 있으려니, 겨우 흙먼지가 가라앉기 시작했다.

그러자 그곳에 큼직한 형태가 보였다.

저게 뭐지? 눈을 비비고 더 자세히 바라보고 있으려니 형체가 선명하게 보였다.

그 모습을 본 나는 숨을 죽이고 눈을 크게 떴다.

흙먼지가 사라진 곳에 나타난 것은——드래곤이었다.

전생에서는 공상 속에서만 존재했던 생물이 거기에 있었다.

커다란 몸과 긴 목, 몸은 비늘에 덮여 있고 등에는 박쥐 같은 날개가 돋아 있었다.

전생에서 본 만화나 영화에 나오는 드래곤과 똑같았다. 상상과 다른 점은 녹색이 아니라 검은색이라는 것이었다.

"……엄청나네."

마법성의 생물 연구실에서 보여준 페가수스 같은 것도 대단하다

싫었지만, 이 크기와 박력을 보니 역시 드래곤은 수준이 다르다는 생각이 들었다.

설마 이 눈으로 드래곤을 볼 날이 올 줄이야. 엄청나다. 나는 그 모습을 뚫어져라 쳐다보았다.

문득 정신을 차리자, 함께 바위 뒤에 있던 사람들과 각자 반대편에 있던 사람들도 다 드래곤을 바라보고 있었다.

"저게 뭐야……."

멍하니 중얼거린 사람은 아마 소라였겠지만, 다들 똑같이 경악한 표정을 짓고 있었다.

다른 사람들도 드래곤을 처음 본 걸까? 그럼 이 세계에서도 역시 꽤 신기한 생물이라는 거겠지?

멍하니 그런 생각을 할 때였다.

"……달아납시다."

하트 선배가 심각한 얼굴로 말하며 일어났다.

달아난다고? 왜?

영문을 몰라 굳어 있으려니 소라가 내 손을 잡아당겼다.

"멍하니 서 있지 마. 빨리 달아나지 않으면 위험하잖아!"

마치 야단을 치는 것처럼 말했다.

아, 그렇구나, 위험하구나. 어렴풋하지만 무슨 말인지 이해하고 일어났다.

앞을 보니 마리아도 일어나서 이쪽으로 돌아오려 하고 있었다.

"일단 출구로 돌아가죠. 따라오세요!"

밧줄에서 풀려난 하트 선배가 지시를 내리며 재빨리 달려가기 시작했다. 출구와는 반대 방향으로…….

"잠깐, 이런 순간에 진심이야? 바보냐고!"

소라가 강하게 혀를 차더니 나에게 "먼저 출구로 가 있어"라는 말을 남기고 다시 길을 잃기 직전인 하트 선배를 쫓아갔다.

소라의 당부를 받아들여 출구로 향하려고 하는데, 뒤쪽에서 다시 커다란 소리가 들려왔다.

쿵 하는 소리에 무심코 뒤를 돌아보자 드래곤이 움직이기 시작했다.

덩치가 큰 것치고는 매끄럽게 움직이는 드래곤이 이쪽에 있는 출구 쪽으로 돌아오려 하는 마리아의 일행 앞으로 이동했다.

그리고 감히 마리아를 향해 앞발을 들어 올렸다.

위험해!!! 순간적으로 그쪽을 향해 달렸지만, 도저히 따라잡을 수 없을 것 같았다.

가장 가까운 거리에 있던 내가 따라잡을 수 없으니 완전 반대편으로 날아간 로라 선배나 엉뚱한 방향으로 달려가던 하트 선배, 그리고 소라 역시 아무것도 할 수 없었다.

"마리아!"

내가 비명을 지르는 것과 동시에 마리아의 앞으로 그녀보다 작은 그림자가 뛰쳐나가 마리아를 옆으로 밀쳤다.

드래곤이 들어 올린 앞발이 그대로 작은 몸을 쳤고, 그 몸은 공중에 떠오르더니 옆에 있는 바위에 부딪혔다.

"듀이!"

이번에는 마리아가 비명을 질렀다.

마리아를 감싸고 드래곤에게 맞아 바위에 부딪힌 듀이는 땅에 곤두박질쳐 축 늘어졌다.

황급히 듀이에게 달려간 마리아가 그를 끌어안자 "윽" 하는 소리가 희미하게 들려왔다. 아무래도 살아 있기는 한 모양이다.

마리아가 곧바로 빛의 마법을 발동시킨 건지 어슴푸레한 빛이 두 사람을 감쌌다.

하지만 어떤 상황인지 이쪽에서는 확실하게 알 수 없었다.

더 가까이……. 그렇게 생각했을 때 다시 드래곤이 움직이기 시작했다.

또 마리아가 있는 곳으로—.

어, 어째서?!

하지만 그걸 눈치채고도 마리아는 움직이지 않았다. 아니, 자력으로 움직이지 못하는 듀이를 끌어안고 있으니 어떻게도 할 수 없어 보였다.

마리아는 듀이를 감싸듯이 끌어안고 강한 눈빛으로 드래곤을 바라보았다.

이대로 가면 두 사람이……. 어떻게든, 어떻게든 해야 한다.

나는 순간적으로 가까이에 떨어져 있던 돌멩이를 주워 드래곤을 향해 던졌다.

오랜 기간에 걸쳐 뱀 장난감을 던지는 훈련을 한 나의 솜씨는 상당했기 때문에 내가 던진 돌은 보란 듯이 드래곤에게 명중했다. 설마 이런 곳에서 그 훈련이 빛을 볼 줄이야. 나는 내심 승리 포즈를 취했다.

드래곤의 몸을 감싼 비늘은 꽤 단단해서 한 번 던진 걸로는 눈치채지 못할지도 모른다고 걱정했지만, 다행히 눈치를 챈 모양이었다. 드래곤의 시선이 마리아에서 나에게로 옮겨왔다.

좋아! 나는 드래곤을 향해 다시 돌을 던져 훌륭하게 명중시키고
는 크게 소리쳤다.

"이쪽으로 와!"

돌 때문인지 비명 때문인지는 모르겠지만, 어찌 됐든 드래곤은
반응을 보이며 이쪽으로 고개를 돌렸다. 그리고 방금 전과 같이 매
끄러운 움직임으로 나를 향해 다가왔다.

일단 마리아에게서 의식을 돌려야 한다는 생각에 무심코 이쪽으
로 부르기는 했지만, 그 후에 어떻게 할지는 전혀 생각하지 않아서
황급히 도망쳤다.

"카타리나 님!"

마리아가 다시 비명을 질렀다.

도망치는 건 상당히 자신이 있는 나였지만, 그래도 드래곤에게서
완전히 도망칠 수는 없었다. 곧바로 벽 쪽에 몰렸다.

일단 주변에 있던 나무 막대를 들고 드래곤에게 겨누었지만, 이
걸로 싸우는 건 아무래도 무리일 것이다. 적어도 검이 있었다면 오
랜 훈련의 성과를 볼 수 있었을지도 모르는데, 유감이다.

눈앞에는 드래곤, 뒤쪽은 막다른 길이라니. 꽤 위험한 상황이다.
게임 II의 파멸 플래그에 걸리기 전에 여기서 끝이 날지도 모른다.

그런 생각을 하다가 주머니가 뜨거워졌다는 걸 알아차렸다.

어라, 이 느낌은 전에도 느껴본 적이 있다. 그때는 거울 비슷한
것이었는데, 이번에는 돋보기가 들어 있었다. 왜 이렇게 뜨거운 걸
까?

설마 돋보기가 빛을 모아서 불이 붙은 건가. 그럼 큰일인데…….

『이름을 불러.』

갑자기 누군가의 목소리가 들려왔다. 낯선 목소리였지만 잘 아는 것 같기도 했다.

『나를 불러.』

너는 누구야?

『내 이름을 불러줘. 내가 구해줄게, 주인님.』

아, 누군지 알았다. 이상하게도 머릿속에 목소리의 주인공이 떠올랐다.

나는 이름을 불렀다—.

"포치!"

그러자 내 그림자가 크게 꿈틀거리더니 어디선가 포치가 나타나……야 하는데, 본 적도 없는 커다란 검은 개가 나타났다. 눈앞에 있는 드래곤과 엇비슷할 정도로 컸다.

이, 이게 대체 뭐야?!

경악하는 나를 향해 커다란 개가 긴 꼬리를 붕붕 흔들었다. 자주 본 적이 있는 동작이었다. 서, 설마.

"포, 포치니?"

개에게 묻자 "웡!" 하고 활기찬 대답이 돌아왔다.

아무래도 거대한 이 개는 내 그림자에 사는 어둠의 사역마, 즉 강아지 포치인 모양이었다.

"포치……, 왜 이렇게 커진 거야. 이러면 이제 정원에서 같이 놀 수가 없잖아."

당황하는 나에게 포치는 평소와 똑같이 꼬리를 살랑살랑 흔들어 보였다. 외모는 거대하고 사나워 보이는 개가 되었지만, 내용물은 내가 아는 포치인 듯했다.

완전히 소외되어 있던 드래곤이 "고오오오" 하고 울었다고 해야 하나, 숨을 내뱉는 소리를 내서 나는 지금의 위태로운 상황을 떠올렸다.

위험하다. 지금은 몸집이 커진 포치와 앞으로 정원에서 놀 수 있을지를 걱정할 때가 아니었다. 이대로 가면 정원에서 놀기는커녕 두 번 다시 집으로 돌아갈 수 없는 사태가 벌어질 것이다.

무시당해서 기분이 나빠진 건지, 드래곤은 마리아에게 그랬듯이 또다시 앞발을 들어 올렸다. 그러자 포치가 나를 감싸듯이 앞으로 슥 나와서 드래곤의 발을 꽉 물었다.

갸오오오오, 하고 드래곤이 비명 같은 소리를 지르며 후퇴했다. 포치는 드래곤에게 으르렁거리며 엄니를 드러냈다.

포치, 대단해! 꽤 하잖아.

하지만 드래곤에게도 자존심이 있는지, 다시 크게 울면서 포치를 향해 엄니를 드러내고 다가왔다.

"포치, 위험해!"

저도 모르게 소리쳤지만, 정작 포치는 당황하는 기색도 없이 옆으로 훌쩍 뛰어 드래곤의 송곳니를 피했다.

다행이라고 안심한 것도 순간이었다. 곧바로 자세를 바로잡은 드래곤이 다시 포치에게 엄니를 드러냈지만, 포치는 역시 옆으로 뛰어 엄니를 피했다. 하지만 그 직후에 드래곤이 두꺼운 꼬리를 휘둘렀다. 갑자기 등 뒤에서 날아온 공격이 포치를 직격했다.

포치가 우오오 하고 비명처럼 외쳤다.

"포, 포치!"

아픈 듯이 얼굴을 찡그리는 포치에게 달려가려 할 때, 드래곤이 아픔에 움직이지 못하는 포치를 향해 다시 엄니를 드러냈다.

포치는 어떻게든 피하려고 했지만, 자세를 바로잡지 않은 탓인지 드래곤의 엄니가 몸뚱이 일부를 스친 모양이었다. 다시 우오오 하고 비명처럼 외쳤다.

이, 이대로 가면 포치가 당할 거야……. 어떻게든 해야 해. 포치를 구해야 해.

나는 다시 돌을 손에 들고 드래곤을 향해 힘껏 던졌다.

"그만해! 포치를 괴롭히지 마!"

그렇게 외치며 손에 잡히는 대로 돌이나 나뭇가지 등을 내던졌다. 아무래도 귀찮다고 생각한 듯, 포치에게 가려던 드래곤이 성가시다는 표정으로 나를 돌아보았다.

그때, 일순간의 빈틈을 노려 포치가 얼른 자세를 바로잡더니 재빠르게 움직여 드래곤의 목덜미를 엄니로 덥석 물었다. 말 그대로 회심의 일격이었다.

갸오오오오오 하고 무시무시한 비명을 지른 드래곤이 그대로 지면에 쓰러졌다. 포치가 결정타를 날리듯 목에 송곳니를 꽉 밀어 넣었다.

드래곤의 몸이 펄쩍 뛰어오르더니, 이윽고 고오오오 하고 크게 숨을 내뱉고는 그대로 움직임을 멈췄다.

해냈어! 포치가 드래곤에게 이겼어!

"대, 대단해, 포치."

나는 이쪽을 향해 마치 정원에서 던져준 나뭇가지를 주워 왔을 때와 마찬가지로 '칭찬해줘, 칭찬해줘' 하고 살랑살랑 꼬리를 흔들고 헥헥거리는 포치를 칭찬하며 코언저리를 쓰다듬었다.

"다친 데는 괜찮아?"

아까 꼬리로 당한 곳과 엄니가 스친 곳을 확인했지만, 상처는 보이지도 않는 데다 포치도 괜찮다는 듯 깡충깡충 움직여 보였다.

다행이다. 괜찮은 모양이다.

"포치, 정말 대단해! 멋있었어."

그렇게 말하며 코언저리를 다시 쓰다듬었다. 사실은 평소처럼 끌어안고 온몸을 쓰다듬어주고 싶었지만 지금의 포치는 너무 크다. 이래서야 더는 끌어안을 수 없다.

그건 그렇고 이제 원래 크기로는 돌아갈 수 없는 걸까?

애초에 이런 크기로 내 그림자 속에 돌아갈 수 있으려나. 만약 그림자로 돌아갈 수 없다면 정원에서 키워야 할지도 모르는데…….안 그래도 정원의 대부분이 밭으로 변해서 어머니가 불평하시는데, 이렇게 거대한 포치까지 정원에서 키울 수 있게 허가해주실까. '주워온 곳에 돌려주고 오렴'이라고 말씀하시면 어쩌지.

그런 생각을 하며 커다랗게 변한 포치를 다시 올려다보려고 했을 때, 쓰러져 있던 드래곤에게서 연기 같은 것이 피어오르고 있다는 걸 깨달았다.

앗, 이거 설마 폭발하는 패턴인가! 순간적으로 당황했지만, 연기와 함께 드래곤은 금세 사라져버렸다.

사라졌어! 뭐야, 어떻게 된 거야! 왜 사라진 거야! 드래곤은 사라지는 생물인 거야?!

경악하는 내 앞에 이번에는 드래곤만큼 커졌던 포치가 원래의 강아지 크기로 스르륵 돌아갔다.

뭐야, 이게. 무슨 일이 일어난 건지 전혀 모르겠어……. 이건 무슨 마법이지?!

순식간에 드래곤이 사라지고 포치는 원래의 사랑스러운 검은 강아지 사이즈로 돌아갔다……. 이게 대체 무슨 원리람……. 아니, 이곳은 마법의 세계다. 이런 불가사의한 일도 분명 흔히 있는 일 중 하나이리라.

일단 내가 지금 할 수 있는 말은.

"포치, 원래 크기로 돌아와서 다행이야! 또 평소처럼 정원에서 놀 수 있겠어."

이제 실컷 포치와 장난칠 수 있다. 그림자에 들어갈 수 있으니 개집도 여전히 필요 없고, 정원에서 키우지 않아도 괜찮을 것이다.

작아진 포치의 머리를 쓱쓱 쓰다듬었다. 포치도 기분 좋아하며 꼬리를 살랑살랑 흔들며 혀를 내밀고 헥헥거렸다. 아무래도 기쁜 모양이다. 그러고는 내 손을 지그시 바라보았다.

앗, 그리고 보니 드래곤에게 던지려고 손에 쥔 나뭇가지를 계속 들고 있었다. 포치의 눈은 나뭇가지를 던져달라고 말하고 있었다. 아아, 나뭇가지 던지기 놀이 말이지!

"알겠어, 포치. 그럼 던질 테니까 물어 와."

내가 나뭇가지를 던지려고 손을 들어 올렸을 때, 누군가가 내 팔을 덥석 잡았다.

"즐거워 보이는데 미안하지만, 잠깐 괜찮겠니?"

어느새 로라 선배가 숨을 헐떡이면서 바로 뒤로 오더니, 무척 복잡한 표정을 지으며 말했다.

"이것저것, 그야말로 이것저것 물어보고 싶은 게 산더미 같지만……. 일단 지금은 다친 데는 없어?"

"아, 네."

포치가 드래곤을 퇴치했기 때문에 나는 전혀 다치지 않았다. 그리고 드래곤과 사투를 벌인 포치 또한 이렇게 작아진 모습에서 확인해 봐도 상처는 보이지 않았다. 분명 마법 나라의 수수께끼일 것이다.

"그래? 그렇다면 다행이야. 그리고 마리아와 듀이도."

"참! 마리아와 듀이."

포치와 나뭇가지 던지기를 하고 있을 상황이 아니었어!

나는 황급히 마리아와 듀이에게 달려갔다. 내가 도착하자 마리아가 말했다.

"카타리나 님, 다친 곳은 없으세요?"

마리아가 새파랗게 질린 얼굴로 물었다.

전혀 다친 곳이 없다고 말하자, 그녀는 안심한 듯한 표정을 지었다.

"듀이의 상태는 어때?"

로라 선배가 마리아에게 안겨 있는 듀이를 들여다보았다. 눈은 감고 있었지만 숨을 잘 쉬고 있었다.

마리아는 감싸듯이 끌어안고 있던 듀이를 로라 선배의 팔에 맡겼다.

"빛의 치유 마법으로 치유했지만, 몸을 상당히 세게 부딪쳐서 정신을 잃었어요. 제대로 의사에게 진찰을 받게 해야 해요."

"알겠어. 여기서 나가면 곧바로 의사에게 봐달라고 하자."

로라 선배가 다부진 팔로 듀이를 안으며 힘차게 고개를 끄덕이자, 마리아는 부탁한다며 고개를 숙였다. 그러나 그녀의 눈에는 불안감이 담겨 있었다. 그녀를 감싸다가 다친 듀이에게 무슨 일이 있으면 어쩌나 걱정하는 것이리라.

마리아는 잠시 고개를 숙인 채 듀이를 보고 있다가, 이윽고 얼굴을 들고 내 쪽으로 성큼성큼 걸어왔다.

뭐지? 뭔가 볼일이라도 있나? 이쪽으로 다가오는 마리아를 바라보고 있었더니, 마리아가 내 앞에 와서 험악한 표정을 지었다. 그리고.

"카타리나 님, 실례를 용서해주세요."

고개를 숙이고 나서 나를 매서운 눈빛으로 바라보았다.

지금까지 마리아가 나를 이런 눈으로 쳐다본 적이 없어서 놀랐다.

앗, 뭐지? 어째서! 당황하는 나를 향해 마리아가 소리쳤다.

"왜 그렇게 무모한 짓을 하신 거예요! 그렇게 자기 쪽으로 불러들이는 건 자살 행위예요! 분명 잘 생각해보지 않으신거죠?!"

마리아는 지금까지 본 적이 없을 만큼 화를 내고 있었다. 그리고 그녀는 나를 무척 잘 알고 있었다.

"그, 그건 그렇지만……, 그대로 있으면 마리아와 듀이가 위험할 거라 생각했더니 순간적으로……."

어떻게든 변명하려고 입을 열었지만, 마리아의 얼굴은 점점 더 험악해졌다.

"구해주신 건 감사해요. 하지만 그렇게 자기 자신을 미끼로 삼다니……. 만약 카타리나 님께 무슨 일이라도 생겼다면……."

마리아는 입을 다물더니 커다란 눈에서 눈물을 뚝뚝 흘리기 시작했다.

"마, 마리아!"

"만약 저 때문에 카타리나 님께⋯⋯, 카타리나 님께 무슨 일이라도 생기면⋯⋯."

마리아는 그 말을 되풀이하면서 계속해서 눈물을 뚝뚝 흘렸다.

맙소사, 상당히 걱정을 끼친 모양이다. 나는 깊이 반성했다.

"걱정을 끼쳐서 미안해, 마리아. 이제 무모한 짓은 하지 않을게."

그렇게 말하며 계속 울고 있는 마리아를 살며시 끌어안았다.

"⋯⋯네."

마리아는 눈이 새빨개져서 내 품에 꽉 매달렸다.

나는 작게 떨면서 눈물을 흘리는 마리아의 등을 쓰다듬었다.

이렇게 걱정을 끼치고 울려서 미안해.

울지 말라며 등을 쓰다듬었더니 마리아의 눈물이 멎었고, 어느새 떨림도 가라앉았다.

그때 바로 옆에서.

"어머, 눈을 떴네."

굵직한 목소리와.

"우와아아아아앗!"

비명이 들려왔다.

깜짝 놀라 그쪽을 쳐다보자 듀이가 눈을 뜬 모양이었다. 그러나 몸은 로라 선배에게 단단히 안겨 있는 상태였다.

아마 눈을 떴더니 여장 마초가 자기를 안은 채 얼굴을 들여다보고 있어서 깜짝 놀라 비명을 지른 것이리라. 그의 심정이 이해가 갔다.

내 품에서 진정을 되찾은 마리아가 듀이에게 달려갔다.

"듀이, 몸은 괜찮아? 어디 아픈 곳은 없고?"

듀이를 들여다본 마리아가 눈물을 글썽이면서 묻자, 듀이는 벌떡 일어나 로라 선배의 품에서 빠져나왔다.

"전혀 아무렇지도 않아요!"

그가 몸을 움직이며 말했다. 그래, 정말 괜찮은 것 같아서 다행이다.

듀이의 상태를 본 마리아가 안심한 듯한 표정을 지었다.

"구해줘서 정말 고마워. 하지만 무리는 하지 마."

마리아가 듀이의 머리를 살며시 쓰다듬었다.

그 순간, 듀이의 얼굴이 새빨갛게 물들었다.

응, 벌써 듀이 소년의 마음은 완전히 마리아의 것이 되어버린 모양이다.

후후후, 틀림없이 첫사랑이겠지ㅡ. 귀여워라ㅡ.

"저기ㅡ, 슬슬 여기서 나가지 않겠어요? 수상쩍은 남자도 벌써 잡았거든요."

어느새 돌아와 있던 미아 선배, 즉 하트 선배가 말했다.

뒤에는 하트 선배와 이어진 밧줄을 쥔 소라가 등에 축 늘어진 남자를 들쳐 메고 서 있었다.

"앗, 소라. 그 남자와 접촉해도 괜찮아?"

아까 마리아가 만지면 위험하다고 했던 것을 기억하고 있었는지 로라 선배가 깜짝 놀라서 소리를 질렀다.

"아ㅡ, 완전히 정신을 잃었으니 괜찮지 않을까요?"

소라가 대답하자, 마리아도 이어서 말했다.

"맞아요. 이제 아까만큼 위험한 기운은 느껴지지 않으니 괜찮을 거예요."

그러자 로라 선배도 "그럼 다행이지만" 하고 안심한 표정을 보였다.

"그럼 여기서 나갑시다. 또 이상한 게 오면 큰일이잖아요."

그렇게 말하며 출구와는 전혀 다른 방향으로 가려고 한 하트 선배는 밧줄을 쥔 소라에게 "이쪽입니다"라는 말을 들으며 끌려갔다. 완전히 후배에게 보살핌을 받고 있었다. 정말 난감한 선배.

"듀이는 몸이 많이 불편하면 내가 안아줄까?"

로라 선배가 듀이에게 친절하게 말을 걸었지만…….

"이제 괜찮으니까 됐습니다."

딱 잘라 거절했다. 눈을 뜨자마자 로라 선배의 얼굴을 클로즈업으로 본 것이 힘들었는지도 모른다. 완고한 태도였다.

출구 쪽으로 걸어가는 도중에는 소라가 "너무 무모하잖아, 바보야"라며 작은 목소리로 혼낸 뒤 머리를 살짝 쥐어박았다. 말투와 대사는 조금 그랬지만, 그의 표정은 진지하게 나를 걱정하고 있었다. 내가 순순히 "미안해"라고 사과하자, "두 번 다시 그러지 마"라며 머리를 쓱쓱 흐트러뜨렸다.

아무래도 모두에게 무척 걱정을 끼친 모양이다. 앞으로는 조심해야지.

그리하여 우리는 동굴에서 나왔다. 동굴 안도 나름대로 밝았지만 역시 숲으로 나오자 햇살이 눈부셨다. 그리고.

"어라, 새가 날고 있네."

동굴에 들어가기 전까지는 한 마리도 없었던 새가 머리 위를 날아다니고 있었다.

어떻게 된 걸까. 신기하게 생각하는 모두에게 마리아가 말했다.

"어쩌면 동물들이 숲에 없었던 건 제가 느낀 위험한 기운 탓이었

을 거예요. 지금은 그 기운이 거의 사라져서 다들 돌아왔는지도 몰
라요."

"위험한 기운이 사라졌다고? 언제?"

로라 선배의 질문에 마리아가 대답했다.

"커다란 생명체가 사라지는 것과 동시에요. 어쩌면 위험한 기운
은 그 생명체에게서 나오고 있었는지도 모르죠."

"그럼 동물들은 그 생명체가 무서워서 숲에서 달아났던 걸까?"

"아마 그럴 거예요."

마리아의 예상은 옳았다.

우리가 숲으로 돌아오고 나서 잠시 후, 대부분의 동물들은 자신
이 살고 있던 숲으로 돌아갔다.

참고로 농작물이 풍부한 밭에 푹 빠져 좀처럼 돌아가지 않는 동
물들은 포치더러 숲으로 쫓아내라고 했다. 하트 선배의 아이디어
였다.

어둠의 마력에 대해 제대로 설명하지 못하는 우리를 대신해 적당
히 보고서를 작성한 것도 하트 선배였다.

실제 현장에서는 도움이 되지 않는 정도가 아니라 심지어 걸리적
거리기 짝이 없는 하트 선배였지만, 사무와 관련된 일에는 믿을 수
없을 만큼 우수했다. 원래 여러 명이 며칠에 걸쳐 처리해야 할 뒷
수습 등을 하루만에 재빨리 정리하고 적절한 지시를 내려 눈 깜박
할 사이에 현장에서 필요한 일을 정리해버렸다.

그리하여 우리는 그 사건으로부터 며칠이 지난 후 마법성에 돌아
가게 되었다.

제5장

새로운 나날의 시작

『─이러한 경위로 이번 임무를 완수했습니다.』

나, 라나 스미스는 개량한 통신기에서 흘러나오는 부하인 가이 앤더슨, 통칭 로라의 보고를 들으며 필사적으로 웃음을 참았다.

내 상태를 깨달은 듯 로라가 말했다.

『웃을 일이 아닙니다. 정말 큰일이었다고요.』

화가 난 목소리였다.

"하지만……, 거대한 생명체에게 돌을 던지고 나무 막대를 겨눈 다니……. 너무 이상하잖아……."

결국 웃음이 터진 나는 참지 못하고 폭소했다.

카타리나 클라에스. 이상한 영애라고는 생각했지만 이 정도일 줄이야. 정말이지 그녀의 에피소드는 나를 질리게 하는 법이 없다.

웃음이 멈출 기미가 전혀 보이지 않는 나에게 질렸는지, 로라가 말했다.

『그럼 대강 보고를 끝냈으니 통신은 이만 실례하겠습니다. 자세한 사항은 마법성에 돌아가서 다시 말씀드리죠. 그때는 그들에 대해 자세히 설명해주세요.』

그렇게 말하고 나서 로라는 통신을 껐다.

로라와 동행한 네이선 하트는 카타리나가 어둠의 사역마를 쓰는 현장을 확실하게 목격했다. 그러니 이쪽으로 돌아오면 어둠의 마력에 대해서도 설명해야만 한다.

로라는 마법성에서도 톱클래스의 마력과 신체 능력을 지녔고, 네이선은 톱클래스의 두뇌와 처리 능력을 지니고 있다.

그렇기 때문에 그들은 이번에 마리아 캠벨과 카타리나 클라에스의 시험 감독으로 임명되었다. 만에 하나 귀중한 빛의 마력 보유자와 공작 영애에게 무슨 일이라도 생기면 무척 곤란해지기 때문이다.

하지만 이번에 벌어진 사건으로 인해 로라와 네이선이 어둠의 마력을 알게 되었으니, 이대로 마법성에서 마리아와 카타리나를 돌보게 하는 것도 가능할지 모른다.

나는 그런 생각을 하며 로라에게 받은 보고서를 옮겨 쓴 종이를 쳐다보았다.

"이건 빠른 시일 내에 제대로 조사해야겠네."

나는 이런 일을 잘하는 파트너에게 당장 조사를 의뢰했다.

의뢰한 지 며칠 후, 마법성의 내 방에서 서류를 정리하고 있는데 문을 노크하는 소리가 들려왔다.

"들어오세요."

그렇게 대답하자 원래 은발인 머리 색을 촌스럽게 바꾸고 변장한 청년 한 명이 들어왔다.

나, 라나 스미스의 표면적인 모습인 스잔나 랜들의 약혼자이자 이 나라의 제1왕자인 제프리 스티아트다.

"여어, 라나. 부탁했던 조사에 진전이 있어서 보고하러 왔어."

제프리가 평소처럼 헤벌쭉 웃으며 말했다.

"미안해. 하지만 일부러 직접 오지 않아도 서류만 가져다주면 됐는데."

나의 말에 제프리가 대답했다.

"아니ㅡ, 오늘은 나의 귀엽고도 귀여운 동생들이 마법성에서 연수를 받는 날이거든. 그걸 보는 김에 이곳에도 들른 것뿐이니 신경 쓰지 않아도 돼."

그가 씨익 웃었다.

아무런 거리낌도 없이 당당하게 동생들을 엿보러 왔다고 단언하는 이 남자는 자기 방 벽에 동생들의 초상화를 빼곡하게 붙여 놓고 넋을 잃고 바라보거나 동생들을 따라다니기 위한 마법 도구를 의뢰하기도 하는 완전한 변태다.

"······그렇구나."

"아니ㅡ, 그런데 내 동생들이 말이야ㅡ."

이대로 가면 변태의 동생 자랑과 주책이 시작되리라는 걸 깨달은 내가 말했다.

"먼저 보고서부터 부탁할게."

내 재촉에 제프리는 조금 불만스럽다는 표정을 지었지만 보고서처럼 보이는 종이를 훑으며 술술 읽기 시작했다.

"어디 보자ㅡ. 네 부하들을 습격한 생물체는 아무래도 '드래곤'이라는 이름의 생물체인 모양이야. 생물 연구소에 확인하러 갔더니 데리어스 부서장이 한 시간 남짓 뜨겁게 말해주더라."

생물 오타쿠 데리어스의 말이라면 틀림없을 것이다.

"드래곤이라. 책에서 본 적은 있지만 실재할 거라고는……. 그런데 부하의 보고에서는 연기가 되어 사라졌다고 적혀 있던데, 그건 어떻게 된 일이야?"

드래곤. 어떤 책에서 환생의 생명체라는 이야기는 읽은 적이 있지만, 연기가 되어 사라진다는 말은 어디에도 적혀 있지 않았다.

"아, 그거 말인데……. 여기서부터는 내 추측이지만, 어쩌면 드래곤이라는 생명체는 카타리나 클라에스가 소유한 어둠의 사역마와 똑같은 게 아니었을까?"

"어둠의 사역마라고? 하지만 상당히 거대했다던데."

"카타리나의 사역마도 거대해졌다면서. 어둠의 사역마는 크기를 바꿀 수 있을지도 몰라."

확실히 가능한 이야기다.

"게다가 네 부하가 연행해 온 의식 없는 수상쩍은 남자 말이야. 쇠약한 느낌을 보면 예전에 키스 클라에스 납치범으로 체포한 그의 이복형제 토머스와 무척 비슷해."

"토머스라니, 어둠의 마력 때문에 생명력을 빼앗긴 남자 말이야?"

"그래, 그 남자. 아픈 곳도 없고 음식과 약을 줬는데도 무슨 일인지 점점 더 쇠약해졌지. 의사가 고개를 갸웃거리더군. 게다가 그 숲 근방에서 도망친 키스 납치 사건의 흑막이자 어둠의 마력 보유자인 사라로 짐작되는 여성의 목격 정보도 들어왔어. 이런 사항들이 이어져 있다고 생각하면, 그 드래곤이라는 생물체는 사라가 만들어낸 어둠의 사역마이지 않을까? 황폐해진 숲에서 사라가 그 사역마를 만들기 위한 작업을 했다든지."

제프리의 추측은 확실히 적확했다.

"그 말이 맞을지도 모르지만 확증이 없어. 붙잡혀온 그 남자가 눈을 뜨면 조금쯤은 뭔가 알 수 있을지도 모르지만 말이야."

"뭐, 어렵겠지. 토머스도 결국에는 살지 못했으니까."

그렇다. 이전에 붙잡은 토머스는 필사적으로 치료했음에도 결국 쇠약해지더니 목숨을 잃었다.

"하지만 이렇게 사라가 만들어낸 사역마도 카타리나 클라에스 양에게 당하고 말았네."

제프리가 쿡쿡 웃었다.

그렇다. 드래곤이라는 생명체는 카타리나가 불러낸 사역마가 쓰러뜨렸다.

최후까지 잘 지켜보고 있던 부하의 말로는 목을 물어뜯겨 숨을 헐떡이다가 호흡을 멈추고 사라졌다고 했으니, 확실히 쓰러뜨린 것이리라.

"그건 그렇고 카타리나 양은 정말 대단해. 어둠의 사역마를 쓰는 것만으로는 만족하지 못하고 거대하게 만들어서 다른 사역마와 싸우게 하다니."

그 말에는 나도 크게 동감했다.

"그래, 맞아. 하지만 본인은 강아지가 그저 조금 커진 것뿐이라고 말하는 모양인데, 아무리 봐도 거대한 늑대의 모습이었대."

부하들은 아무리 봐도 거대하고 사나워 보이는 늑대를 펫 취급하는 카타리나의 모습에 엄청 질렸다고 한다.

"거대한 늑대라―. 한번 보고 싶군. 하지만 왜 갑자기 그런 걸 할 수 있게 된 거야? 여태까지는 그런 걸 못했잖아?"

지금까지 카타리나는 모처럼 부리게 된 어둠의 사역마에게 정원에서 막대기를 주워오게 하는 것 정도밖에 시키지 않았다. 쓰는 방법을 전혀 알지 못했다. 그러니 이번 일은.

"아마 가지고 있던 마법 도구가 영향을 준 거겠지."

"마법 도구?"

"응. 시험을 보러 가기 전에 마음에 드는 걸 가져가라고 잡동사니 창고에서 고르게 했거든. 그랬더니 예전에 카타리나가 샀던 어둠의 도구를 참고해서 만든 어둠의 마력에 영향을 주는 도구를 우연히 골라 갔어. 장난삼아 만든 시제품이었지만 효과가 있었던 것 같아."

　실제로 카타리나는 '가지고 있던 도구가 뜨거워지더니 사역마의 목소리가 들려왔다'라고 말했으니, 그 도구가 어떤 영향을 준 게 분명하다.

"흠—, 그건 참 대단하네. 덤으로 마리아 캠벨도 빛의 마력을 높이는 도구를 가져갔다고 들었는데."

"맞아. 확실히 마리아 캠벨도 우연히 창고에서 그 도구를 가져가 상당히 힘이 증폭한 모양이야."

"대단한 우연이군. 그래서 그 도구는 어떻게 했지?"

"달리 쓸 방법이 거의 없어서 그냥 두 사람한테 줬어."

"오—, 그럼 둘 다 앞으로 증폭된 힘을 유지할 수 있는 것 아냐? 훌륭해. 하지만 우연히 어둠의 마력의 도구를 가져간 카타리나 양과 빛의 마력 도구를 가져간 마리아 양이라……."

　제프리는 무언가를 생각하며 말을 잠시 멈췄다가 다시 입을 열었다.

"이건 우연일까, 아니면 필연일까."

보기 드물게 심각한 표정을 짓는 제프리에게 나는 대꾸할 말을 찾을 수가 없었다.

나 또한 확실히 우연치고는 너무나도……, 라고 생각했기 때문이다.

뭔가 정체를 알 수 없는 것에 휩쓸려 들어가는 듯한 기묘한 느낌이 들었다.

내 이름은 듀이 퍼시다. 경쟁률이 꽹장히 높은 시험에 합격해, 봄부터는 이 나라에서 제일가는 근무처인 마법성에 들어가게 되었다.

이것을 계기로 나는 나고 자란 집에서 나와 마법성 기숙사에 들어갔다. 나름대로 급료를 받을 테니 집에 돈을 부치기는 할 테지만 더 이상 돌아갈 생각은 없었다. 그곳에 좋은 추억은 없으니까.

내가 태어난 집은 꽹장히 가난했다. 아마 마을에서도 가장 가난했을 것이다.

변변치 못한 부모는 애를 잔뜩 낳기만 하고 집안일이나 바깥일을 모조리 다 아이들에게 내던진 채 빈둥거리며 살았다. 집안 살림은 형제들이 벌어온 돈으로 돌아갔다.

아이들에게 노동을 시켰기 때문에 내 형제들은 돈이 거의 들지 않는 학교에 다니지도 못했고, 그래서 제대로 읽고 쓸 수도 없는 상태였다. 그런 상황이라 제대로 된 일자리도 얻지 못해 저임금으로 혹사당했다.

　그렇게 번 얼마 안 되는 임금도 부모가 노는 데 쓰곤 했다.

　다 함께 필사적으로 일해도 가계 상황은 항상 빠듯했고, 우리 형제는 다들 낡아빠진 옷을 입어서 주위의 경멸을 받으며 살아갔다.

　형제들은 그런 상황을 어쩔 수 없다고 받아들이며 살았지만 나는 줄곧 그렇게 사는 건 싫다고 생각했다.

　그때 마리아 캠벨의 소문을 들었다. 이 마을에서 태어난 빛의 마력을 지닌 소녀. 머리가 좋은 그녀는 분명 장래에 마법성에서 일할 만큼 우수한 인물이 될 거라고.

　일상생활 속에 존재하지 않았던 마법성이라는 말. 몰래 조사해 보니 이 나라에서 가장 훌륭한 직장이라고 한다.

　나라에서 제일가는 직장. 만약 그곳에서 일한다면 많은 돈을 받을 수 있을 것이다. 그럼 이제 이런 비참한 생활을 하지 않아도 된다.

　마법성에 들어가려면 강력한 마력을 지니거나 어려운 시험에 합격해야 하는 모양이었다.

　나에게는 마력이 없다. 그렇다면 시험에 합격할 수밖에 없다.

　'일도 제대로 할게'라며 형제들에게 부탁해 어찌어찌 학교에 다닐 수 있었다. 자는 시간을 줄여 집안일을 하고 공부를 했다.

　낡아빠진 옷을 입고 겨우 부탁해서 물려받은 낡아빠진 교과서를 항상 들고 다녔던 나는 학교에서도 모두에게 경멸을 받았다. 엄청나게 괴롭힘을 당할 때도 있었다. 그래도 꾹 참고 견디며 오로지 공부에 힘썼다.

　그러던 어느 날, 마을 외곽에서 소문의 마리아 캠벨이 말을 걸어왔다.

'안녕, 열심히 하는구나'라고 했나, 여하튼 그런 말이었던 것 같다.

빛의 마력을 가지고 태어난 복 받은 소녀 마리아. 나와는 너무나도 다른 존재. 그녀는 불쌍한 어린애를 동정해서 말을 건 게 분명하다. 하지만.

"빛의 마력을 지닌 선택받은 분이 저 같은 건 신경 쓰지 마세요."

나는 꽤나 험악하게 말하며 마리아를 쫓아버렸다. 복 받은 사람의 일시적인 동정은 받아들일 수 없다. 그게 앞으로도 쭉 이어질 거라 오해하면 나중에 괴로워지는 데다 내 몸은 내가 지켜야만 하니까.

그렇게 노력을 거듭한 덕분에 학교를 월반해서 졸업하고, 목표보다 더 빨리 마법성 시험을 칠 수 있었다. 그리고 무사히 합격했다.

이렇게 나의 인생은 바뀌었다.

존댓말과 예의도 나 스스로 공부하고 만반의 준비를 다해 마법성 입성식을 준비했다.

그러나 출근하던 도중에 최연소로 마법성에 합격한 나를 질투한 녀석들이 시비를 걸어온 건 무척 화가 나는 일이었다. 그 때문에 입성식에 참여하지 못했고, 성 안내를 받는 도중에 참가하게 되었다.

그래도 나는 무사히 마법성에 들어왔다. 이곳에서 나의 새로운 인생이 시작되는 것이다. 나는 고조되는 마음으로 마법성 문 안에 들어갔다.

하지만 마법성에서 내가 어린 시절에 강하게 거절했던 마리아를 발견하고 말았다.

마리아를 보면 내가 이곳에 오면서 버리고 온 것들이 떠올라 몹시 불쾌해졌다. 솔직히 관여하고 싶지 않았다.

그러나 마리아는 내 존재를 눈치챈 듯 어쩐지 말을 걸 것처럼 쳐다봤다. 이제 와서 이야기할 것도 없거니와 친하게 지낼 생각도 없었던 나는 마리아의 시선을 무시했다.

앞으로도 그녀와 연관될 생각은 없었다. 그런데 며칠 뒤에 모인 그룹 시험에서 운 나쁘게 같은 반이 되고 말았다. 점점 더 뭔가를 말하고 싶다는 듯이 나를 살피는 마리아의 시선이 성가셔서 견딜 수가 없었다.

게다가 마리아보다 더 마음에 안 든다고 생각했던 인물과도 같은 그룹이 되고 말았다.

그 사람은 카타리나 클라에스라는 공작가의 영애다. 그녀의 신분을 들었을 때는 왜 그런 신분의 영애가 일을 하는 걸까 싶어서 놀랐다.

귀족 영애는 어느 정도 나이가 차면 결혼해서 집안에 있어야 한다고 배웠다.

뭔가 깊은 사정, 그야말로 엄청난 마력을 지니고 있는 건가 싶었지만 아무래도 아닌 듯했다. 소문으로는 결혼하기 전까지 기분 전환을 하기 위해 연줄을 타고 들어왔다고 한다.

그 말을 들었을 때는 분노 때문에 머릿속이 새하얘졌다. 내가 이렇게나 필사적으로 노력해서 얻은 것을 태어난 신분 덕분에 반쯤 노는 기분으로 얻어낸 카타리나가 증오스럽기까지 했다.

그런 상대와 같은 그룹이 되어 함께 여행하게 될 줄은 생각도 못했다. 카타리나와 함께 행동하는 건 마리아가 나를 신경 쓰며 보내는 시선보다 훨씬 더 견딜 수 없는 것이었다.

여행을 할 때도 분명 귀족의 오만함으로 폐를 끼칠 게 틀림없다고 생각했다.

도중에 점심을 먹으러 들어간 식당은 굉장히 가족끼리 경영한다는 느낌이 드는 가게였다. 결코 더럽거나 맛이 없어 보이는 건 아니지만 귀족, 그것도 공작 영애가 식사할 만한 곳은 아니었다.

나온 요리도 지극히 평범한 가정 요리여서 카타리나가 분명 불평할 거라 생각했는데…….

"으―음, 맛있어."

예상과는 달리 카타리나는 무척 맛있다는 듯이 빵을 입에 가득 넣었다.

너무나도 예상 밖의 반응에 무심코 멍하니 그 모습을 바라보았다.

"왜 그래? 너도 먹고 싶어? 하나 먹어도 돼."

내가 먹고 싶어 한다고 생각한 건지, 그녀가 접시를 권했다.

"아, 아뇨. 필요 없어요. ……그런데 클라에스 님도 이런 곳의 요리를 드시는군요."

거절하면서 그렇게 말했다.

"이런 곳의 요리? 여기 요리는 엄청 맛있잖아."

카타리나가 당연하다는 듯이 대꾸했다. 카타리나는 내가 상상했던 귀족이 아닌 걸까…….

접시 위의 요리를 다 먹은 카타리나가 하나 더 시키려고 하는데 마리아와 소라가 필사적으로 그녀를 말렸다. 결과적으로는 그 요리를 선물로 받았다.

그녀는 어쩐지 내가 상상했던 인물상과는 점점 더 멀어지고 있었다.

하지만 오만하지 않고 평민과도 조금 친하게 지낸다고 해서 뭐가 어떻단 말인가. 이 여자는 심심풀이로 연줄을 통해 직장에 놀러 오는 인물이다. 카타리나의 인물상이 흔들릴 때마다 나는 스스로를 타일렀다.

그래서 우연히 둘만 남겨지고 나서 그녀가 '나한테 뭔가 마음에 안 드는 점이라도 있니?'라고 순수한 질문을 했을 때는 무심코 귀족에게 벌을 받을 만한 말을 해버렸다.

아무리 카타리나가 생각보다 오만하지 않고 평민과 친하게 지낸다고 해도 위험한 발언이었다.

말을 하고 난 뒤에 어쩌면 처형당할지도 모른다는 걸 깨달았지만, 한번 입 밖으로 꺼낸 말을 취소할 수는 없었다.

나는 판결을 기다리는 죄수처럼 카타리나의 말을 기다렸으나……, 카타리나는 아무 말도 하지 않고 나를 벌하지도 않았다. 오히려 어색한 표정을 짓고 있어서 어쩐지 복잡한 기분이 들었다.

이윽고 목적지에 도착해서 다 함께 임무 작전을 짜게 되었을 때, 가장 효율적인 방법을 제안했는데도 기각되었다.

특히 카타리나의 미지근한 생각에 짜증이 나서 또 심한 말을 퍼붓고 말았지만, 역시 카타리나는 아무 말도 하지 않았다. 덕분에 뭐라 형언할 수 없는 답답함만 남았다.

그러다가 실제로 현장을 확인하러 갔더니 상상을 뛰어넘는 일이 발생해서 사태가 급변했다.

갑자기 동물들이 늘어났다. 이쪽을 보는 눈이 뭔가를 두려워하는 것처럼 보였다. 어쩐지 신경이 쓰여서 좀처럼 잠이 오지 않았기 때문에 아침 일찍 일어났다.

기분을 전환하고자 밖에 나왔더니 줄곧 피하던 인물이 말을 걸어왔다.

"안녕, 듀이."

마리아 캠벨이었다. 나는 눈살을 찌푸렸다.

"캠벨 씨, 왜 이런 곳에 계세요?"

너무나도 성가시다는 듯이 말했지만, 마리아의 태도는 딱히 달라지지 않았다.

"그게, 아침에 기분 좋게 일어나서 밖에 잠깐 나오고 싶었거든. 그래서 저택 앞에 있다가 우연히 네 모습이 보였는데 뭘 하나 싶어서."

그래서 이렇게 대답했다.

"즉, 저를 따라오셨다는 건가요?"

"……응. 잠시 이야기를 나누고 싶어."

"그래서 무슨 이야기인가요?"

재회한 이후로 굉장히 신경 쓰인다는 듯한 시선으로 쳐다봤잖아. 대체 뭐야, 얼른 이야기하고 가버리라고.

"그게, 우리는 같은 마을에서 자랐는데 그다지 대화를 해본 적이 없잖아. 앞으로 같은 직장에서 일하게 되었으니 더 많이 대화하며 사이좋게 지내자."

마리아가 터무니없는 제안을 했다.

"왜 그런 짓을 해야 하죠? 딱히 직장에서 친한 척을 할 필요는 없잖아요."

　일부러 친한 척을 할 필요는 없다. 나는 혼자 해나가야 하니까, 다른 사람의 힘은 빌릴 수 없다.

　"친한 척이 아니라…… 괴로울 때나 힘들 때 대화를 나눌 수 있는 사람이 있으면 역시 마음이 편해지잖아."

　"그런 건 아무래도 괜찮으니까 내버려두세요. 할 말이 그것뿐이라면 이제 돌아가시죠."

　하지 마, 그런 눈으로 나를 보지 마.

　"그렇지만 듀이, 어쩐지 예전보다 얼굴이 엄해진 것 같은데……."

　성가셔! 이 여자는 도대체 뭐야!

　"당신이 돌아가지 않겠다면 제가 돌아가겠습니다. 그럼 이만."

　"왠지 듀이가 무리하는 것처럼 보여서 그래."

　마리아가 그렇게 외치며 내 옷자락을 잡았지만, 나는 곧바로 손을 뿌리쳤다.

　"하, 거의 면식도 없는 당신이 나의 뭘 안다는 겁니까? 그냥 내버려두세요."

　아무것도 모르면서. 아무리 노력해도 가족은 나를 이해해주지 않았고, 어디에 있어도 경멸을 당해 혼자 견딜 수밖에 없었다. 어렸을 때는 무릎을 끌어안고 혼자 자주 울었다. 어떻게 할 수 없을 만큼 고독했다.

　혼자 할 수밖에 없다. 타인에게는 의지할 수 없다. 내가 여태까지 살아오면서 배운 것이다.

　빛의 마력의 축복을 받아 애지중지 자란 여자가 내 마음을 알 리가 없다. 그러니까 이제 내버려 둬!

나는 마리아를 강하게 거절했다.

그런데도 그녀는 다시 내게 손을 뻗었다.

"……나도 마찬가지니까……."

마리아가 불쑥 중얼거렸다.

빛의 마력을 지닌 마리아가 나와 똑같다니 그럴 리 없다. 그런 생각이 들어서 반박하며 부정하고 싶은 한편, 마리아의 올곧은 눈동자를 보니 그녀의 말이 거짓이 아니라는 걸 알 수 있었다.

"혼자 열심히 해야 한다고 신경을 곤두세우며 무리했어……. 지금의 듀이는 예전의 나와 닮아서 내버려둘 수가 없어."

마리아가 내 손을 잡았다. 그녀의 손은 따뜻했다. 이렇게 누군가가 다정하게 나를 만져준 적은 한 번도 없었다.

"혼자 열심히 하지 말고, 의지해도 괜찮아."

마리아가 무척 다정한 미소를 띠며 말했다.

아무리 괴롭고 힘들어도 아무도 구해주지 않았다.

어린애를 도구로밖에 보지 않는 부모, 그저 살아가는 게 고작인 형제들, 가난하고 너덜너덜한 나를 경시하는 주위 사람들 등 그 누구도 손을 뻗어주지 않았다. 괴롭고 힘들어서 누군가에게 도움을 요청하려고, 구해달라고 말하고 싶어서 뻗은 손은 허공을 휘저을 뿐이었다. 그래서 앞으로는 아무도 찾지 말고 혼자 살아가자고 맹세했다.

그러나 내버려두라고 말하면서도 실은 버려지고 싶지 않았다. 누군가의 다정한 손을 줄곧 바라고 있었다. 그 사실을 지금 깨달았다.

다정한 손이 감싼 곳에서부터 줄곧 나를 덮고 있던 차가운 막 같은 것이 깨져 나가는 느낌이 들었다.

나 스스로도 정말 단순하다고 생각하지만, 나를 감싸는 손과 내가 원했던 말, 그리고 다정한 미소가 꽉 닫혀 있던 나의 무언가를 천천히 열어주는 것 같았다. 그리고 그것은 무척 따뜻하고 기분 좋은 감각이었다.

얕보이면 안 된다. 타인은 다 적이다. 무엇이든 혼자서 어떻게든 해내야 한다. 줄곧 마음을 얽매고 있던 말들이 서서히 풀려나가는 것 같았다.

어느새 마리아의 눈빛이 무척 기분 좋게 느껴졌다.

그리고 저택으로 둘이 함께 돌아가던 중, 나는 아무래도 신경이 쓰였던 것을 마리아에게 물어보았다.

"저, 캠벨 씨는……."

"저기, 듀이. 그냥 마리아라고 불러도 돼. 경칭을 붙일 필요는 없어."

"……아, 네. 마리아."

어쩐지 낯부끄러워서 재빨리 이름을 말하자 마리아는 "후후후" 하고 다정하게 웃었다.

"그런데 저기, 마리아는 왜 클라에스 영애와 친한 건가요?"

여태까지 여행하는 동안 마리아는 카타리나와 무척 사이가 좋아 보였다.

평민이면서 강한 빛의 마력 보유자이기도 한 마리아가 왜 그 여자와 사이가 좋은 건지 의문스러워서 견딜 수 없었다.

"클라에스 영애라는 건 카타리나 님을 말하는 거야?"

"네. 이렇게 말하는 건 조금 그렇지만, 신분도 다르고 마력이 높지도 않다고 들었어요. 애초에 왜 그 사람이 마법성에 있는 건지 모르겠어요."

아무리 그래도 그렇게나 사이가 좋아 보이는 사람에게 '놀러왔다고 생각하는 거 아닌가요?'라는 말까지는 하지 못했지만 의문점을 물어보았다. 그러자 마리아가 대답했다.

"카타리나 님은 정말 대단하고 멋진 분이야. 접하다 보면 분명 알게 될 거야."

어쩐지 마리아가 의미심장하게 미소 지었다.

"……그런가요?"

어쩐지 납득할 수 없는 대답이었지만, 그래도 생긋 웃는 마리아의 모습에 이어서 물어볼 수가 없었다. 그러다가……, 얼마 후에 그 의미를 알게 되었다.

동굴에서 본 적도 없는 거대한 괴물의 습격을 받은 마리아를 감싸다가 부상을 입었다.

머리를 부딪친 듯 의식이 몽롱해진 나에게 마리아가 달려왔다. 그런 그녀를 보고 괴물이 다시 다가왔다. 마리아는 움직이지 못하는 나를 감싸듯이 끌어안았다.

마리아를 구하려고 했는데 오히려 도움을 받은 데다 새로운 위기에 맞닥뜨리게 하다니, 정말 한심하다. 마리아에게 나를 두고 달아나라고 말하고 싶었지만 목소리도 잘 나오지 않았다.

누군가, 누구라도 좋으니 구해줘! 마음속으로 그렇게 외쳤을 때였다.

"이쪽으로 와!"

그렇게 말하며 괴물에게 돌을 던진 사람은 놀랍게도 카타리나였다.

그녀는 우리를 구하기 위해 어떻게든 괴물을 자기 쪽으로 끌어들이더니 괴물을 데리고 필사적으로 달려갔다.

정말 무모하다고 생각했지만 그렇게까지 해서 우리를 구해줬다는 사실이 경악스러웠다.

공작 영애에겐 그저 평민일 뿐인 우리를 위해 저렇게나 필사적으로 자신을 위험에 빠뜨리다니……. 이제는 항복할 수밖에 없었다. 예전처럼 카타리나를 어쩔 도리가 없는 인물이라고 생각할 수 없게 되었다.

아니, 사실은 이미 알고 있었다. 카타리나는 내가 생각했던 것처럼 오만하고 제멋대로인 사람이 아니라는 것을. 그녀는 평민인 우리를 차별하지 않는 다정하고 온화한 인물이라는 사실을……. 알고는 있었지만 뭐든지 가지고 있는 그녀가 부럽고 질투가 나서 보이지 않는 척했다.

「카타리나 님은 정말 대단하고 멋진 분이야. 접하다 보면 분명 알게 될 거야.」

아침에 들었던 마리아의 말이 뇌리를 스쳤고, 나는 의식을 잃었다.

그 후에 눈을 떴을 때는 눈앞에 앤더슨 선배의 얼굴이 있어서 평정심을 조금 잃고 말았다.

그리고 나는 모든 것이 끝났다는 것을 깨달았다. 그 괴물은 카타리나가 쓰러뜨렸다고 한다.

카타리나 클라에스는 결혼하기 전까지 기분 전환을 하기 위해 연줄로 마법성에 들어왔다는 소문은 아무런 근거도 없는 거짓말이었다. 그녀는 그저 실력을 숨기고 있을 뿐이었다.

잘 생각해보면 마리아가 인정하는 여자이니 정말 아무것도 못하는 인물일 리가 없다.

카타리나는 온화한 인격자일 뿐만 아니라 엄청난 실력자이기도 한 것이다.

생각을 크게 고쳐먹은 나는 앞으로 해야만 하는 일이 무엇인지 깨달았다.

◆ ◆ ◆

"그래서 깊이 반성하고 있으니, 지금까지의 무례한 태도를 부디 용서해주세요."

듀이는 그렇게 말하며 깊이 고개를 숙였다. 마을의 사건이 해결되고 뒤처리도 끝나 마법성으로 막 돌아가려는 참이었다.

그때까지 나와 눈을 마주치려고도 하지 않던 듀이가 갑자기 진지한 표정으로 돌격해오더니 '훌륭한 인격자라는 것을 인정하지 않았다'라거나 '진정한 실력도 간파하지 못했다'라는 등, 대체 누구와 관련된 이야기인지 알 수 없는 말을 열렬하게 늘어놓았다.

어쩐지 이야기를 따라잡기가 굉장히 힘들다는 생각이 들었지만, 듀이의 기세에 밀려 얼떨결에 "아, 그래" 하고 대답했다.

그러자 굳어 있던 표정이 안심한 듯 확 풀어졌다. 하지만 듀이는 곧바로 다시 진지한 표정을 지었다.

"그렇다면 저기, 용서해주신다고 했으니 카타리나 님께 이것저것 가르침을 받고 싶습니다만."

듀이가 정중히 고개를 숙이며 말했다.

으음—, 뭐가 뭔지 잘 모르겠지만, 일단 내가 싫지는 않으니 사이 좋게 지내자는 뜻으로 해석하면 되려나. 그건 나도 바라던 바다.

"그래. 앞으로 잘 부탁해."

나는 활기차게 대답했다.

"감사합니다. 잘 부탁드립니다."

듀이가 무척 사랑스러운 미소를 지었다.

지금까지 거의 찡그린 얼굴밖에 보지 못해서 그 미소는 충격적이었다. 과연 공략 캐릭터다. 나에게 쇼타 속성은 없지만 무심코 휘청거릴 뻔했다.

어쨌든 다행이다. 사이가 좋아지면 만에 하나의 경우 이런저런 대책을 생각할 수 있다. 전생의 할머니가 말했던 대로 한 게 정답이었다.

좋아, 앞으로도 파멸 플래그를 회피하기 위해 열심히 해야지!

돌아가는 마차 안에서는 듀이와도 웃는 얼굴로 대화를 나눌 수 있어서 무척 기분이 좋았다.

저녁 무렵에 마법성에 도착하자, 어쩐지 익숙한 친구들의 모습이 보여서 굉장히 놀랐다. 아무래도 오늘 돌아온다는 소식이 마법성에 들어간 건지, 다 같이 마법성에서 우리가 돌아오기를 기다렸다고 한다.

모두가 어서 오라며 맞이해주자 왠지 돌아왔다는 느낌이 엄청나게 들어서 굉장히 기뻤다.

먼저 같은 반 사람들과 이번에 우리 반을 담당한 상사인(듯한) 라나에게 귀환 인사를 한 뒤 간단하게 보고했다. 더 자세히 보고할 게 있다는 선배들과 거기서 헤어진 뒤 자기 부서로 한번 돌아가야 한다는 소라와도 헤어졌다. 일단 당분간은 안정을 취해야 한다는 의사의 말을 들은 뒤이도 먼저 집에 보냈다. 나와 마리아는 마법성의 방을 빌려 우리를 기다리고 있던 친구들과 이야기를 나누었다.

벌써 저녁 때가 가까워졌지만 오랜만에 만난 친구들과 조금 더 함께 있고 싶었다.

"다친 곳은 없으세요?"

"만에 하나의 경우를 대비해 약 상자를 가져왔어요."

소피아와 메리가 걱정해주었다.

"괜찮아. 긁힌 상처 하나 없으니까. 이거 봐봐."

나는 팔을 걷고 치마도 걷어서 보여주려고 했다.

"앗. 누나, 무슨 짓을 하려는 거야. 그러면 안 돼!"

"이봐, 여자로서 그건 좀 그렇잖아!"

험악한 표정의 키스와 얼굴을 새빨갛게 붉힌 앨런이 엄청나게 화를 냈다. 아니, 잠깐만. 무릎까지 보여주려고 한 것뿐인데 아무리 나라도 팬티가 보일 정도로는 걷지 않는다고. 하지만 그렇게 반론하면 또 혼이 날 것만 같아서 일단 "네, 죄송합니다"라고 사과했다.

"뭐, 다친 곳이 없다니 정말 다행입니다. 그건 그렇고 처음부터 숙박해야 하는 임무를 하다니 힘들었겠네요. 어떤 임무였죠?"

디올드의 질문에 나는 자랑스럽게 대답했다.

"너구리 퇴치부터 시작해 드래곤을 퇴치하는 임무였어요."

엄청나지? 에헤헤. 그렇게 말하며 가슴을 펴고 모두가 칭찬해주길 기다렸는데……. 어쩐지 다들 굳은 채로 아무런 대꾸도 하지 않았다. 어라, 왜지? 어째서?

"……너구리는 그렇다 치고, 드래곤이라는 건 거대한 도마뱀에 날개가 달린 듯한 그걸 말하는 거야?"

잠시 후에 니콜이 입을 열었다. 평소와 다를 바 없이 무표정했지만, 왠지 조금 당황한 듯한 느낌도 들었다.

"앗, 아, 네. 그 커다랗고 날아다니는 도마뱀 같은 거요."

어라, 혹시 다들 드래곤을 모르나? 그러고 보니 여행 멤버도 드래곤을 보고 놀랐으니까, 역시 흔한 게 아닌 걸까?

"혹시 희귀한 건가요?"

"희귀하다고 해야 하나, 그런 게 정말 존재했던 거야……?"

내 질문에 어쩐지 앨런이 믿을 수 없다는 느낌으로 대꾸했다.

"나도 도감에서는 본 적이 있는데, 거의 상상 속의 생물일 거라 생각했어."

니콜 또한 그렇게 말했다.

흐음, 이곳은 마법을 쓸 수 있는 나라니까 드래곤 정도는 평범하게 볼 수 있는 것일지도 모른다고 생각했는데, 그렇지도 않았구나.

"아―, 엄청 믿지 못할 일이긴 한데, 누나라면 가능할지도 모른다는 생각이 드는 게 무서워……. 게다가 그 드래곤은 어떻게 쓰러뜨린 거야?"

키스가 어쩐지 먼눈을 하고 물었다.

"아, 응. 그건 이만큼 커진 포치가 얍, 으랏차 하고 싸워서 훌륭하게 쓰러뜨렸어."

나는 물어봐줘서 고맙다고 하며 손짓 몸짓을 곁들여 포치의 활약을 이야기했다. 그런데……, 또 대답이 곧바로 돌아오지 않았다.

"음, 그러니까 카타리나. 포치는 당신의 그림자에 있는 어둠의 사역마를 말하는 거지요? 그게 커졌다는 건 무슨 뜻이죠?"

잠시 후에 디올드가 살짝 굳은 미소를 지으며 물었다.

"잘은 모르겠지만 빌려 간 마법 도구의 영향을 받은 것 같아요. 두둥 하고 드래곤만큼 커졌거든요."

창고에서 발견한 돋보기는 아무래도 어둠의 마력과 관련된 도구였던 모양이다. 포치가 커진 건 그것과 관련이 있다고 한다. 딱히 쓸 만한 사람도 없다고 해서 받아오긴 했지만 어디에 쓰면 좋을까. 정원에서 포치를 그렇게나 크게 만들면 어머니께 혼이 날 테니 당분간은 그냥 가지고 있어야만 할 것 같다.

참고로 마리아가 창고에서 찾아낸 건 빛의 마력을 높여주는 도구였다고 한다. 그래서 어둠의 기운을 느끼는 힘이 증폭된 듯했다. 마리아도 그 도구를 받았다.

그러나 내 도구는 촌스러운 돋보기인 데다 포치의 거대화밖에 할 수 없는 반면, 마리아의 도구는 귀여운 금색 팔찌이고 마력이 증가한다. 정말이지 굉장히 차이가 컸다. 이게 바로 히로인과 악역의 차이인 걸까⋯⋯. 나도 최소한 액세서리였으면 좋았을 텐데.

"⋯⋯뭐, 대충 알겠습니다. 대충은요."

디올드가 무언가를 포기했다는 듯한 표정으로 말했다.

"그럼 포치가 드래곤을 쓰러뜨렸다는 말은 즉, 누나에게 위험한 일은 없었다는 이야기지?"

키스가 확인하듯이 물었다.

"물론이지." "무척 위험했어요."

그렇게 대답하는 내 목소리에 마리아의 목소리가 겹쳐졌다.

"카타리나 님은 드래곤이라는 생명체로부터 우리를 지키기 위해 돌을 던지며 자기 쪽으로 유인하셨어요. 우연히 포치가 나타나서 살았지만 정말 위험했어요. 우리를 위해 그러셨다는 건 알지만, 정말로 저는……."

그때의 일이 떠오른 건지 마리아는 어쩐지 또 울 것 같은 표정을 지었다.

그 말을 들은 모두의 얼굴이 싹 달라졌다.

자세히 말해보라고 재촉당한 마리아는 사건에 대해 상세하게 들려주었다. 그야말로 나무 막대기를 들고 맞선 일이나 포치를 구하기 위해 다시 드래곤에게 도전한 것까지.

이야기가 진행될수록 모두의 얼굴이 험악해졌다.

"저, 그게, 마리아 쪽이 정말로 위험했거든. 그래서 순간적으로 그랬던 거야. 하지만 결과적으로는 괜찮으니까 문제없잖아."

필사적으로 변명했지만…….

"누나, 내가 그렇게나 신신당부했는데……."

키스의 말을 시작으로 결국 모두에게 잔소리를 들었다.

아니, 그렇게나 위험한 짓을 해서 걱정을 끼쳤으니 어쩔 수 없긴 하지만…….

그 후 앞으로는 절대로 무모한 짓을 하지 않겠다고 굳게 약속했다.

정신을 차리고 보니 해가 완전히 저물었고, 나는 키스와 함께 이틀 만에 집으로 돌아갔다.

집에 돌아오니 연일 익숙하지 않은 임무를 하느라 피곤했는지 금방 잠들었다.

아침에 앤이 두들겨 깨웠을 때는 곧바로 마법성에 가야만 하는 시간이었다. 앤의 말로는 몇 번이나 깨웠지만 전혀 일어나지 않았다고 한다.

황급히 준비를 마친 나는 마법성으로 향했다. 오늘은 드디어 근무 부서가 발표된다.

어디에 배정될까. 마리아와 같은 곳으로 갈 수 있을까.

안절부절못하며 마법성에 도착하자, 지난번과 마찬가지로 강당에 집합하라고 했다. 아무래도 그곳에서 발표하는 모양이다.

강당까지 타박타박 걸어가고 있을 때였다.

"카타리나 님, 안녕하세요."

귀여운 말소리가 들려와서 뒤를 돌아보니 소피아가 짐을 운반하고 있었다.

"안녕. 소피아는 오늘도 일손을 도와주러 온 거야?"

어제도 마법성에서 나를 기다리는 동안 일을 도왔다고 하니, 소피아는 연속 출근을 한 셈이다. 매일 있는 건 아니라고 들었지만 연달아서 잘 알고 있는 친구와 만나니 기쁘다.

"네. 오늘은 오라버니도 이곳에 용건이 있어서 같이 왔어요. 하지만 이렇게 이틀 연속으로 카타리나 님과 만날 수 있을 거라고는 생각도 못 했는데, 굉장히 기뻐요."

"나도 소피아와 만나서 기뻐. 학교에 있을 땐 거의 매일 얼굴을 봤는데, 일하기 시작한 뒤로는 좀처럼 만날 수 없게 되어서 쓸쓸하네."

그렇게 말하자 소피아도 고개를 크게 끄덕였다.

"저도 그래요! 휴일에는 꼭 놀러오세요. 엄선한 소설을 준비해 놓을게요!"

"고마워."

소피아의 호의를 받아들여 다음 휴일에는 놀러 가볼까. 추천해주는 로맨스 소설도 또 빌리고 싶고……. 음, 소피아, 로맨스 소설. 뭔가 중요한 걸 잊은 듯한……. 아, 책에 끼워져 있었던 여성향 게임의 메모!

엄청난 걸 발견해서 책의 주인인 소피아에게 먼저 확인해 봐야겠다고 생각했는데, 그 후에 이런저런 일이 너무 많이 발생해서 완전히 잊고 있었다! 지금이 기회야! 다행히 메모는 직장에 들고 오는 가방 안에 그대로 넣어두었다. 나는 가방 속을 부스럭부스럭 뒤져서 그 메모를 꺼냈다.

"저, 저기, 소피아에게 묻고 싶은 게 있는데."

"뭔가요?"

"소피아에게 빌린 소설 속에 이런 메모가 끼워져 있었거든. 혹시 뭔지 알아?"

나는 그렇게 말하며 여성향 게임의 메모를 펼쳐 소피아에게 내밀었다. 소피아는 메모를 들여다보며 신기하다는 표정을 지었다.

"저, 이건 문자인가요?"

"응?"

"이국의 글자예요?"

고개를 갸웃거리는 소피아의 옆에서 다시 한번 메모를 들여다본 나는 그제야 깨달았다.

그 메모는 이 나라의 글자가 아니라 내가 전생에서 썼던 일본어로 적혀 있었다.

전생의 기억이 확실하게 남아 있는 나는 그냥 읽을 수 있어서 전혀 눈치채지 못했다. 생각지도 못한 전개다.

메모가 일본어로 적혀 있는 걸 보면 이 메모를 쓴 사람도 일본인일 것이다. 즉, 나와 마찬가지로 환생한 사람이라는 뜻인가? 혹시 이곳에 나처럼 환생한 사람이 있는 건가!

"저기, 카타리나 님?"

소피아가 완전히 굳어버린 나를 걱정스럽게 들여다보았다.

"아, 그게, 조금 혼란스러워서. 소피아는 이런 메모를 본 적이 없어?"

"네, 처음 봤어요."

아무래도 소피아는 전혀 모르는 듯했다. 하지만 그렇다면 이 메모는 어디에서 누가 넣은 걸까. 안 그래도 한 번 잃어버렸다가 다시 찾은 내력이 있으니까.

성에서 주워준 사람인가? 아니면 관리해준 사람? 그러나 누구든지 확인할 수 있게끔 되어 있었다고 하니, 누가 이 책에 손을 댔는지는 특정할 수 없다. 일단 짐을 가져온 디올드에게도 확인해보자. 그렇게 고뇌하고 있을 때였다.

"카타리나 님, 다들 벌써 모여 있습니다."

강당 쪽에서 마리아와 소라가 나를 부르러 왔다. 안 그래도 조금 늦었는데 이렇게 샛길로 샜더니 완전히 지각한 모양이다.

큰일이다. 메모에 대해서도 확인해봐야 하지만, 일단 강당에 가야 해!

"소피아, 휴일에는 꼭 놀러 갈게."

"앗, 네."

나는 소피아에게 그 말을 남긴 뒤, 마리아와 함께 서둘러 강당으로 향했다.

메모에 대해서는 디올드나 성의 하인들에게 다시 확인해 봐야겠어.

강당에 도착하니 신입들이 벌써 다 모여 줄을 서 있었다. 나도 재빨리 줄에 들어갔다.

부서 발표가 시작되었다. 대표로 짐작되는 인물이 부서와 이름을 읽어 내렸다.

"마력 · 마법 연구실. 마리아 캠벨, 듀이 퍼시."

아무래도 마리아와 듀이는 같은 부서인 모양이다. 상사는 사이러스 랜체스터다. 그리고 마침내 내 이름도 불렸다.

"마법 도구 연구실. 카타리나 클라에스, 소라 스미스."

그렇게 호명했을 때, 어쩐지 순간적으로 주변이 웅성거렸다. 어라, 왜지?

안타깝게도 마리아와는 같은 부서가 되지 못했지만, 소라가 있어서 조금 든든하네.

이름을 다 호명한 후에는 각 부서의 톱이 신입을 맞이하러 왔다.

마리아에게 사이러스가 다가가는 모습이 보였다.

그리고 내게는.

"안녕, 카타리나 양. 우리 부서에 잘 왔어."

수수한 갈색 머리와 푸른 눈의 여성(그 외에도 다양한 모습을 가지고 있다는 변장의 프로)인 라나 스미스가 데리러 왔다. 마법 도구 연구실은 라나의 부서였던 모양이다.

깜짝 놀란 나에게 소라가 "아니, 도구를 잔뜩 빌려줬잖아. 눈치 좀 채"라고 작은 목소리로 핀잔을 주었다.

뭐, 그러고 보니 그렇네.

나와 소라는 라나를 따라 마법 도구 연구실로 향했다.

요전에 갔던 창고 근처였다.

"자, 들어가렴."

라나의 권유에 두근거리며 첫 직장에 발을 들이자 그곳에는…….

"어머, 카타리나잖아. 어서 와."

"이 부서로 왔군요."

"오오, 그대는 그때 그."

"어서 와."

근육질 여장 마초, 병적인 미아 체질, 눈이 반짝거리는 화려한 의상 차림의 나르시시스트, 인형으로밖에 대화하지 못하는 언니 등 괴짜들이 다 모여 있었다.

그것만으로도 경악스러운데 그 뒤에는 수상쩍게 웃으며 연기가 나는 비커 비슷한 걸 휘젓고 있는 매드 사이언티스트 같은 인물과 어쩐지 한쪽 손에 덤벨 같은 걸 올렸다 내렸다 하며 일하는 인물이 있는 등 제대로 된 사람이 보이지 않았다. 게다가 한가운데에 있는 서류 속에서 손만 나와 있는데, 저건 서류에 파묻혀 있는 걸까? 괜찮나?

입을 떡 벌리고 굳어버린 나에게 소라가 속삭였다.

"듣자 하니 라나 님이 특이한 녀석들만 모아와서 이렇게 됐대. 참고로 몇 년 동안이나 신입이 가고 싶지 않은 부서 넘버원이었다더라."

아, 생물 연구실에서 들었던 말이네. 넘버원이 바로 여기였구나……

"소라는 이미 견습으로 들어와 있었으니까 알지? 이쪽은 오늘부터 우리 동료가 된 카타리나 클라에스야. 다들 사이좋게 지내도록."

라나가 마치 초등학교 전학생을 소개하듯이 소개해주었다.

다들 "네—." 하고 대답했지만……, 앞으로 여성향 게임의 파멸 플래그를 뛰어넘어야 하는데 설마 이렇게 이상한 사람들만 모인 곳에 배정될 줄이야. 앞날이 불안하다.

"이렇게 이상한 사람들 속에서 잘 해나갈 수 있을까."

작게 중얼거린 말이 소라에게 들린 건지 그가 "아니, 너라면 충분히 해나갈 수 있어. 오히려 이상한 사람들 사이에서도 이길 수 있을 것 같은데"라고 속삭였지만, 공교롭게도 그 목소리는 내 귀에 들어오지 않았다.

그리하여 앞날이 다난한 나의 새로운 생활이 시작되었다.

"음—. 이 타르트, 엄청 맛있네요."

성의 손님방에서 나는 참을 수 없을 정도로 맛있는 타르트를 입에 한가득 집어넣었다.

"다행이네요. 카타리나를 위해 평판이 좋은 가게의 것으로 준비했습니다."

내 눈앞에 앉은 금발 벽안의 왕자님이 미소를 지으며 말했다.

"우물우물우물……. 감사합니다. 아, 그쪽에 있는 쿠키도 먹어도 되나요?"

타르트를 삼키고 고마움을 표한 뒤 다음 음식을 겨냥했다.

"드세요. 당신을 위해 준비했으니 원하는 만큼 먹고 가시죠."

미소를 띤 채 일단 말을 끊은 디올드가 다시 이어 말했다.

"그건 그렇고 다른 분들은 왜 오신 겁니까? 제가 차를 마시자고 초대한 사람은 약혼자인 카타리나뿐인데요."

그는 나와 함께 테이블 앞에 앉아 있는 키스와 메리, 앨런, 소피아, 니콜, 그리고 마리아를 쳐다보았다.

"누나가 가는 다과회에는 기본적으로 동행하라고 부모님께서 말씀하셔서요."

키스가 웃는 얼굴로 대답하자 메리 또한 미소를 지었다.

"어머, 모처럼 하는 다과회인데 인원이 많은 편이 더 즐겁잖아요. 그렇죠? 앨런 님."

"그래, 그렇지."

메리에게 동의하긴 했지만 어쩐지 앨런의 시선은 디올드를 피하는 듯했다.

그런 앨런의 모습에 디올드는 "정보원은 앨런이었습니까?" 하고 조용히 중얼거리며 어두운 미소를 지었다. 앨런은 그 모습을 보고 몸을 움찔 떨었다.

"뭐, 확실히 사람이 많은 편이 떠들썩해서 좋잖아. 그건 그렇고 디올드나 앨런은 성에서 하는 파티 준비는 어때? 얼마 안 남지 않았어?"

어쩐지 불온해질 것 같았던 분위기를 깨부수듯이 니콜이 말했다.

"네. 의상 맞추기나 절차, 내빈 등에 대한 정보 공유도 끝났으니 우리가 할 일은 이제 거의 없습니다."

아직 뭐라 말할 수 없는 어두운 미소를 띤 채 디올드가 니콜에게 대답했다.

"그렇구나. 그럼 다행이지만. 규모가 상당히 크다는 이야기를 들어서 준비하는 것도 꽤 힘들 거라고 생각했거든."

"네. 무슨 일인지 첫째 형님이 솔선해서 지휘하며 상당히 규모를 키우고 있어요."

디올드가 어쩐지 성가시다는 듯 말했다.

파티의 주역인 당사자의 입장에서는 규모가 커지면 커질수록 힘들 것이다. 그의 심정은 잘 알겠다.

그러나 나는 대규모 파티가 기대되어서 견딜 수가 없었다. 성에서 열리는 왕자님들의 졸업 파티이니, 훌륭한 요리가 나올 게 틀림없기 때문이다.

열다섯 살 때 열린 성인식 파티 때도 맛있는 음식이 잔뜩 있었으니까―. 이번에는 어떤 게 나오려나―.

"……그래서 멀리서 오는 분이나 가까운 사람에게 제안하고 있는데, 카타리나도 어떤가요?"

"앗, 네."

머릿속에 성의 음식들이 꽉 차서 디올드의 이야기를 전혀 듣고 있지 않았지만, 그의 물음에 저도 모르게 대답해버렸다.

그러자 어쩐지 모두의 분위기가 팽팽해진 것 같은 느낌이 들었다.

음, 이 미묘한 느낌은 뭘까.

"누나, 제대로 듣고 있었어?"

키스가 왠지 엄한 표정을 지으며 물었다.

"아, 그게, 으음―."

"……보시는 대로 누나는 이야기를 제대로 듣지 않았던 모양입니다, 디올드 님. 방금 전에 누나가 한 대답은 무효로 처리해주시기 바랍니다."

"확실히 정신이 조금 팔려 있었던 것 같네요. 그럼 다시 초대해보죠. 카타리나, 파티를 하는 날 밤에 그대로 성에서 자고 가지 않겠어요? 야식으로는 엄선한 과자가, 조식으로는 진미가 나옵니다."

"네, 자고 갈게요!"

디올드의 매혹적인 권유에 곧바로 대답했다. 성의 야식으로 과자가 나오고 조식은 진미라니, 꼭 반드시 맛봐야 한다.

"……그렇다면 저도 함께 묵겠습니다. 누나 혼자 성에서 외박하는 건 클라에스가에서 허가하지 않을 테니까요."

키스가 크게 한숨을 내쉬며 말했다. 실로 있을 법한 일이다.

"괜찮습니다, 키스. 성에는 약혼자인 제가 있으니 문제없을 거예요."

"아닙니다. 그럴 수는 없어요."

"하지만 가끔은 약혼자와의 친목을 돈독히 다져야 하니까요."

두 사람은 서로 웃는 얼굴로 말을 주고받았다.

"어머. 약혼자와 친목을 돈독히 다진다니, 좋네요."

메리가 생긋 미소 지으며 끼어들었다.

"그럼 앨런 님, 저도 파티 날 성에서 묵게 해주시지 않겠어요? 저희도 친목을 쌓아야죠."

"앗, 메리, 갑자기 무슨……."

"괜찮으시죠?"

"……알겠어."

앨런이 뭐라 말할 수 없는 얼굴로 고개를 끄덕이자, 소피아가 "좋겠다—." 하고 작게 중얼거렸다.

"다들 묵는다면 모처럼의 기회이니 우리도 묵을까? 때마침 아버지도 파티 당일은 바빠서 그대로 성에 묵는다고 하셨으니까, 우리 몫의 방도 준비해달라고 부탁해보자."

그러자 동생을 사랑하는 오빠인 니콜이 곧장 그런 제안을 했다.

"그래도 괜찮아요? 고마워요, 오라버니."

소피아가 눈을 빛냈다. 표정으로 드러나지는 않았지만 동생의 모습을 보는 니콜도 만족스러워하는 분위기였다.

오오, 다 함께 묵는구나. 기대된다. 하지만 그렇다면…….

"물론 마리아의 방도 부탁해둘 테니까 안심해."

니콜이 혼자 풀이 죽어 있는 마리아에게 말했다.

과연 니콜 오빠, 눈치가 굉장히 빠르다.

다행이야. 이제 정말 다 함께 묵겠구나.

"······알겠습니다. 일단 파티 날에는 모두 성에서 숙박할 예정이라는 거군요."

디올드가 깊은 한숨을 내쉬더니 말을 이었다.

"그럼 파티가 끝난 뒤에는 다들 준비된 방에서 푹 쉬며 피로를 푸십시오."

"어머, 디올드 님, 모처럼 다 함께 묵으니까 당장 방에서 쉬면 아깝잖아요. 여자들끼리 모여서 밤의 다과회라도 하는 건 어떨까요?"

그때 메리가 무척 근사한 제안을 했다. 여자들끼리 밤에 다과회라. 그 말은 즉.

"여자들 모임! 멋있다."

내가 소리를 지르자 메리가 눈을 휘둥그레 떴다.

"여자들 모임이라니, 무슨 뜻이에요?"

으음一, 여자들 모임은 그러니까. 뭐, 대충 말하면 되나.

"여자들끼리 모여서 밤새 이야기하는 멋진 모임이야."

그렇게 말하니 메리는 물론이고 소피아나 마리아도 눈을 반짝이면서 "재밌겠네요" 하고 단번에 의욕을 보였다.

전생에서는 친구 집에서 묵으며 밤새 (오타쿠 이야기로) 떠들곤 했지만, 이번 생에는 그렇게 해본 적이 없어서 굉장히 기대가 되었다.

"그럼 몇 시쯤 할까요? 어떤 걸 가져오실 거예요?"라며 신나게 떠들던 우리는 그 옆에서 디올드가 메리에게 "메리 양, 앨런과 친목을 도모하기 위해 묵을 거라고 말씀하시지 않았나요? 밤에 여성들끼리 모이면 의미가 없지 않습니까"라고 물은 것과 메리가 "어머, 그랬나요?" 하고 우아하게 미소 지으며 넘겼다는 걸 눈치채지 못했다.

그리하여 성의 졸업 파티 날 우리는 밤에 여자들끼리 모임을 갖기로 했다.

파티의 즐거움이 또 늘어서 그날이 엄청 기대되었다.

◆ ◆ ◆

나, 디올드 스티아트는 성을 떠나는 카타리나 일행을 배웅하고 방으로 돌아가고자 복도를 걷고 있었다.

카타리나 일행을 배웅한 뒤에 동생인 앨런을 조금 괴롭혀주려고 했는데, 눈치가 빠른 그는 재빨리 달아났다.

일부러 쫓아갈 마음도 들지 않아서 일단 오늘 괴롭히는 건 미루기로 했다.

뭐, 앨런에게서 정보가 새어 나가지 않았더라도 메리에게 걸리면 오늘 일은 간단하게 조사했을 가능성이 크지만.

게다가 오늘은 키스도 클라에스 공작과 함께 업무를 보러 나갈 예정이었는데 아무렇지 않게 카타리나를 쫓아왔다. 어떻게 된 걸까. 이 부분은 확인해볼 필요가 있을 것 같다.

그건 그렇고 아주 보기 좋게 일이 잘 풀리지 않았다.

카타리나만 불러서 단둘이 차를 마시려고 했는데 다 같이 총출동해서 따라온 걸 보고 이제 무리일 거라 예상하긴 했지만.

하지만 일단 카타리나를 파티 당일에 성에서 묵게 하는 것은 성공했으니, 이제 둘만 남아 있을 기회를 어떻게 만들지 모색해보자.

상당히 어려울 것 같지만……. 카타리나 본인만 있다면 간단한 일인데 주변의 가드가 굉장히 강하다.

그러고 보니 카타리나는 정말이지 여전히 무방비하다. 내가 권하긴 했지만 그렇게 간단히 받아들일 줄이야…….

처음 만난 여덟 살 때라면 그렇다 쳐도, 그 후로 10년이 지나 열여덟 살이 된 어엿한 영애가 집(정확히 말하자면 성이지만)에 묵고 가라는 약혼자의 말에 그렇게 금세 고개를 끄덕이다니.

그녀를 모르는 사람이라면 굉장히 적극적인 여성이라 생각할지도 모르지만……, 그녀는 그저 아무런 생각도 안 하는 것뿐이다.

애초에 카타리나는 자신이 묘령의 여성이라는 의식 자체가 무척 낮은 듯했다.

이렇게 적극적으로 다가가는 나에게도 저런 행동을 하는 걸 보면 아마 다른 남자들에게는 더욱 무방비할 것이다.

특히 완전히 신뢰해서 방심하고 있는 의붓동생 키스의 앞에서는 어떤 모습을 보일지 알 수 없다. 그런 생각을 하니 굉장히 화가 났다.

얼른 내 것으로 만들고 싶다. 그렇게 무방비하고 사랑스러운 모습을 보는 사람은 나뿐이었으면 했다.

실은 마법 학교를 졸업하면 그대로 내 것으로 만들려고 했는데 이런저런 사정이 겹쳐서 실행할 수가 없었다. 그래서 마음이 더욱 어수선했다.

"그리고 그 부분은 더 매끄러운 것으로―."

늘 그렇듯 얼굴에 웃음을 띤 채 내심 짜증을 내며 복도를 걷고 있는데 그런 목소리가 들려왔다. 소리가 들려온 쪽으로 시선을 돌리자, 큰형인 제프리가 즐겁게 파티를 준비하고 있었다.

왜 저렇게 기쁘다는 듯이 하인이 준비하는 내부 장식까지 체크하고 있는지 의아했지만, 내 모습을 들키면 또 귀찮은 일이 생길 것만 같아서 들키지 않도록 얼른 지나쳤다.

겨우 들키지 않을 만한 부근까지 오자, 뭐라 형언할 수 없는 경박한 형의 얼굴에 한층 더 짜증이 솟구쳤다.

카타리나를 당장 내 것으로 만들지 못하는 이유는 저 형의 탓이 크기도 하다.

큰형인 제프리는 약혼하기는 했지만 약혼자와 전혀 정식 결혼을 하려 하지 않는다. 사이가 나쁜 건 아닌 듯하지만, 요리조리 핑계를 대며 결혼을 미루고 있다고 한다. 나이도 나이이고 왕위를 얻기 위해서는 후계자도 필요하니 얼른 결혼하라고 주위에서 재촉해도 전혀 듣지 않았다.

큰형이 결혼하지 않으니 쓸데없이 고지식하고 지나치게 성실한 작은형은 큰형을 배려해서 아직도 결혼하지 않았다(이쪽은 큰형만 결혼하면 당장 결혼하고 싶어 하는 사이인 듯하지만).

그런데 두 형을 제치고 내가 먼저 결혼이라도 한다면, 주위에서 '제3왕자도 본격적으로 왕위 경쟁에 참여하는 것이다'라며 떠들어 댈 것이 분명하다.

그렇게 되면 굉장히 곤란하다. 왕위 경쟁 따위에 휘말리면 카타리나와 느긋하게 둘이서 시간을 보낼 수 없게 된다.

그래도 카타리나가 바란다면 귀찮을 뿐인 왕위 경쟁에 뛰어드는 것도 문제는 없지만, 그녀는 높은 신분이 되는 것보다 차라리 낮은 신분으로 느긋하게 살고 싶어 한다.

다른 영애라면 생각할 수 없는 일이지만, 카타리나는 '농민이 되어 밭을 일구고 싶다'라는 말을 중얼거리는 사람이다. 오히려 왕위를 잇기라도 하는 날에는 카타리나에게 '저에게는 무리일 테니 그만두겠어요'라는 말을 들을 것 같다.

카타리나는 정말 규격에서 벗어난 영애다. 뭐, 그런 점이 마음에 들지만.

그건 그렇고, 왜 제프리는 얼른 결혼하지 않는 걸까. 애초에 큰형은 정말로 왕위를 이을 생각이 있는 걸까. 일단 표면적으로는 작은형과 왕위 경쟁을 펼치고 있지만, 아무래도 진심이 느껴지지 않는 것 같다. 하지만 큰형의 생각은 잘 모르겠다.

작은형은 성실하고 약간 서툴러서 비교적 알기 쉬운 성격인데. 엄청난 차이다.

정말이지, 일단 형식상으로나마 결혼해줬으면 좋겠다.

최근에는 전혀 움직이지 않는 형들에게 질렸는지, 제3왕자인 나에게도 자기가 뒤를 밀어줄 테니 왕위를 노려보지 않겠냐는 성가신 놈들이 몰려들기 시작해서 처리하느라 바쁘다.

안 그래도 졸업한 뒤에 학생회 업무 인수인계와 파티 준비 등 할 일이 산더미 같은데. 정말 질린다.

아아, 이것저것 생각하고 있었더니 어쩐지 머리까지 아프다. 욱신욱신 아파오는 머리에 살며시 손을 댔다.

이럴 때야말로 카타리나의 순진한 미소로 위로받고 싶다. 오늘도 가능하다면 그 미소를 독점하고 싶었는데.

"디올드 님."

그런 생각을 한 탓인지 처음에는 환청이라 생각했다. 하지만.

"디올드 님."

다시 들려온 목소리에 뒤를 돌아보자, 지금 막 떠올렸던 얼굴이 보였다.

"겨우 따라잡았네요. 디올드 님은 발이 너무 빨라요."

카타리나가 숨을 헉헉 헐떡이며 씁쓸하게 웃었다.

"카타리나, 아까 돌아가지 않았나요……? 무슨 일이신지요?"

아까 그녀와 동생이 탄 마차를 배웅했는데 왜 지금 눈앞에 있는 걸까. 놀라서 저도 모르게 눈을 크게 뜨고 물어보았다.

"네, 일단 마차가 출발했는데 도중에 잊고 온 게 생각나서요. 아직 성에서 그리 멀리 가지 않았던 차라 되돌아왔어요."

잊고 갔다고? 그런 게 있었나. 방에는 아무것도 남아 있지 않았는데.

의아하게 생각하고 있을 때, 카타리나가 가지고 있던 가방을 부스럭부스럭 뒤지기 시작하더니 안에서 종이가방을 꺼내어 내밀었다.

"이거, 디올드 님께 드리려고 했는데 완전히 잊어버렸거든요."

"……감사합니다."

그녀가 내민 종이가방을 받아서 안을 들여다보자, 포장된 찻잎 같은 게 들어 있었다.

"이 차가 피로에 잘 든대요. 최근에 디올드 님이 무척 피곤해하시는 것 같아서 선물로 가져왔어요. 신선한 게 가장 잘 든다고 들어서 오늘 여기 오기 전에 따 왔으니 꼭 신선할 때 마셔주세요."

카타리나가 화사하게 웃으며 말했다.

카타리나는 둔하다. 둔하기 짝이 없다. 특히 연애 방면에서는 병적으로 둔하다.

하지만 그녀는 어쩐지 내가 피곤해하거나 약해졌을 때 민감하게 반응했다.

어렸을 때부터 나를 숨기는 데 익숙했던 나는 약점이나 피로도 거짓 미소 속에 잘 숨길 수 있다. 오히려 그런 부분을 보이지 않으려고 한층 더 아무렇지 않은 척한다.

대부분의 사람들은 속아 넘어가는데……, 카타리나는 곧바로 그것을 간파한다.

그리고 오늘처럼 배려해준다. 그게 나에게 얼마나 특별한 일인지 알지도 못하면서.

카타리나가 달려오느라 흐트러진 호흡을 가다듬었다. 일부러 차를 건네기 위해 마차를 되돌려 필사적으로 내 뒤를 따라온 그녀에게 표현할 수 없을 만큼 사랑스러운 마음이 샘솟았다.

정신을 차리고 보니 어느새 눈앞에 있던 어깨를 당겨 부드러운 몸을 끌어안고 있었다.

"디, 디올드 님?!"

무척 동요한 듯한 목소리가 가슴 쪽에서 들려왔다. 품에서 벗어나고자 발버둥 치는 기척이 느껴졌지만.

"조금만 더 부탁할게요."

내가 약간 잠긴 목소리로 부탁하자 단번에 얌전해졌다. 내 변화에 민감한 그녀는 평소와 다른 분위기를 알아차린 듯했다.

그녀의 다정함에 기대어 부드럽고 따뜻한 몸을 품속에서 탐닉했다.

방금 전까지 느껴졌던 두통이 스르르 풀리는 것 같았다.

아아, 어쩐지 쌓였던 피로도 단번에 사라지는 것 같다.

그렇게 생각했을 때, 품속에서 얌전히 있던 카타리나가 움찔움찔 움직이기 시작했다.

과연 이제 한계인가. 전에는 언제까지나 안고 있을 수 있었는데, 최근에는 나를 의식해주기 시작했기 때문에 계속 안고 있으면 부끄러워한다.

안타깝지만 그래도 나를 의식하게 된 건 기쁜 일이기는 하니까.

어쩔 수 없다고 생각해서 품속에서 카타리나를 풀어주었다. 그러자 카타리나는 생각지도 못했던 행동에 나섰다.

품에서 나온 카타리나는 반대로 나를 잡아당겨서 머리를 자기 가슴 쪽으로 당기더니 살며시 손으로 머리를 쓰다듬었다.

"아픔아, 아픔아, 다 날아가라."

잘 알 수 없는 주문 같은 걸 외기 시작했다.

나는 너무나도 예상치 못한 사태에 굳어버렸다. 이윽고 카타리나는 나를 놓아주고 이렇게 말했다.

"디올드 님, 머리가 아프셨던 거죠? 소소한 주문이에요."

어떻게 머리가 아프다는 걸 알았을까……. 그보다, 이런 주문은 처음 들었는데……. 어쩐지 혼란스러워서 뭐라 대답하면 좋을지 알 수가 없었다.

"앗, 디올드 님. 얼굴이 새빨개요! 열도 있는 것 아니에요?"

다시 손을 뻗는 카타리나에게 나는 무심코 이렇게 말했다.

"아니, 괜찮아요. 괜찮습니다."

황급히 대꾸하고는 저도 모르게 뺨에 손을 대고 고개를 숙였다.

이렇게 사람들 앞에서 얼굴을 붉히다니, 너무나도 어울리지 않는 일이라 굉장히 창피했다.

머릿속에서 아무래도 상관없는 수식 같은 걸 생각하며 마음을 진정시켰다.

"고마워요. 카타리나 덕분에 상당히 힘이 돌아왔습니다."

겨우 평소의 나를 되찾고 웃는 얼굴로 대답했다.

"딱히 아무것도 하지 않았지만, 회복되셨다니 다행이에요."

카타리나도 나를 따라 웃었다.

아아, 이대로 내 방에 가두고 싶다. 그런 생각을 한 걸 마치 예측한 것처럼 험악한 표정의 방해꾼이 찾아왔다.

"누나, 이런 곳에 있었구나. 엄청난 기세로 달려가길래 찾았잖아. 너무 늦어지면 저택 사람들이 걱정할 테니 이제 돌아가자."

"참, 그렇지. 그럼 디올드 님, 이만 실례하겠습니다."

카타리나가 숙녀답게 인사했다. 그래서.

"또 마차까지 배웅할게요."

그녀의 손을 잡고 에스코트했다.

"아뇨, 되돌아온 건 이쪽 사정이니 몇 번이나 해주실 필요 없습니다."

키스는 그렇게 말하며 카타리나의 손을 빼앗으려고 했으나, "아닙니다. 카타리나는 일부러 저를 위해 돌아왔으니까요. 제가 배웅해야죠"라며 키스의 입을 막고 다시 카타리나를 마차까지 에스코트해서 배웅했다.

마지막까지 키스가 험악한 눈으로 쳐다봤지만, 평소처럼 웃는 얼굴에 위압감을 섞어서 돌려주었다. 집에 돌아가면 네가 독점할 수

있으니까 이 정도는 양보하라는 원한도 담았다.

　나는 사라져가는 마차를 배웅하면서 아무리 적이 많아도 반드시 카타리나를 손에 넣어 보이겠다고 다시 한번 다짐했다.

늘 찾아오는 앤 셰리입니다.

정기 코너, 여러분께 질문하는 시간입니다.

절대 발설하지 않을 테니 거짓 없는 대답을…

당신의 보물, 소중히 여기는 것은?

으~음.

톰 할아버지와 8년에 걸쳐 완성한 뱀 장난감이랑

농업 서적과 도구, 움직이기 쉽게 개량한 작업복….

일단 다 같이 만든 밭…,

그리고 모아둔 로맨스 소설.

너무 많아서 하나만 고를 수가 없네.

카타리나

물건에는 그다지 집착하지 않지만…. 글쎄요, 굳이 말하자면

수제 장난감은 소중히 보관하고 있죠.

카타리나에게 부탁할 게 있을 때 교섭 도구로 도움이 되거든요.

카타리나가 옛날에 던졌던

디올드

이것저것 많지만 그중 제일은…,

클라에스가에 들어와서 첫 번째 생일에

'가족이 된 기념'이라며 가족들이 선물해준 이름이 새겨진 시계가 아닐까.

키스

정말로 그냥 이 악곡이 좋은 것뿐이라고!!

그래서 소중히 하는 건 아니야!!

……앗, 아냐. 확실히 디올드와의 불화가 풀렸을 때 걔가 준 거지만……

이 악보야. 악곡이 마음에 들어서 잘 보관하고―.

앨런

다만…, 아버지가 눈을 반짝이며 '이걸 써서 너도 지위와 사랑하는 사람을 손에 넣거라'라면서 건네주시는 바람에

조금 난감했지만……

재상 지위에 올라갈 때까지 고락을 함께했다고 해서 소중히 쓰고 있어.

성인이 되었을 때 아버지가 물려주신 만년필.

니콜

저는 이 책을 계기로 카타리나 님과 만났거든요.

『에메랄드 왕녀와 소피아』.

지금까지 읽은 책들은 전부 다 소중하지만, 이게 제일이에요.

소피아

소중히 여기고 있어요.

조금 오래된 것이지만, 카타리나 님이 멋지다고 말씀해 주셔서

어머니가 생전에 쓰시던 목걸이예요.

메리

줄곧 저금했던 돈으로 무척 비싸고 좋은 걸 사주셨어요.

집이 그리 유복하지 않은데도 축하 선물이라며

마법성에 들어간 축하 선물로 어머니가 사주신 스카프예요!

마리아

으~음....... 그래, 수면 아닐까요...... 사람은 잠을 못 자면 점점 생각하는 힘이 떨어지고 일도 늦어져서......

수면은 참 중요하죠...

이제 틀렸어....... 아, 죄송합니다. 소중한 것 말이죠...

아~~~~, 졸려. 사흘 철야는 아무래도...

라파엘

이 푸른 돌이 박힌 브로치.

여태까지는 몸 하나로 떠돌아다녀서 그런 게 없었지만, 최근에 하나 생겼어.

소중한 것이라.

소라

부러워라....

그중에서도 저에게 혼담이 들어왔을 때 '앤은 무척 소중하니까 곁에 있어줘'라고 써주신 열렬한 편지는 영구 보존감이죠.

참고로 제 보물은 오랫동안 카타리나 님을 모시면서 이것저것 받은 것입니다.

우 쭐

여러분 안녕하세요, 야마구치 사토루입니다.

『여성향 게임의 파멸 플래그밖에 없는 악역 영애로 환생해버렸다…』도 마침내 6권이 나왔습니다. 설마 이렇게나 책을 내게 되다니, 이야기를 쓰는 저 자신도 깜짝 놀랐습니다.

전부 다 응원해주신 여러분 덕분입니다. 정말 감사합니다.

6권의 내용은 마법성에 취직한 카타리나의 마음속에 인생 최초로 일을 한다는 기대감과 불안감이 차오르는데……, 사실 마법성은 여성향 게임인 『FORTUNE LOVER Ⅱ』의 무대였다—라는 식으로 게임의 속편이 시작되어 카타리나에게 다시 플래그가 섭니다. 완전히 파멸 플래그를 회피했다며 안심하고 있던 카타리나는 굉장히 당황하면서도 노력을 다합니다.

다시 말해 즉, 카타리나의 전생에는 『FORTUNE LOVER Ⅱ』~마법성의 사랑~이라는 속편이 나와 있었습니다. 그걸 전혀 몰랐던 카타리나는 룰루랄라 마법성으로 가서 큰일을 겪게 되죠…….

새로운 캐릭터도 많이 등장하고 마법성이라는 새로운 무대에서 이야기가 시작되니, 부디 잘 부탁드립니다.

지난번에 이어 히다카 나미 님께서 무척 아름다운 일러스트를 그려주셨습니다. 히다카 나미 님, 항상 정말로 감사합니다.

　게다가 6권이 발매되고 나서 며칠 뒤에는 히다카 나미 님께서 코미컬라이즈하신 『여성향 게임의 파멸 플래그밖에 없는 악역 영애로 환생해버렸다…』 1권이 발매됩니다.

　어렸을 때의 카타리나와 친구들이 엄청나게 귀엽고, 그 후에 성장한 모습은 굉장히 멋있어요……. 정말 훌륭하게 완성되어 있으니 만화도 꼭 읽어주세요.

　마지막으로 편집부 담당자님, 그리고 이 작품을 출간할 때 힘을 빌려주신 모든 분들께 진심으로 감사의 말씀을 드립니다.

　여러분, 정말 감사합니다.

야마구치 사토루

NOVEL
PURPLE

여성향 게임의 파멸 플래그밖에 없는
악역 영애로 환생해버렸다… 6

2019년 10월 20일 제1판 제1쇄 인쇄
2019년 10월 25일 제1판 제1쇄 발행

지음 / 야마구치 사토루
일러스트 / 히다카 나미
번역 / 임이지

발행인 / 오태엽
편집팀장 / 김충영
편집담당 / 이예솔
라이츠담당 / 이은선, 조은지, 이선, 백승주
출판·영업담당 / 안영배, 이풍현, 경주현, 김정훈
제작담당 / 박석주

발행처 / (주)서울미디어코믹스
등록일 / 2018년 3월 12일
등록번호 / 제 2018-000021
주소 / 서울특별시 용산구 새창로 221-19
전화 / (02)799-9359(편집), (02)791-0757(출판영업)
FAX / (02)799-9334(편집)

● 인지는 작가와의 협의하에 생략합니다.
● 잘못된 책은 구입하신 곳에서 교환해드립니다.

ISBN 979-11-6459-637-9
ISBN 979-11-6403-438-3 (세트)